熱風海陸

ブシロード

OVERLORD CHRONICLE

吉田直

SUNAO YOSHIDA

戦乱に倦んだこの世界。
誰も見たことのない未来を切り開くべく、
ひとりの快男児が動き出す！

力には力を。
知には知を。
苛烈なる覇業を支えるべく、
戦士たち、ここに集う！

男たちの夢を、弱さを、優しさを。
守ってあげたい。
戦乙女たちの、切なる願い——。

「海陸」とは？

小惑星“ヴェルヌ”衝突の影響で地上は氷河期を迎えた。海面は150メートル前後も低下し、大陸棚が露出。さらに、“ヴェルヌ”がもたらした物体“ヴェルニウム”により、大地は汚染された。そう、かつての大陸棚で、現在「海陸」と呼ばれる土地こそが、希望の大地となったのである。この「海陸」の覇権をめぐり、繰り広げられてきた争いに終止符を打つ者とは、果たして——!

かつての地上
海陸

熱風海陸ブシロード

OVERLORD CHRONICLE

吉田 直

角川文庫 14293

はじめに

スニーカー文庫編集部

『熱風海陸ブシロード OVERLORD CHRONICLE』は、アニメやゲーム、コミックなど様々なメディア展開が予定されているSF大河バトルロマン『熱風海陸ブシロード』の前史である。

日本の戦国時代をモチーフとしたこの大プロジェクト『ブシロード』は、少年ハシバ＝ヒナタが公国トウライの公子カズサ＝シンと出会い、さらにはギガロードと呼ばれる巨大《きょだい》ロボットを駆《か》って、戦乱に倦《う》んだ遠未来世界に秩序《ちつじょ》と平和を築くべく戦いに立つ、という物語である。

著者である吉田直《よしだすなお》先生はこの『ブシロード』プロジェクトに世界観設定・監修《かんしゅう》というかたちで深く関《かか》わっており、「この物語を小説にするのなら、書き手は自分しかいない」と強い意欲を示されていた。なかでも、『ブシロード』の中で天下布武をめざす苛烈《かれつ》なる覇王《はおう》として描《えが》かれるカズサ＝シンに強い愛着を持たれ、ヒナタがシンと出逢《であ》う前――すなわち、シンが天下を武力で統一する覇王となることを決意するまで――の物語に、渾身《こんしん》で取り組むことを決意されたのだ。

『OVERLORD CHRONICLE』と名付けられたそのカズサ＝シンの物語は「月刊コンプティーク」二〇〇四年三月号から連載《れんさい》が開始された。毎回、プロジェクトのキャラクターデザインを務める後藤《ごとう》なお先生の繊細《せんさい》かつ美麗《びれい》なイラストで飾《かざ》られ、また毎号『ブシロード』プロジェクトの詳細《しょうさい》情報が刻々と更新《こうしん》されたこともあり、大きな反響《はんきょう》を呼んだ。

言うまでもなく吉田先生にとっては『トリニティ・ブラッド』シリーズと並行《へいこう》しての執筆《しっぴつ》となり、その負担は重いものがあったが、重厚《じゅうこう》にしてドラマティックな『トリニティ・ブラッド』と、勇壮《ゆうそう》にしてダイナミックな『ブシロード』とを同時に描けることに、ストーリーテラーとしての手応《てごた》えと幸福を感じておられたと信じる。

だが吉田先生の突然《とつぜん》の逝去《せいきょ》（二〇〇四年七月十五日）により、この『OVERLORD CHRONICLE』は全体の構想のおよそ三分の一（連載六回分）のところで、永久に書かれることなく終わってしまった。

スニーカー文庫編集部は、先生の没後《ぼつご》二年となろうとする今、吉田先生のご遺族ならびに『ブシロード』プロジェクトの運営主体であった武士団との協議のうえ、この未完の物語を、先生ご自身が遺《のこ》された連載完結までのプロットとともに、読者にお届けすることを決意した。吉田先生が私たちに遺してくれた最後の物語として、『トリニティ・ブラッド』をはじめとする先生の既著《きちょ》とともに永く読まれる物語となることを祈《いの》るのみである。

目次

口絵・本文イラスト／後藤なお
口絵・目次デザイン／岩郷重力＋WONDER WORKZ。

序

この白い迷宮を歩き始めてから、いったいどのくらいの時が経《た》つのだろう。一時間？　半日？　いや、もっと長い間、こうしてさまよっているような気がする。

〃アスラ〃の光学センサーが伝えてくる外部視界は真っ白に漂白《ひょうはく》されていた。午後から降り始めた雪が日没《にちぼつ》とともに雪嵐《ブリザード》に変わったのだ。もう三月というのに、予想以上の降雪である。

「……なるほど、これが吹雪《ふぶき》という自然現象なのね。資料室《ライブラリ》でチェックしたとおりだわ」

視覚野に直接投影《とうえい》されている白い嵐《あらし》に、シャーヤはため息を禁じ得なかった。吼《ほ》え猛《たけ》る風と吹《ふ》きつける雪は、見る者の心さえ凍《い》てつかせる。

むろん、このアスラの制御房《コクピット》は完全空調され、高機能ポリマー製の操士服《スーツ》は±二〇度もの温度変化から着用者を守る。だが、生まれて初めて見る〃外〃の世界は、シャングリ・ラ《楽園》育ちのシャーヤを圧倒《あっとう》するに十分だった。

「外気温マイナス十八度？　最大風速四十メートル？　まるで地獄《じごく》ね、ここは……あなたはだいじょうぶ、アスラ？」

目の前で淡《あわ》く輝《かがや》いている宝珠《ほうしゅ》を、シャーヤはそっと撫《な》でた。

むろん、この程度の吹雪でどうこうなるアスラではないが、なにぶんにも彼はまだ生まれての状態だ。それも調整槽《そう》の中にあったのをむりやり引き出してきたため、外装甲《がいそうこう》のナノアセンブラさえいまだ固定化されていない。しかも加えて、シャーヤはこの子の正統な主《マスター》ですらなかった。

「ごめんね、アスラ……生まれたばかりのお前を、こんなことに巻き込んでしまって」

泣きたくなる想《おも》いで宝珠に手を置くと、シャーヤは心の底から詫《わ》びた。

宝珠——アスラの心核《しんかく》の奥では、燐光《りんこう》がまるで息づくように瞬《またた》いている。その光があまりに弱々しいのは、操士《オーガナイザー》であるシャーヤとの適合値があまりに低すぎるためだ。にも拘《かか》わらず、こうして自分に従ってくれているアスラをシャーヤは心底愛《いと》おしいと思った。いやあるいは、かつてここに座っていた若者の霊《れい》が、自分たちに力を貸してくれているのだろうか？　あの悪《あく》魔《ま》を、この世界に住むすべての命にとっての敵を滅《ほろ》ぼすために、死してなお彼は戦ってくれているのかもしれない。たった一人、世界を救うための戦いを続ける自分のために——

な〜う。

ふかふかと柔《やわ》らかい感触《かんしょく》とともに、甘えた獣《けもの》の声が操士服の懐《ふところ》から聞こえてきたのはそのときだった。同時に、湿《しめ》った鼻先が胸の間に押しつけられる。

「……ああ、ごめんなさい。あなたもいたんだったわね、コーマ」

胸元《むなもと》からひょっこり顔を出したいま一人の同行者に、シャーヤは詫びた。小さく伸《の》びた爪《つめ》を肌着《はだぎ》にひっかけながらよじ登ってきた獣――生まれてまだ数ヶ月と経っていない子猫《こねこ》に笑顔《えがお》を向ける。

「そうだね、あなたもいて、アスラもいる……私は一人じゃないよね」

な〜。

妙《みよう》に人間くさい顔と声で、雌《めす》の子猫はシャーヤの言葉に頷《うなず》いた。彼女にしてみれば、旅の主役は自分で、シャーヤなどその従者ぐらいに思っているのだろう。主人が忠実な召使《めしつか》いをねぎらうようにシャーヤの頬《ほお》を舐《な》める。そのざらついた、しかし温かな感触を確かめるうち、シャーヤはまた泣きたくなってきた。あの人がまだ生きていた頃《ころ》、この子はシャーヤをまるでライバルのように見ていたのに、いまは――

「熱源反応――十二時、一千メートル⁉」

甘苦い追憶《ついおく》から苛酷《かこく》な現実へとシャーヤの意識を引き戻《もど》したのは、突如《とつじよ》として視界に灯《とも》った警告灯と甲高《かんだか》く響《ひび》いた電子音だった。

むろん、この警告灯も電子音も現実のものではない。現在、シャーヤの脳とダイレクトに繋《つな》がっている心核が感覚野に送り込んでくる擬似現実《バーチャルリアリティー》に過ぎぬ。しかし、アスラの赤外線視覚が吹雪の向こうに捉《とら》えた熱源反応と聴音機《ソナー》が捕捉《ほそく》した機械音は紛《まぎ》れもない現実であった――

それも、とびきりの悪夢じみた現実だ。

「大きいわね。陸　艦《ランドクルーザー》……砲艇《ガンシップ》？　いえ、この機関音は艨衝《フリゲート》クラスだわ！」

緊張《きんちょう》に顔を強《こわ》ばらせたまま、シャーヤは聴音機が拾ってくるかすかな機関音に耳を澄《す》ました。

なんでも〝怒《いか》りの日〟より昔にはレーダーというものがあって、電波で遠くの物体を感知できたというが、大気中に浮遊《ふゆう》する無数の銀沙《ぎんさ》がことごとく電波を攪乱《かくらん》してしまう現在では、聴音機と光学センサー、そして自分自身の研《と》ぎ澄ました判断力が索敵《さくてき》のすべてだ。必死で神経を集中する間にも、雪の向こうから徐々《じょじょ》に大きく響きつつあるのは、ガスタービン独特の突《つ》き刺《さ》すような金属音──間違《まちが》いない。どうやら、ここ数ヶ月にわたって追い続けてきた目標を捕捉《ほそく》したようだ。

「コーマ、あなたはここに隠《かく》れていて！　絶対に出てきちゃだめよ！」

たぶん、彼女にも禍々《まがまが》しい気配が近づいていることがわかるのだろう。柔毛《にこげ》を逆立てて唸《うな》る子猫を、シャーヤは懐に追い込んだ。

外では依然《いぜん》として猛《もう》吹雪が続いていた。跳梁《ちょうりょう》する白魔のせいでともすれば天地の感覚さえ失いながらも、シャーヤは化　電　炉《ケミカルジエネレーター》の出力を急上昇《じょうしょう》させた。排熱《はいねつ》で雪面を溶《と》かすと、ぽっかり開いた大穴にアスラの巨体《きょたい》を滑《すべ》り込ませる。聴音機からの情報が正しければ、ものの数分と経たないうちに接敵するはずだ。

「お願い……私を護《まも》って」

祈《いの》るような呟《つぶや》きとともに、シャーヤは手首の数珠《じゅず》をまさぐった。

この数珠の本当の持ち主は、もう地上のどこにもいない。いつも不機嫌《ふきげん》そうな顔をしていたくせに、その実、誰《だれ》よりも優《やさ》しく、繊細《せんさい》だったあの人はもうシャーヤの声の届かないところに行ってしまった。

だが、彼女独りで支えるにはこの世界はあまりに重く、身一つで立ち向かうには敵はあまりに強大だった。だったら、せめて――

「……来た！　距離《きょり》四百！」

吹雪《ふぶき》の向こう、地響《じひび》きとともに出現した黒影《こくえい》にシャーヤは思わず声をうわずらせた。

それは、とてつもなく大きな鉄の塊《かたまり》だった。

全高は二十メートル、全長は百メートルほどもあるだろうか。大きなビルを横倒《よこだお》しにしたような巨大《きょだい》構造物が、八枚もの履帯《キャタピラ》で凍《こお》り付いた大地を噛《か》み裂《さ》きながら前進してくるのだ。艦体《かんたい》の後方では高く突き出した煙突《えんとつ》が濛々《もうもう》と煙《けむり》をあげ、最前部に展開したドーザーブレードが行く手の氷塊《ひょうかい》を忙《せわ》しなく掻《か》き崩《くず》している。

艨衝《フリゲート》――航続距離《こうぞくきょり》と速力に優《すぐ》れ、甲士《シエル》や機甲部隊を満載《まんさい》して敵陣《てきじん》に斬《き》り込む快速艦だ。

「距離三百、二百……」

巨影はいまや、視界全体を埋《う》め尽《つ》くすようにして迫《せま》りつつあった。だが、不可視化迷彩《めいさい》と雪壕《せつごう》のお陰《かげ》で、相手はいまだアスラには気づいていないらしい。あと三十秒も伏《ふ》せていれば、向こうから間合いに入ってきてくれるだろう。襲撃《しゅうげき》はそれからだ。

なにしろ、運用試験すらいまだという状態で持ち出してきたアスラに、武装はいっさいない。この状態であれを屠《ほふ》るには、至近距離で奇襲《きしゅう》し、肉薄《にくはく》する必要がある。だが、艦体に取り付いてさえしまえばこっちのものだ。乗員が気づいたときには陸艦はばらばらに引き裂かれ、乗艦するあの〝魔王《ブータバティ》〟ごと劫火《ごうか》の中に滅《ほろ》び去っているだろう。

「あと二十秒……十秒……」

永劫《えいごう》とも思える時間の中、シャーヤは駆動音《くどうおん》の高まりをひたすら待ち続けた。

数多《あまた》ある陸艦中でも艨衝《フリゲート》は俊足《しゅんそく》の部類に入るが、それでも巡航《じゅんこう》速度はせいぜい毎時三十キロといったところだ。その歩みの遅《おそ》さに、いっそこちらから飛び出してゆきたい衝動《しょうどう》に駆《か》られる。

だが、ここで焦《あせ》っては終わりだ。なにしろ、あの艦の中にいるのは例の魔王だけではない。シャーヤの知る限り、地上最強の悪鬼《マーラ》が──魔王に仕える恐《おそ》るべき下僕が同乗しているのだ。わずかでも時間を費《つい》やしては、奴《やつ》らに反撃《はんげき》を許すことになる。それを防ぐためにも、ぎりぎりまで引きつけねば！

「あと、八秒、七秒……六、五、四……」

もう一度、指先に数珠の丸みを感じると、シャーヤはすうと深呼吸した。同時に、心核《しんかく》に対して交感率の上昇を命令《コマンド》──アスラとの感覚共有《アクセス》に入る。

「三、二……」

心核が淡《あわ》く輝《かがや》いたと見えた刹那《せつな》、シャーヤの意識は拡散していた。

身長一七二センチ、体重五十キロのほっそりした体躯《たいく》が、太く、大きく、数十倍もの巨体に膨《ふく》れあがる。全身の筋肉繊維《せんい》が膨張《ぼうちょう》し、熱いエネルギーが血管で沸騰《ふっとう》する。

この力をもってすれば、目の前の小舟《こぶね》など、一撃のもとに叩《たた》き潰《つぶ》せるはずだ。ただ一抹《いちまつ》の不安は一部の共有感覚にエラーが生じて、雪の色が苦く、風の音が眩《まばゆ》く感じられることだが、この程度の〝ずれ〟はシャーヤがアスラ正統の主でない以上しかたのないことである。それに、いまあるこの力だけで、敵を破滅《はめつ》させるには十分だ。

「――……ゼロ！」

城壁《じょうへき》のように聳《そび》える陸艦が雪壕にのしかかってきたまさにその刹那、シャーヤは隠れ家《が》から飛び出していた。

排熱に溶けた雪が爆発《ばくはつ》的な白煙《はくえん》と化して広がる。その悪夢のような世界の中、シャーヤは雄《お》叫《たけ》びとともに陸艦に撃《う》ちかかった。いまや、シャーヤはアスラであり、アスラはシャーヤ――合一にして不可分の存在だ。無限とも思えるパワーを拳《こぶし》に乗せ、艨衝《フリゲート》を真っ向から串刺《くしざ》しにする――

「…………!?」

だが次の瞬間《しゅんかん》、吹《ふ》き飛んだのはシャーヤ＝アスラの方であった。

突如《とつじょ》として側方から加わったとてつもない力が、雄叫びをあげて突進《とっしん》していた巨体を弾《はじ》き飛ばしたのだ。一方、艨衝《フリゲート》は突然《とつぜん》現れた敵影《てきえい》に驚《おどろ》いたように急停止していたものの、その艦体には傷一つ無い。では、いまの攻撃《こうげき》は艤衛《フリゲート》による応射であろうか……いや、違《ちが》う！

「い、いったいなにが起きたの……ひっ⁉」

無様に雪上に這《は》い蹲《つくば》ったまま首を捻《ひね》ったシャーヤ＝アスラは、声を詰《つ》まらせた。

激しく歯が鳴ったのは、雪の冷たさに震《ふる》えたからではない。凍《こご》えていたのは肉体ではなく、魂《たましい》のほうだ。こぼれんばかりに瞠《みは》った目で、己《おのれ》と艤衛《フリゲート》の間に屹立《きつりつ》した異形の〝影《かげ》〟を見上げる。

「ば、馬鹿《ばか》な！　なんで……なんで、こいつがここにいるの⁉」

吹きすさぶ雪嵐《ゆきあらし》の向こう、静かに佇《たたず》むそれは、一見、人に見えた。

甲冑《かっちゅう》を纏《まと》い、楯《たて》をかざした古風な武者の姿。

だが、断じてそれは人ではない。人ではありえない。彼の身の丈《たけ》は後方に停止した艤衛《フリゲート》さえ凌《しの》いでおり、全身からはうっすらと煙があがっている。アスラと同じく、稼働《かどう》中の化電炉《ジェネレーター》からの排熱《はいねつ》が周囲の雪を気化させているのだ。そして、その異様な存在をシャーヤはよく知っていた。

「〝ニルヴァーナ〟……魔王の下僕！　すでに起動していたというの⁉」

刹那、〝影〟の顔がにっと裂けた。

口に当たる部分が牙《きば》に似た端子《たんし》を外気に露出《ろしゅつ》すると、そこから赤い煙《けむり》がこぼれ出す。冷静に見れば、それは〝影〟の頭部排熱孔《はいねつこう》が開いただけだったのかもしれない。しかし、このときのシャーヤにはそうは思えなかった。

（こいつ、嗤《わら》っている……）

そう、それはすべてを嘲《あざけ》る嗤笑《ししょう》だった。

生きとし生けるものすべてを嘲弄《ちょうろう》し、弄《もてあそ》び、その尊厳を否定してのける――〝影〟が浮《う》かべたのは、そんな冷ややかな嘲笑だった。

「そう。やはり、あなただけは……あなただけはこの手で滅ぼさねばならないようね！」

心核が伝えてくる警告《アラート》を無視して、シャーヤはふらつく脚《あし》で立ち上がった。

正確には、心核経由で接続されたアスラの巨体に思考制御《せいぎょ》コマンドを与《あた》えて再直立シークエンスを実行させたと表現すべきだが、いまのシャーヤはアスラそのものだ。最初の一撃をもろに食《く》らった体はひどく傷つき、破断した筋肉繊維《ナノシリコンファイバー》からの警告信号が激痛となって押し寄せてくる。

だが、歯を食いしばってそれを耐《た》えると、シャーヤはアスラの左腕《さわん》部装甲《そうこう》に巻かれた保護膜《まく》をほどいた。たかが保護膜といえど、ヴェルニウム添加《てんか》された高分子ポリマーは鋼鉄に匹敵《ひってき》する硬度《こうど》を備える。使い方によっては十分に武器となりうるはずだ。

いや、たとえ徒手空拳《としゅくうけん》の身であっても、目の前の死神とその中に潜《ひそ》む悪魔《あくま》だけは絶対に生かしておくわけにはいかなかった。奴《やつ》らがいる限り、いまの世界は変わらない。この呪《のろ》われた世に生まれいずる多くの哀《かな》しみ、無情の死、そして人々の血と涙《なみだ》と憎悪《ぞうお》を喰《く》らいながら、こいつらは永劫《えいごう》に生き続ける。

生きとし生けるもの、すべての命の敵――それが目の前の存在だ。

「お願い、〝阿修羅王《あしゅら》〟……私にお前の力を貸して！　その力でこの悪魔を倒《たお》して！」

〈るぁあああああああああああああああああああああああああん！〉

操士の願いに感応したように、アスラが吼《ほ》えた。

いや、それはシャーヤ自身の雄叫《おたけ》びだったかもしれない。いまやシャーヤはアスラでアスラはシャーヤだ。怒《いか》れる巨神《きょしん》は装甲保護膜を鞭《むち》のように振《ふ》り回すと、嗤う死神に躍《おど》りかかり――

第壱話　始まりの章

壱

最初に入ったのは、顔面への右ストレートだった。

へこん、と緊張感《きんちょう》に欠ける音をあげて鼻骨《びこつ》が潰《つぶ》れた直後には、間髪《かんはつ》容れず放たれた左アッパーが顎《あご》をえぐっている。

「げくっ!!」

顎骨《がっこつ》の砕《くだ》ける響《ひび》きとともに、不幸な軽兵《あしがる》は宙を舞《ま》った。

ごく短い滞空《たいくう》時間の後《のち》、最前まで彼自身がさんざん足蹴《あしげ》にしていた老爺《ろうや》の側《そば》に倒れ込む。股《こ》間《かん》から白い湯気があがったのは、失神したついでに失禁までしてしまったためらしい。昨夜の吹雪《ふぶき》が残した雪溜《ゆきだ》まりに鮮《あざ》やかな亀裂《きれつ》が走った。

「なにしやがんだ、小僧《こぞう》！」

道路《どうろ》脇《わき》にちらほらと見える村人たちは、突如として始まった乱闘《らんとう》に立ちすくむばかりだ。中には巻き添《ぞ》えを恐《おそ》れてプレハブ造りの粗末《そまつ》な家に駆《か》け込んだ者すらいる。

一方、衆人環視《しゅうじんかんし》の中、同僚《どうりょう》を叩《たた》きのめされてすっかり逆上したらしい。それまで、老人をさんざん殴《なぐ》りつけていた大男が芸のない罵声《ばせい》をあげた。二の腕《うで》ほどもある棍棒《こんぼう》を大猿《おおざる》のように振り上げて吠《ほ》える。

「どこのガキか知らんが、ふざけた真似《まね》しやがって！　叩っ殺すぞ、こら！」

「──そいつぁ、遠慮《えんりょ》するぜ」

三白眼《さんぱくがん》ぎみの若者から放たれたのは、簡潔だが、いささか愛想に欠ける返答だった。

と同時に、唸《うな》りをあげて落ちかかってきた棍棒に向かって痩《や》せぎすの長身が大きく踏《ふ》み込む。

その大胆《だいたん》を通り越《こ》して無謀《むぼう》ともいえる反応は完全に巨漢の予想外であったらしい。いかつい顔が驚愕《きょうがく》に歪《ゆが》んだときには、息のかかりそうな至近に飛び込んだ長身が電光の速さで撓《しな》っている。

「…………!!」

喉仏《のどぼとけ》に強烈《きょうれつ》な頭突《ずつ》きを撃《う》ちこまれた巨漢が、大きくのけぞった。潰れた声帯から声にならない悲鳴を撒《ま》き散らしながら倒れる──もっとも、若者にも凱歌《がいか》をあげる余裕《よゆう》は無かった。直後、彼の背に向けて、鋭《するど》い槍《やり》の穂先《ほさき》が突《つ》きこまれたからだ。

「死ね、クソガキ！」

下品な罵声をあげたのは、老人を袋《ふくろ》だたきにしていた三人のうち、リーダー格らしい中年男である。軽兵とはいえ、相当に実戦慣れしているらしい。紙一重で攻撃《こうげき》を回避《かいひ》した若者が跳《と》びすさったのを追って、二撃、三撃と電光のような突きを繰《く》り出してゆく。それを舞《まい》にも似た優美なステップでかわし続ける若者の反射神経は驚嘆《きょうたん》に値《あたい》したが、それでも槍の間合《リーチ》いには抗《こう》すべくもない。三つ呼吸した頃《ころ》には、腰《こし》に挿《さ》した刀を抜《ぬ》く間もなく路肩《ろかた》のコンクリート壁《へき》まで追いつめられている。

「死ねやあああっ！」

それを見て勝利を確信したらしい。中年男は雷鳴《らいめい》のような気合いとともに得物を突き込んだ。もはや逃《のが》れようもない。チタン／クロム合金の穂先は、正確に若者の胸板《むないた》を捉《とら》える――

「なにっ⁉」

転瞬《てんしゅん》、軽兵の視界に映ったのは胸を串刺《くしざ》しにされた若者の姿でもなければ、ほとばしった血《ち》飛沫《しぶき》でもなかった。

それはふてぶてしい笑顔《えがお》と灰色に汚《よご》れた雪――追いつめたはずの獲物《えもの》が蹴《け》り上げた、泥《どろ》混じりの雪だ。

「し、しまった……め、目が！」

追いつめていたつもりが、実は罠《わな》に誘《さそ》い込まれていた事実に気づく暇《いとま》があったかどうか。中年男が顔を覆《おお》った刹那《せつな》、その体は異様な音をあげて吹《ふ》っ飛んでいる。腰の刀を鞘《さや》ぐるみ抜きはなった若者が、容赦《ようしゃ》なく彼の顔面を殴りつけたのだ。もし刀が抜かれていたら、いまごろその頭部は輪切りにされていたに違《ちが》いない。

しかし、脳髄《のうずい》を分割される憂《う》き目こそ免《まぬか》れたものの、軽兵の不幸はいまだ終わらないようだ

った。雪面を転がり、身も世もない悲鳴をあげている彼の鳩尾《みぞおち》に、

「おいおい、そんな大げさに騒《さわ》ぐなよ。まるで、俺が弱い者いじめしてるみたいだろうが」

そんな慈愛《じあい》に満ちた台詞《せりふ》とともに、硬《かた》く重い衝撃《しょうげき》が撃ち込まれたのだ。

再び絶叫《ぜっきょう》を上げた軽兵を青白く底光りする瞳《ひとみ》で睥睨《へいげい》したのは件《くだん》の若者だ。たったいま犠牲者《ぎせいしゃ》の肋骨《あばらぼね》をへし折った刀を手中に玩《もてあそ》びながら、いかにもやる気なさげに口を開く。

「ま、それはいい。それよか、おっさん、質問の続きだ……ここは本当にハグン村か？　なにしろ吹雪で地図がぶっ飛ばされて、あちこち迷っちまった。本当にハグンはここでいいんだな？」

「は、はひ……こ、ここがハグン村です！」

最前まで無抵抗《むていこう》な老人をさんざん足蹴にしていたくせに、自分の痛みには人一倍敏感《びんかん》らしい。中年男は涙《なみだ》をぽろぽろこぼすと、山肌《やまはだ》に貼《は》り付くように薄鉄板《トタン》造りの組立住居《プレハブ》が立ち並んだ寒村を指し示した。

「お、お疑いになられるのなら、そこのジジイ……あ、いや、村長《むらおさ》に聞いてください。い、因《いん》縁《ねん》付けた俺たちが悪かったです。反省してます。だから、もう許して……」

「……反省してる？」

軽兵の言葉に、若者はさも不思議そうに小首を傾《かし》げた。そんな表情をすると、どこか悪童めいた雰囲気《ふんいき》が端正《たんせい》な顔に漂《ただよ》う。

実際、六尺《一八〇センチ》をゆうに超《こ》える背丈《うわぜい》のために大人びて見えるが、実年齢《じつねんれい》はせいぜい十七、八――少年期をようやく脱《だっ》したぐらいだろう。かすかに残った頬《ほお》の丸《まろ》みにその名残《なごり》がある。軽胸《プロテク》甲《ター》を纏《まと》った長身に無駄《むだ》肉は欠片《かけら》もなく、鼻筋のとおった顔は驚《おどろ》くほど白く整っている。ただ、その恵《めぐ》まれた容姿にも拘《かか》わらず美形などという雅《みやび》な表現の使用がためらわれるのは、ひとえに三白眼ぎみの瞳から放たれる鋭すぎる光によるものだろうか。どこか野の獣《けもの》、それも若い猫《ねこ》科の獣が立って歩いているような印象がある。

「おかしなことほざくな、おっさん。悪かったってなんだ？　何を反省してるんだ？」

「そ、そこのジジイ……い、いや、ご老人に因縁つけて殴《なぐ》ったことです」

若者の三白眼から陰《かげ》になるよう、左手を背後に回しつつ、中年男は哀《あわ》れっぽく声を震《ふる》わせた。卑屈《ひくつ》なまでの媚態《びたい》を全身で示す一方で、指先は背中に隠《かく》した短剣《たんけん》を探《さぐ》る。

相手は相当な使い手のようだが、まだ若造だ。せいぜい正義感を満足させてやって、油断したところで不意を打てば……

「ちょ、ちょっと酒が入っていたもので、つい、いい気になっていました……もう弱い者いじめはいたしません。許してください！」

「おいおい、勘違《かんちが》いすんなよ」

若者は目を細めると、それまでのトラブルなどすっかり忘れたような顔で笑った。意外に爽《さわ》やかな性格なのだろうか？　差《さ》し伸《の》べた右手で相手を優《やさ》しく助け起こしつつ、こう付け加える。

「別に、俺はてめえらが弱い者いじめしてたから殴ったわけじゃねえ……つーか、俺も弱い者いじめは大好きだ」

「…………!?」

軽兵の顔面が不気味な音をあげて変形したのは、若者の唇《くちびる》が三日月形に割れた瞬間だった。

この男は片手で犠牲者を引き起こす一方、空いている拳《こぶし》で相手の顔面にカウンターを叩《たた》きこんだのだ。

「ぐべ…………っ！」

右手を固定されていたところに不意打ちを食《く》らったのでは、隠し持った短剣を振《ふ》るう間もない。高々と鼻血が噴《ふ》き上がったときには、軽兵は白目を剝《む》いて地面に転がっている。

一方、若者はなにごともなかったように手をはたくと、哀れな犠牲者に唾《つば》と罵声《ばせい》を吐《は》きかけた。

「けっ、こんな見え見えな手にひっかかってんじゃねえよ。それでも、てめえら戦争《コロシ》のプロか？　たく、情けねえったらありゃしねえ」

「やだあ。こわいー。あいかわらず、優しさのない喧嘩《けんか》よねえ、お兄ちゃんってば☆」

鼻骨を砕《くだ》かれた軽兵は、雪と血にまみれて小刻みな痙攣《けいれん》を繰《く》り返している。それを見下ろして毒づいた若者の背中に、甘ったるい声がかかった。

騒ぎが起こっていた道ばた、プレハブ造りの粗末《そまつ》な居酒屋《パブ》の前に黒塗《くろぬ》りの軍用《ミリタリー》大型二輪《バイク》が停《と》まっている。所属を表す家章《サイン》も所有者を示す旗印《エンブレム》もいっさいないが、全長三メートル近い化け物じみたマシンだ。声をかけてきたのは、そのタンデムシートにちょこんと腰《こし》をおろしていた金髪《きんぱつ》の少女である。

「そのおじさん、いっしょうけんめい謝ってたのにぃ。それを殴るなんてぇ、ひどぉい」

「詫《わ》び入れようが泣いて土下座しようが、たった一度でも俺に手ぇあげた野郎《やろう》は、未来永劫《みらいえいごう》、俺の敵だ」

まだ十をさほど越《こ》えているとは見えぬ少女をじろりと見やると、若者は口をへの字に曲げた。ポケットを探って取り出した紙巻煙草《シガレット》を口の端《はし》に挟《はさ》みながら、無愛想《ぶあいそ》に付け加える。

「それをぶち殺しもせずに半殺しで勘弁《かんべん》してやったんだから、俺もつくづく人間が円満《まるく》なったもんだぜ……よう、じいさん。まだ生きてるか？」

若者が声をかけたのは、傷だらけの老人だった。

最前まで、さんざん暴行を受けていたにも拘わらず、まだ気絶していなかったらしい。血の滲《にじ》む白髪頭《しらがあたま》を抱《かか》えて立ち上がろうとしている。それに手を貸そうともせず、若者はおよそ愛想のない声で付け加えた。

「日が悪かったな、じいさん……ああ、別に礼にはおよばねえ。若い者としちゃ当然のことをしたまでだ。だけど、あんたがぜひともご恩返しがしたいっつーなら仕方ねえ。今夜の宿とメシぐらいなら、世話になってやる。さ、遠慮《えんりょ》はいらねえから、とっとと案内しな」

「……あ、あんたら、とんでもないことをしでかしてくれたな！」

しかし若者の予想に反して、彼の好意に対する礼の言葉はなかった。それどころか、ようやく立ち上がった老人の口をついて出たのは激しい罵声である。

「こ、この人たちに喧嘩なんか売って、これからどうなることか……こ、この人たちが何者か、わかっておるのか⁉」

「何者って……人間の屑《くず》だろ？」

このジジイ、ぼけてやがんのか？――そんな顔で若者は小首を傾《かし》げた。

「それもかなりタチの悪い屑どもだ。それがどうかしたかい？」

「こ、この人たちはトウライの軍士――それも、〝フソウ〟の御《ご》家中だぞ！　それにこんな真《ま》似《ね》して……儂《わし》のことなんぞ、ほうっておいてくれればよかったんだ！」

「……おいおい、トウライの軍士だって？」

老人の呻《うめ》き声に、はじめて若者の片眉《かたまゆ》があがった。

トウライといえば、日本湖の東岸に広がるこの弓状山系周辺を領土とする中堅《ちゆうけん》勢力だ。かつては地球連にも大きな発言力を持ち、東方の雄《おす》国として重きを為《な》していた。近年は地方領主の反乱が相次ぎ、その勢《せい》威《い》はとみに衰《おとろ》えていたが、それでもこの東部辺境においては一大勢力であることは間違いない。

そう思って見てみれば、たしかに倒《たお》れているゴロツキたちの黒い軽胸甲《プロテクター》には白い木瓜紋《もっこうもん》が鮮《あざ》やかに染め抜《ぬ》かれている。木瓜紋はトウライ宗主《そうしゅ》であるカズサ家の家紋だ。そして黒は、カズサ家の有する機動城塞《フォート》の中でも左将軍カズサ＝シュウが指揮する〝フソウ〟のシンボルカラーである。

「こ、この方々はこの村を守りに来てくださってたんだ！　その方々にこんな大変なことをして……あんたら、いったいどう責任をとるつもりだ！」

「えー、でもぉ、おじいちゃんはそう言うけどぉ、あたしたちが通りがからなかったらぁ、おじいちゃん、もっとひどいことになってたと思いますぅ」

怪我《けが》のことも忘れて激昂《げっこう》している老人に対し、食ってかかられている当人はひたすら面倒《めんどう》くさげに耳をほじっている。そんな二人の間に割って入ったのは、バイクから降りてきた金髪の娘《むすめ》だ。いつの間にか人気の絶えてしまった通りに顎《あご》をしゃくると、とりなすように付け加える。

「おじいちゃんが袋《ふくろ》だたきにあってるっていうのにぃ、ここの人たち、誰《だれ》も助けてくれなかったじゃないですかぁ。だけどぉ、お兄ちゃんはぁ、いちおー、おじいちゃんを助けたんだよね？　これって、いけないこと？　あたしたち、いけないことしちゃった？」

「む……た、確かに感謝はしておる」

西日の射《さ》す中、不自然に静まりかえった家々からはじっとこちらをうかがっている気配が伝わってくる。村人たちは自分たちの村長が殺されかけていたのを間近に見ながら、関《かか》わり合いになるのを恐《おそ》れているのだ。そんな彼らの情の薄《うす》さから目をそらすように、老人は傷ついた額に手をあてた。

「礼を言わんだのは、たしかに儂が悪かった。じゃがな——」

「お、長《おさ》！」

雪を踏《ふ》む複数の足音と、不安と喜びが入り混じったような男たちの声がかかったのはそのときだった。見れば、道の向こうから戸板を抱《かか》えた数人の若い男たちが駆《か》け寄ってくる。おそらくはこの村の若い衆であろう。汚《よご》れた作業着《ツナギ》に鉄頭巾《ヘルメット》という典型的な掘師衆《サルベイジャー》の格好をしている。

男たちは悶絶《もんぜつ》している軽兵たちを目にして、一瞬《いっしゅん》ぎょっと顔をひきつらせたが、すぐに老人の側《そば》に跪《ひざまず》いた。

「よかった、ご無事でしたか！　さ、これに乗ってください。すぐに手当ていたします」

「わ、儂のことはいい！　儂などより、そっちの怪我人に薬を……」

差し出された手を振《ふ》り払《はら》うと、老人は雪面に転がっている軽兵たちを指さした。そこで、ふと思い出したように三白眼の若者を顧《かえり》みる。

「おい、あんた！　あんた、見たところ戦衆《マースナリイ》のようじゃが名前はなんと言うのかね？」

「俺かい？　俺ぁ、ジンって者《モン》だ。通称《つうしょう》、疾風《はやて》のジン——お察しのとおり、流れの戦衆《フリーようへい》さ」

若者は老人を見向きもしなかった。遥《はる》か彼方《かなた》、なだらかな斜面の向こうに落ちてゆく夕日を見やったまま、背中だけで名乗る。

「これでも、ちったあその筋じゃ有名なんだぜ？　ちなみにこっちのちっこいのは妹のオトクだ。先週まではイセ家で食ってたんだが、あんまり給料《はらい》が悪いんでずらかってきた……いまは気楽な身の上《プータロー》さ」

「おにいちゃんてばぁ、居候先の奥さんにぃ手を出してぇ、それが見つかっちゃったのぉ」

涼《すず》やかな若者の自己紹介《しょうかい》に対し、妹と紹介された少女は深々とため息をついた。愛らしい顔をいかにも嘆《なげ》かわしげにしかめて補足する。

「それでぇ、もうちょっとでぇ、簀巻《すま》きにされて川に沈《しず》められそうになってぇ……危ないところでなんとか逃《に》げ出してきたのぉ」

「疾風《はやて》のジン？　聞かん名じゃの」

せっかくの名乗りも、戸板に乗せられた村長にはなんの感銘《かんめい》も与《あた》えなかったらしい。しばらく記憶《きおく》を探《さぐ》るように視線を泳がせていたが、すぐに慌《あわ》ただしく首を振る。

「ま、そんなことはどうでもいい。とにかく助けてくれたことには礼を言う。だが、悪いことは言わん。とっととこの村を出て行ってくれ。さもないと、ただではすまなくなるぞ」

「ただじゃすまねえたあ、剣呑《けんのん》だな」

軽く肩《かた》をすくめると、若者は懐《ふところ》から火付紙《紙マッチ》を取り出した。器用に片手だけで擦《こす》ったそれを煙草《たばこ》に近づけながら、視線を老人のほうへ動かす。

「いってえ、この村に何が起こってるんだ？　だいたい、なんでトウライの軍士――それも〝フソウ〟の兵隊がこんな僻地《へきち》をうろついてる？　奴《やつ》らは、めったにこんなところまでは出ば

ってこねぇはずだぜ？」

「そ、それは――」

何と言おうとしたのだろう？

口ごもった村長が何を言おうとしたかは、結局、ジンなる若者には伝わらなかった。老人を乗せた戸板を村人たちが抱《かか》え上げると、いっさんに走り去ってしまったからだ。

「なんでえ、あれは？」

「さあ……とにかくこの村ってぇ、ちょっと変だよねぇ？」

夕闇《ゆうやみ》の忍《しの》び寄《よ》り始めた家々の間を、村人たちはまるで怯《おび》えたように駆け去ってゆく。それを兄と並んで見送りながら、少女は小首を傾《かし》げた。

「ハグンっていえばぁ、近くに〝遺跡《いせき》〟もあって、小さいけどそれなりに稼《かせ》ぎのいい村だって聞いたよぉ？　それが、妙《みょう》に寂《さび》れた感じがする……それにさっきの掘り師《サルベイジャー》のお兄さんたちの長《なが》靴《ぐつ》を見た、お兄ちゃん？　新しい泥《どろ》がついてなかったでしょお？　まるで、ここのところ仕事をしてないみたい……」

「――そのとおり。よく観《み》られましたね、お嬢《じょう》さん」

少女の観察力を賞賛したのは、彼女の兄ではなかった。若者は相変わらずふて腐《くさ》れたような顔で煙草をふかしている。兄妹《きょうだい》に声をかけてきたのは、道路脇《わき》の居酒屋《パブ》から現れた第三の人物だ。

「あなたたち、とんでもないことをしでかしてしまわれましたね。村長《むらおさ》さんのおっしゃったとおり、一刻も早く、ここを立ち去った方がよろしくてよ」

「……だあれ、おねーさんは？」

声の主を顧みると、少女は陶器人形《ビスクドール》めいた顔にとびきり愛らしい笑《え》みを添《そ》えた。耳がないような顔で紫煙《しえん》をくゆらせている兄に代わり、甘えた声で尋《たず》ねる。

「この村の人じゃないですね？　旅行者かなにか？」

「また正解《あたり》ですよ、お嬢さん……ああ、申し遅《おく》れました。私、タキナと申します。このあたりを縄張《なわば》りにしている巡回商人《トレーダー》ですわ」

二十《はたち》がらみのその女は、艶《つや》っぽい泣きぼくろのある顔を振って村の入り口方向を示した。そこに停車している小山のような影《かげ》は三輛《りょう》の中型装輪船――機動城塞《フォート》の周回コースに入っていない僻地の村々を巡《めぐ》っては交易に従事する陸商船団《ランドキャラバン》だ。

「懐紙《ティッシュ》から霹靂砲《ミサイル》まで、ご注文があればどんなご要望にでもお応《こた》えいたします……あら、こちらの単車《バイク》は見たことない型ですね。どうです？　いまなら高値で下取りますが？」

「悪《わり》いが、あれは売り物じゃねえんだ。それよか、ちょっと教えてくれや、ねーちゃん」

やや細めた目の端《はし》から女を一瞥《いちべつ》する一方、若者はずかずかと居酒屋に入った。怯えたように隠《かく》れている店主は無視して酒卓《テーブル》に銅銭《もんせん》を放《ほう》ると、店先にあった揚げ菓子《ドーナツ》を勝手にぱくつき始める。

「さっきの軽兵どもはなんだ？　なんだって、軍士がこんな僻地をうろついてやがる？　野盗《やとう》でも出たか？」

「野盗でしたら、まだよかったのですけれどねえ」

若者の隣《となり》に腰《こし》を下ろした女商人は、意味ありげに溜息《ためいき》をついた。卓《たく》に置かれた湯飲《マグカップ》みに茶を注《つ》ぐと、それを兄妹に勧《すす》めながら答える。

「出たのは妖怪《ようかい》です……魔物《まもの》が出たのですわ」

「魔物ぉ？　や〜ん、こわ〜い」

さも恐《おそ》ろしげに声を震《ふる》わせたのは、兄の対面に座った少女だ。丸めた口元に手を持って行きながら、潤《うる》んだ目で女を見上げる。

「魔物ってどんな怪物《かいぶつ》なんですかぁ？　人を食べちゃうような、こわい怪獣《かいじゅう》ぅ？」

「人が食べられたという話は、まだ聞いてませんね。でもたしかに、最初に出た魔物は途方《とほう》もなく大きな大入道だったそうです……しかも聞いたところ、目に見えない、透明《とうめい》な怪物だったとか」

「〝目に見えない〟？　へっ、見えねえのになんででかいってわかるよ？」

さしてうまくもなさそうな顔で揚げ菓子を口に入れていた若者が、はじめて話題に関心を示した。じろりと三白眼を動かすと、女商人の顔を見つめる。

「だいたい、そんな化け物が村を襲《おそ》ったんなら、相当の被害《ひがい》が出てるはずだよな？　しかし見たとこ、この村のどこにもそんな形跡《けいせき》はないぜ?」

「魔物が出たのはここではありません。ここから五里《二〇キロ》ばかり丘《おか》を登ったところにある〝遺跡〟……一ヶ月前、この村の人たちがものすごいお宝を掘《ほ》り当てた、その発掘《はっくつ》現場ですわ」

「ほう……お宝?」

今度は相手の言葉を混ぜっ返さず、若者は用心深げにその単語を繰《く》り返した。

ちなみに〝遺跡〟というのは旧陸——世界がまだこんなに寒く、乾《かわ》いていなかった時代の陸地に点在する都市の廃墟《はいきょ》のことだ。

放射性物質と〝欠片《かけら》〟によって汚染《おせん》された旧陸は、ここ海陸——干上《ひあ》がった海から現れたかつての大陸棚《たいりくだな》に比べて、はるかに苛酷《かこく》な環境《かんきょう》で知られている。寒冷で乾燥《かんそう》した気候、放射能汚染、そして〝欠片〟の影響《えいきょう》で突然変異《とつぜんへんい》を遂《と》げ、怪物化した動植物の襲来《しゅうらい》等、居住はおろか、一《いっ》般人《ぱんじん》には立ち入ることさえ危険が伴《ともな》う禁断の地だ。

しかしまた一方で、大昔の都市の廃墟である〝遺跡〟は現在の人類が失ってしまった科学技術の宝庫でもある。人類がかつてのように高度な文明を失ってしまった今日《こんにち》、数多くの掘師《サルベイ》衆《ジャー》がそこに入っては、発掘作業に従事しているのだ。当然、その作業にはかなりの危険《リスク》が伴うが、反面、貴重な物資を掘り当て、一攫《いっかく》千金の夢を叶《かな》える者も少なくない。

「お宝か……いったい、ここの連中、何を掘り当てた? 核融合炉《かくゆうごうろ》か? それとも粒子《りゅうし》加速装置かい?」

「あいにく、詳《くわ》しいことは存じません。でも、かなりの価値があるものだったと聞いています……ただ、ここの人たちはまだそのお宝に手を付けてらっしゃいませんの。いえ、いったんは運び出そうとなさったらしいんですけど、そのとき、お宝を積み込もうとしていた陸船《おかぶね》がいきなり潰《つぶ》れてしまったとかでね」

「陸船が潰れただあ？　おいおい、穏《おだ》やかじゃないな。あんなでかいもん、どうやって壊《こわ》れるよ？　発動機《エンジン》でも爆発《ばくはつ》したか？」

「いいえ、違《ちが》います……文字どおり、潰れてしまったんです。掘師衆がそろって見ている目の前で、壱千石級《二万トン》の陸船がまるで見えない手で押し潰されたみたいにぺしゃんこになっていったんだそうですわ。幸い、人死にこそ出ませんでしたが、結局、その陸船は破棄《はき》せざるを得なかったとか……」

現場を見てきたような口ぶりで女商人は囁《ささや》いた。

「しかも、事件はそれで終わりではありませんでした。驚《おどろ》いている皆《みな》さんの目の前で、今度は周りのビルが崩《くず》れたり、道路に大穴が開いて機材が呑《の》み込まれたりし始めたのだそうです……結局、皆さん、這々《ほうほう》の体《てい》で逃《に》げ出すほかなかったそうですわ」

「……お宝を横取りしようとした誰《だれ》かが、石火矢《キャノン》でも撃《う》ち込んできたとか？」

息を詰《つ》めるようにして話に聞き入っている妹に比べ、兄のほうははるかに合理的——もしくは理屈《りくつ》っぽい性癖《せいへき》の持ち主らしい。ジンはまるでタチの悪い詐欺師《さぎし》の口上でも聞かされたかの

ような顔で、通算十個目の揚げ菓子《ドーナツ》を口に放《ほう》り込んだ。

「さもなきゃ、どっかに甲士《シェル》でも隠《かく》れてたか……化け物なんて胡散臭《うさんくさ》い話より、そっちのほうがよっぽどありえるぜ」

「ところが、そのとき現場にいた人たちがそろって目撃《もくげき》したそうですの。とてつもなく大きな影《かげ》を――ビルよりさらに大きな人影が、自分たちをじっと見下ろしていたのをね。ちなみにその影は、皆が騒《さわ》ぐうちにいつの間にか消えてしまったとか……とにかくそれ以来、その遺跡《いせき》に人が近づこうとすると、いろいろ不思議なことが起きるんです。ビルが倒壊《とうかい》したり、車が爆発したり……そうそう、先週はついに人死にまで出たらしいですわね。起重機《クレーン》が突然倒《とつぜんたお》れて、三人も亡《な》くなったそうですわ」

「それで、軍士を呼んで化け物退治か。そこまでしてお宝を金に換《か》えたいわけだ」

皿の上に残っていた揚げ菓子をまとめて口に入れてしまうと、ジンは音をたてて茶を啜《すす》った。

「面白《おもしろ》そうな話じゃねえか。俺もちぃっとばかし、興味が湧《わ》いてきたぜ。そのお宝にも、化け物とやらにも……それはそうと、あんた、さっき〝最初に出た魔物は〟って言ったな？　つまり、化け物は一匹《ぴき》じゃねえってか？」

「ええ。と申しますのも、最初に発掘隊が魔物に襲われた次の晩、今度はこの村が――」

若者の無遠慮《ぶえんりょ》な態度に気を悪くしたふうもなく頷《うなず》くと、タキナは再び口を開こうとしたが、結局それは果たせなかった。

「――なんだ、いまの音は？」

彼女の声を遮《さえぎ》るように、ジンが鋭《するど》い目を外に送った。青黒い夕闇《ゆうやみ》の向こうから、遠雷《えんらい》とも地鳴りともつかぬ音が聞こえてきたのだ――幻聴《げんちょう》と呼ぶにはあまりにもはっきりした音。しかし、なんだろう？　明らかに自然の音ではない。しかも、不規則な間隔《かんかく》をおいて立て続けに何度も聞こえてくる。

「まさか、お兄ちゃん……これって、さっきのタキナさんの話にあった……」

「……いいや、違うな」

怯《おび》えたように袖《そで》を握《にぎ》ってくる妹のほうを見向きもせず、ジンは席から立ち上がった。店の外を厳しい顔で眺《なが》める。

「こいつぁ噴進剤《ふんしんざい》の発火音だ。どっかの阿呆《あほう》がこの近所で棒火矢《ロケットランチャー》を使ってやがるらしいぜ」

「棒火矢ですって？　そんなもの、いったいどなたが？」

「さあてな。それより俺としては、〝誰が〟使ってるかより、〝何に〟使ってるかの方が気になる――」

「た、大変だ！」

三白眼を細めて若者が呟《つぶや》いたのと、息せきった男が居酒屋に駆《か》け込んできたのはほぼ同時だった。

「で、出た……出た！」

転ぶように店内に入ってきた男はどうやら店主の友人か何からしい。ジンらには見向きもせず、店の奥に向かって怒鳴《どな》る。

「出たぞ！　出た！　出やがった！」

「おい、おっさん、出たって何が？」

驚いたような顔で店の奥から飛び出してきた店主は無視して、ジンは男に尋《たず》ねた。かすかに歯を鳴らしている村人を睨《にら》みつけて問い質《ただ》す。

「出たって何が出たんだ？」

「ば、化け物だ……例の小さいほう！」

ジンがよそ者であることにも気づいていないらしい。動揺《どうよう》もあらわに村人は歯を鳴らした。それを聞いた店主の顔もさっと青ざめる。

「あ、あの化け物が村《ここ》に出たってのか？」

「あ、ああ……デンベエたちが村はずれの食糧庫《しょくりようこ》で出くわした！」

店主、ジン、オトク、タキナ——四対《つい》の視線の先で男はかくかくと首を振《ふ》った。店の外を振り返ると、盛んに手を振り回して説明しようとする。

「いま、軍士さまたちが追いなさってる！　でも、恐《おそ》ろしくすばしこくて、村中を逃げ回ってるらしい！　ひょっとすると、ここ……に……も……」

しかし、男は最後まで台詞《せりふ》を言い終えなかった。途中《とちゆう》で口を半開きにしたまま、夕闇の空を見つめて黙《だま》り込んでしまう。

いったいどうしたというのか？　残りの四人は反射的にその視線を追ったが、

「お、おい、あれ……！」

顔をあげた一同を、向かいのプレハブ小屋の屋根から見下ろしていたモノ――それは、青白く輝《かがや》く人影だった。

弐

「お、おい……あ、あれが魔物《まもの》か？」

たっぷり一分間近い沈黙《ちんもく》の果て、誰《だれ》かが震《ふる》える声を押し出した。

茶屋と道を挟《はさ》んで真向かいのプレハブ小屋――その屋根から、こちらをじっと見下ろしている〝何か〟を見つめたまま荒《あら》い息をつく。

「す、透《す》けてる……」

そう、そこにいたのは断じて〝誰か〟ではなかった。人間はあのように半分透けていたりしないし、ましてや夕闇の中で全身が淡《あわ》く輝いていたりはしない。

「そんな……ま、まさか、幽霊《ゆうれい》!?」

惚《ほう》けたように呟いた茶屋の主人の手にはしっかりと長銃《ライフル》が握られていたが、誰もそれを使えと促《うなが》す者はいない。ただ、驚愕《きょうがく》もしくは恐怖《きょうふ》に金縛《かなしば》りにあったようにそれを見つめているだけだ。

〈………〉

最初に動いたのは〝幽霊〟のほうだった。

凝然《ぎょうぜん》と一同が見守る中、青白く輝く人影《ひとかげ》は音もなく地面に飛び降りた。それから、大通りを滑《すべ》るように駆け去ってゆく。どうやら、村はずれへ向かっているらしい。しかし、一同の誰《だれ》一人として、それを追おうとする者はいない。まるで金縛りにでもあったかのように、走り去る光を呆然《ぼうぜん》と見送っていただけだ──ただ一名を除いては。

「──オトク、お前はここで待ってろ！」

虚《うつ》ろな静寂《せいじゃく》の中、その声はさして大きくはなかったがまるで雷鳴《らいめい》のように轟《とどろ》いた。我に返った人々の視線が集まる先、獲物《えもの》に飛びかかる獣《けもの》のように居酒屋を飛び出したのは背の高い人影だ。

「ジ、ジンさま、何をなさるおつもりです？」

コートのポケットからキーを取り出した若者を、慌《あわ》てたような女商人の声が追った。

「まさか、あの妖怪《ようかい》を追おうというのでは──」

「妖怪？　はっ！　ありゃあ、妖怪でも幽霊でもねえよ……そこの地面《じべた》を見な！」

路肩《ろかた》に停《と》めたままだったバイクにまたがりながら、若者は尖《とが》った顎《あご》をしゃくった。鋼《はがね》の巨獣《マシン》をスターターへのキック一発で眠《ねむ》りから叩《たた》き起こすと、不機嫌《ふきげん》げに唸《うな》る。

「靴跡《くつあと》だ。本物《モノホン》の魔物だったら、足跡《そくせき》なんか残して逃《に》げるもんかよ……おら、どきやがれ！　ひき殺すぞ！」

ようやく騒《さわ》ぎに気づいて路上に出てきた村人たちを罵声《ばせい》で叩くと、ジンはスロットルを一挙に開放した。

十気筒《きとう》五〇〇馬力を誇《ほこ》る機械仕掛《じか》けの心臓《エンジン》が罪深いまでに大量の燃料《メタノール》を煙《けむり》に変えながら高速回転を始めると、人生に絶望した悪魔のような咆哮《ほうこう》をあげて漆黒《しっこく》の車体が発進する。雪の多く残る路面であるにも拘《かか》わらず、すさまじい加速性能だ。

しかし──

「ちっ、なんつー脚《あし》の速さだ！」

疾走《しっそう》するマシンのシートで、ジンは唇《くちびる》を歪《ゆが》めた。

依然《いぜん》、〝幽霊〟は若者の前を走っている。蹴立《けた》てられる雪がまるでスクリーンのように夕闇《ゆうやみ》の中に広がっていく光景は美しく、いっそ幽玄《ゆうげん》ですらあったが、彼我《ひが》の速度を考えれば感動より驚愕のほうが先に来るだろう。

「ありゃ、甲士《シエル》なみのスピードだな。なんか、仕掛けでもあんのか？」

もう一度舌打ちして、ジンはスロットルを開放した。エンジンの回転を限界まで引き上げるとさらに加速を試みる──いかにスパイクタイヤを履《は》かせているとはいえ、雪面でこの速度は限りなく自殺に近い。しかし、そのリスクを冒《おか》した甲斐《かい》はあったようだ。ようやく〝幽霊〟との距離《きより》が縮まり始めた。

「ようし……化け物だか幽霊だか知らねえが、顔《ツラ》ぁ拝ませてもらうぜ！」

もはや人型の燐光《りんこう》は手を伸《の》ばせば届くところにまで迫《せま》っている。マシンと〝幽霊〟が完全に並んだと見るや、ジンは大胆《だいたん》にもシートから腰《こし》を浮《う》かした──次の瞬間《しゅんかん》、腕《うで》で顔面を庇《かば》うと、〝幽霊〟の背中にタックルをかける。

「⁉」

声にならない絶叫《ぜっきょう》──しかし、たしかに生者の悲鳴を〝幽霊〟が発したときには、二つの肉体は勢いよく雪原に激突《げきとつ》していた。主《あるじ》を失ったバイクが転倒《てんとう》するのを尻目《しりめ》に、絡《から》み合ったまま路肩を転がる。その衝撃《しょうげき》に激しい雪煙《ゆきけむり》が舞《ま》い上がったときには、〝幽霊〟のほっそりした体からはあの青白い燐光は失われてしまっていた。

「……へっ！　やっぱり人間《ナマモノ》だったか！」

〝透明化《とうめいか》〟の正体──細やかな体にぴったりフィットしたボディスーツは、雪面に倒《たお》れた途端《とたん》、急激な変色を始めていた。雪と同じ、輝くような象牙色《アイボリー》に変わってゆくのだ。どうやら自動甲《シエル》の装甲《そうこう》表面同様、周囲の環境《かんきょう》にあわせて自在に色彩《しきさい》を変える仕掛けが使われているらしい。ただ、ここまで短時間かつ正確に保護色へ変化する素材というのはジンも見たことがない。

「変色迷彩《めいさい》に走行補助装置か……おもしれえもん着込んでやがるな！　だが、そろそろ正体を見せやがれ！」

「！」

いまや必死に四肢《しし》をばたつかせている〝幽霊《ゆうれい》〟を組み敷《し》くと、ジンはその上に馬乗りになった。逃《のが》れようともがくのを力任せに押さえつけ、胸《むな》ぐらを摑《つか》んで鳩尾《みぞおち》を圧迫《あっぱく》する。

「…………なっ⁉」

だが、惚けたように口を開けたのは若者のほうだった。

妙《みょう》に弾力《だんりょく》のある二つの膨《ふく》らみを右の掌《てのひら》に感じたのだ。慌てて、空いている左手で相手のマスクを剝《は》ぎ取る。

「お、お前……女か⁉」

麦わら色《ストロープロンド》の直毛の下、恐怖に瞠《みは》った目で若者を見上げていたのは二十代も前半とおぼしき女の顔だった。まるで生まれてこの方、太陽など見たこともないと言わんばかりに白い肌《はだ》。鼻筋の通った彫《ほ》りの深い顔立ち——吸い込まれるような青い瞳《ひとみ》に映っているのは、驚愕に強《こわ》ばったジン自身の顔だ。

「な、なんだ⁉　なんだって、女が幽霊なんかやってやがんだ……って、いてええっ！」

思わず間の抜《ぬ》けたことを口走った若者は、次の瞬間、悲鳴をあげていた。それまで女の胸に置いたままだった右手に、鋭《するど》い痛みが走ったのだ。思わず引っ込めようとした手首に、さらに何かが絡みついてくる。反射的に剝ぎ取ったそれを目にして、再度、ジンは驚声《きょうせい》を漏《も》らした。

「なんだ、こりゃあ……猫《ねこ》じゃねえか!?」

「!!」

最初、その鋭い悲鳴は猫の鳴き声かと思われた。だが、そのときには猫とは別の生き物が子猫を摑んだジンの手にむしゃぶりついてきている。

「……ソ、ソノ子ニ出サナイデ。手。原住民ノ人!」

女の言葉はまるで発情期のコマドリの囀《さえず》りみたいな奇妙《きみよう》なアクセントだった。しかし、聞き取りづらい内容などより、その必死の顔つきを見ればだいたい何が言いたいのか見当がつく。子猫を取り返そうと手を伸ばしながら、女は再度、悲痛な叫《さけ》びを放った。

「ソノ子傷ツケル。アナタ。ひかげ、許サナイ! トテモトテモ痛イ!」

「ちょ、ちょっと待て! わかったから、騒ぐな!」

暴れる子猫を女に押しつけながら、ジンは唸った。そこで、女の格好が妙に艶《なま》めかしいものであることに気づいて、慌《あわ》てて目を逸《そ》らす——どういう素材か知らないが、ラバーに似た質感のスーツは女の体に貼《は》りつくように、ボディラインを浮き出させていたのだ。とりあえずコートを脱《ぬ》ぐと、ジンは乱暴にそれを差し出した。

「と、とにかく話の前にこれを着ろ。そんな寒そうな格好されてると、気になってしかたがねえ。俺ぁ、向こうむいてるから、その間にさっさと着てくれ……あ、やべえ!」

背後に三白眼を向けたのは女から目を逸《そ》らすためだったが、そのときジンは新たな人影《ひとかげ》が複

数、こちらに近づいてきているのを見つけて舌打ちした。黒い軽甲に抜き身の槍《やり》——さきほど叩《たた》きのめした連中と同じ、トウライの軍士たちだ。しかもその中央にいるのは、あの、鼻骨《びこつ》を折ってやったチンピラ軍士ではないか。

「き、貴様！　やっと見つけたぞ！」

こちらが向こうを認めたように、向こうもこちらに気づいたらしい。血まみれの包帯から目だけを出したその男は、ジンを指さすとヒステリックに喚《わめ》いた。

「俺たちを襲《おそ》ったのはこのガキだ！　捕《つか》まえろ！　どこぞの野盗《やとう》かもしれん！」

「おい、貴様か？　仲間をやったのは？」

包帯男の声に従って、軍士たちが槍や長銃《ライフル》をかまえた。相手の実力については事前に報《しら》されているのであろう。半包囲の隊形をとると、慎重《しんちょう》に距離《きょり》を詰《つ》めてくる。

「何者だ？　村の者ではないようだが、こんなところで何をしている？」

「見りゃわかるだろ？　美人といちゃついてんのさ」

〝幽霊〟が一秒でも早くコートを羽織ってくれることを祈《いの》りながら、ジンは腰を浮かせた。軽兵たちの目から女を庇《かば》うように角度を計算しながら、ことさらとぼけた軽口を叩く。

「いま、ちょうどいいところなんだ。人の逢い引き《デート》の邪魔《じゃま》はしねえでくれねえかな？」

「……逢い引きだと？」

若者の言葉に、軍士たちはそろって毒気を抜かれたような顔になった。それから訝《いぶか》しむごとく眉《まゆ》をひそめる。

「貴様、我々をからかってるのか？」

「別にからかっちゃいねえよ。それよか、とっとと消えてくれ。俺ぁ、こっちのいい女としっぽり楽しんでるんだ。出歯亀《でばかめ》はよくねえぜ」

「いい女って……どこにそんな女がいる？」

「うわ、失敬な奴《やつ》らだな、君たちは！　見ろ、こんな美人つかまえて……って、あれ？」

勢いよく振《ふ》り返ったジンの顎《あご》が音をたてて落ちた――そこには誰《だれ》もいない。ただ、薄闇《うすやみ》の下、銀雪が淡《あわ》く輝《かがや》いているだけだ。

「あ、あれ？　どこに行きやがった、あの女⁉」

「小僧《こぞう》、つまらん言い逃れはやめろ！」

周囲を見回している若者を怒鳴《どな》りつけたのは包帯男だ。仲間たちにくぐもった声で呼びかける。

「おい、とにかくひったてろ！　若君《わかぎみ》のところに連れていくんだ！」

「……若君？」

その言葉に反応したように、ジンは振り返った。消えた〝幽霊〟のことなど忘れたような顔で、軍士たちに尋《たず》ねる。

「その若君ってのは誰のことだ？　お前らの上官か？　だいたいお前ら、トウライ軍の軍士みたいだが、どこの部隊《コープス》だ？」

「……そんなことを聞いてどうする、小僧？　貴様、どこぞの密偵《スパイ》か？」

「とんでもねえ！　ただの無邪気《むじゃき》でお茶目な好奇心《こうきしん》さ……ええっと、その甲冑《かっちゅう》は〝フソウ〟のものだよな？」

尻《しり》についた雪を払《はら》いながら、若者はそらとぼけたように肩《かた》をすくめた。もっとも言葉遣《ことばづか》いこそ殊勝《しゅしょう》であったが、口調と態度は相変わらず傲岸不遜《ごうがんふそん》そのものだ。まるで目下の者でも相手にしているように問いを重ねる。

「でもって、〝フソウ〟の城主はたしか、左将軍のカズサ＝シュウだ。あんたら、ひょっとして左将軍さまの兵隊かい？」

「――いいえ、違《ちが》います。彼らは私の麾下《きか》の軍士ですよ」

若者への答えを引き取ったのは、涼《すず》やかな美声だった。

振り返れば、新たに数名の軍士たちがこちらにやってきているところだ。声の主は、その先頭に立つ若い男――その顔を見た軽兵たちが顔色を変えた。

「……わ、若君！」

「なにやら騒《さわ》がしいから来てみたら、いったい何があったのです？　例の魔物《まもの》は捕まえたのですか？」

そういうとその男――一目で侍大将《オフィサー》とわかる青年は優《やさ》しげに目を細めた。

　年はジンより二つ、三つ上ぐらいだろうか。背は頭一つ低いが、うっすらと化粧《けしょう》した顔ははるかに気品に溢《あふ》れている。軍士たちに尋ねた言葉遣いも、いかにもどこぞの貴族の子弟の物腰《ものごし》だ。

「……おや、そういえばそちらはどなたです？　村では見ない顔ですね。旅行者か何かですか？」

「む、村で我々を襲った奴です！」

　叫《さけ》んだのは、例の軍士だった。血の滲《にじ》む包帯を貴公子に示しながら、涙声《なみだごえ》で訴《うった》える。

「わ、私たちをこんな目にあわせた不届者です……若君、こいつはきっと、どこぞの密偵です！　捕《と》らえて、拷問《ごうもん》にかけましょう！」

「ふむ……君、本当ですか？」

　部下の訴えを聞き終えると、貴公子はふてぶてしい沈黙《ちんもく》を守る若者を振り返った。手に軍扇《ぐんせん》をいらいながら、おっとりと尋ねる。

「さきほど、村で騒ぎが起きたことは知っていますが、あれは君がやったのですか？」

「まあな」

　さりげなく肩を落とし、いつでも抜刀《ばっとう》できる体勢を作りながら、ジンは木で鼻をくくったような答えを返した。

「こいつらが道ばたでどっかのじじいをこづきまわしてたんでな。ちょいと敬老精神ってやつを教えてやったのさ……あんたも上司なら、もっと部下は躾《しつけ》ておけよ」

「う、嘘《うそ》だ！」

包帯男は喚《わめ》いた。

「わ、若君、こんな野郎《やろう》の言うことなんぞ聞くことはありませんぞ！　それより――」

なんと言おうとしたのだろう？　結局、彼がその言葉を言い終えることはなかった――その瞬間《しゅんかん》、振り返った貴公子が軍扇を一閃《いっせん》したかと思うと、彼の脳天に振り下ろしたのだ。

ぐしゃりと湿《しめ》った音がしたときには、軽兵の頭部は変形してしまっている。おそらくただの軍扇ではなく、鉄扇だったのだろう。打ち砕《くだ》かれた脳漿《のうしょう》を顔中の穴から噴《ふ》き出しながら、軽兵は声もなく頽《くずお》れた。

「おいおい、いきなりかよ……」

雪面に倒《たお》れた軽兵の頭部は潰《つぶ》れた蜜柑《みかん》のようになってしまっている。まだ体だけがひくひくと痙攣《けいれん》しているのを見下ろしながら、三白眼の若者は顔を顰《しか》めた。

「いいのかい？　このクズ、あんたの部下なんじゃねえの？」

「栄《は》えあるトウライ軍士の身にありながら、無辜《むこ》の民《たみ》を傷つけた報《むく》いです。我々は、この村を守るために参ったのであって、傷つけるために来たのではありません」

若者と並んで死者を見下ろしたのは、件《くだん》の貴公子だ。軍扇についた血を払い落としたところで、ふと気づいたように若者に目を向け直す。

「それで結局、君は何者です？　その格好は戦衆《いくさしゅう》とお見受けしましたが、お名前は？」

「人に名乗るのはまず相手の名前を聞いてからにしろっつーのが親父《おやじ》の遺言《ゆいごん》でね」

相変わらず、肩を落としたまま若者は答えた。死者への関心を失ったように三白眼をあげて尋ねる。

「あんた、誰《だれ》だい？　こいつらは〝若君〟とか呼んでやがったが、トウライの家中で若君といえば、たしか……」

「私はこの特務部隊の指揮官です。もったいなくも大公閣下の勅命《ちょくめい》を賜《たまわ》り、ここ、ハグン村の民を騒がす魔物を討伐《とうばつ》に参った者」

そう告げた美青年は、手にした軍扇を広げた。黒地に染め抜《ぬ》かれた白い木瓜紋《もっこうもん》を示すと、いかにも誇《ほこ》らかに名乗る。

「我が名はシン――トウライ左将軍カズサ＝シュウが嫡男《ちゃくなん》、カズサ＝シンと申します」

参

「こいつぁ、驚《おどろ》いたな……」

ビルに背を預けて半臥《はんが》の姿勢をとったそれは、一見、人とも見えた。

甲冑《かっちゅう》を纏《まと》い、死して朽《く》ちた太古の戦士。

だが、遺骸《いがい》というにはスケールが違《ちが》いすぎる。

こうして蹲《うずくま》っていても、その全高はゆうに四丈《十二メートル》あまり――おそらく直立すれば身の丈《たけ》七丈《じょう》近く、人間の身長の十倍以上にも達するだろう。重量となると見当もつかない。

「なるほど、あんたらが掘《ほ》りあてたってブツはこいつのことか……ああ、これは確かにお宝だぜ」

「先祖代々、この遺跡《いせき》を掘り続けて百五十年になるが、儂《わし》らもこんなものを掘り出したのは初めてじゃ」

そこは、広大な廃墟《はいきょ》だった。

あの〝怒《いか》りの日〟――隕石雨《いんせきう》が天地を覆《おお》い、この惑星《わくせい》から文明を奪《うば》い去った呪《のろ》われし日以前には〝オオサカ〟とも呼ばれていた都市の亡霊《ぼうれい》。

一面、崩《くず》れかけた高層建築物が墓標のように建ち並び、蜘蛛《くも》の巣のように亀裂《きれつ》の入った道路がその間を縫《ぬ》って張り巡《めぐ》らされている。その旧ビル街の一角、子供のような素直《すなお》さで驚嘆《きょうたん》している若者の傍《かたわ》らで溜息《ためいき》をついたのは、頭の包帯も痛々しい老人だ。ハグンの村長《むらおさ》はその巨大《きょだい》な人形《ヒトガタ》を見上げると、畏《おそ》れと恐《おそ》れを皺声《しわごえ》に滲ませた。

「よもや、こんなものをこの目で拝む日がこようとはの。まったく長生きはするもんじゃて」

「木偶《デク》……ここまで完全な形で残っているやつは、俺も初めて見た」

〝木偶〟――それは、きわめて稀《まれ》に旧陸で発見される巨大な人形《ヒトガタ》のことである。

その姿形はさまざまだが、おおむね人間に近い体型と四肢《しし》を備え、全高は大きなもので八丈を超《こ》える。ほとんどは頑丈《がんじょう》な甲冑《かっちゅう》に身を包み、しかも武器らしきものを備えた形で発掘《はっくつ》されることから、学者の中にはこの巨人が旧時代の兵器ではないかと唱える者もある。

しかし一般《いっぱん》には、兵器や土木機械のような実用的な存在ではなく、むしろ宗教的あるいは政治的な象徴《しょうちょう》——神像や仏像のような偶像《ぐうぞう》だったのだとする説が有力だ。というのも、この巨人はその内部にコクピットに代表される他律操作《たりつそうさ》系や、あるいは電子脳《コンピューター》のような自律制御《じりつせいぎょ》系をいっさい有しなかったからだ。

もしこれが自動甲《シエル》や戦車に類する存在なら、当然それを操《あやつ》る場所があるはずであるが、木偶の中にそれらしき箇所《かしょ》はない。唯一《ゆいいつ》、胸のあたりに人間が入りこめる大きさの球状空間があるにはあるが、そこに操縦機器らしきものはまったく見あたらない。おそらくは司祭や神官が神と交感するための場所であったのだろうというのが通説だ。

では、いま現在においては、これはまったく役に立たないものなのだろうか？

実はそうでもない。たしかにハグン村やあるいはトウライの宮廷《きゅうてい》などに持って行ったところで、こんなもの、何に使えるというわけでもない。あまりに硬《かた》い装甲《そうこう》は切り開くこともほとんど不可能であるため、分解して部品や素材として再利用することすらままならないからだ。

しかし、世間にはこれを神像——神の憑代《よりしろ》として崇《あが》める団体が存在していた。〝光明教団《イルミナティ》〟と呼ばれ、世界各地に多数の信徒を持つその宗教結社は、かなりの代価でこの役にも立たない粗大《そだい》ゴミを買い取っている。そのため、木偶一体掘り出せば、その村は孫子の代まで食うに困らぬとまで言われていた。

「これなら〝教団〟の方々もきっと高値で引き取ってくださるに違いないて」

大きな脚《あし》を投げ出した巨人の骸《むくろ》を愛《め》でるように見上げ、村長は抑《おさ》えきれぬ笑《え》みをこぼした。

「千……いや、二千両はいくかの？　まったく、ありがたいことじゃ。これで、皆《みな》を飢《う》え死にさせずに済む」

「……だけどよ、命あっての物種とも言うぜ、じいさん？」

皮算用を弾《はじ》いている老人を冷やかしたのは、ようやく三白眼《さんぱくがん》を地上に降ろした若者だ。周囲では重機や運搬《うんぱん》用の大型牽引車《トレーラー》を準備している村人たち、そして彼らの周辺を哨戒《しょうかい》している四十名ほどの軍士たちが忙《いそが》しげに立ち働いている。彼らの間にうっそりとうずくまっている影《かげ》は三輛《りょう》の四輪装甲車だ。それらをいちいち用心深げに見回し、ジンは村長の楽観論に水をかけた。

「忘れたのかい？　例の化け物だか妖怪《ようかい》だかに、先週は三人も殺《や》られてるんだろう？　今夜も、そいつが出ねえとも限らねえじゃねえか……村の連中のことを考えるのなら、いっそ潔《いさぎよ》く諦《あきら》めちまうってのも一つの手じゃねえの？」

「諦めろじゃと!?　はッ、馬鹿《ばか》をぬかせ、小僧《こぞう》！」

楽しい夢を見ていたところをむりに起こされたような顔になって、村長は若者に嚙《か》みついた。

その向こうでは、村人たちが木偶に幾十《いくじゅう》本ものワイヤーをかけ、それを汗《あせ》まみれになって重機に繋《つな》いでいるところだ。みすぼらしくも懸命《けんめい》な同胞《どうほう》の姿を眺《なが》めやり、老人は苦い声をこぼした。

「村の者のためを思えばこそ、儂はこの木偶を金に換《か》えねばならんのじゃ！　儂ら、掘り師の仕事は楽ではない。いつ命を落とすかわからん危険な仕事じゃ。かといって、他《ほか》の仕事に就《つ》こうにも、やれ屑拾《くずひろ》いのゴミ漁《あさ》りのと馬鹿にされる儂らを受け入れてくれる町などない……なんとかこの〝遺跡〟に齧《かじ》り付いて生活せねばならん。その厳しい暮らしが、若いの、貴様にわかるか？　わかったうえで、諦めろなどとぬかしおるのか？」

「……けっ、そこまで金が欲しいのかよ」

老人の言葉よりむしろ、そのひたむきな表情に辟易《へきえき》したらしい。そっぽを向くと、ジンは相変わらず不機嫌《ふきげん》げに舌打ちした。

「なら、一つ忠告しておいてやる、じじい……あの、シンとかいう奴《やつ》な。奴をあんまり信用するな」

「は？　それはどういうことじゃ？」

「言ったとおりの意味さ……奴をあてにしてると、痛い目見るかもしれねえってことよ」

「言うとる意味がさっぱりわからん」

あさっての方向を向いたまま紙巻《タバコ》をふかしている若者を、老人は非難するように睨《にら》んだ。

「お主も見たろう、公子《こうし》さまを？　なんとも立派なお方ではないか。儂《わし》らのような者にも優《やさ》しいし、軍士もよくなついておる……たしかに、噂《うわさ》では〝フソウの狂犬《きょうけん》〟とか言うて、とんでもない大うつけじゃと聞いておったが、見ると聞くとは大違《おおちが》いよ。凛々《りり》しい若武者ぶりであらせられるわ。たとえ魔物《まもの》が現れても、あの方たちならば、きっと見事に討ち果たしてくださるに違いないて」

「さあて……それはどうだかね」

老人の期待に、若者は同調しなかった。作業現場を巡回《じゅんかい》している軍士たちをことさら感情を消した瞳《ひとみ》で眺めやりながら、低い声で付け加える。

「それに、いくら連中の腕《うで》が立つとしても、しょせんあんたらにとっちゃ他人だ。他人に自分たちの命を任せっぱなしってのはどんなもんかね？　なあ、じいさん。悪いことは言わねえ。やっぱ、変な欲はかかずにおとなしく手を引いたほうがいいと思うぜ」

「か、勝手なことをほざくな、小僧！　貴様のような風来坊《ふうらいぼう》に、余計な差し出口を叩《たた》かれるいわれはないわ！」

ジンの言葉は部外者の勝手な物言いだったが、それはどこか老人の心の襞《ひだ》に突《つ》き刺《さ》さってしまったようだった。皺顔《しわがお》にかっと血を昇《のぼ》らせ、村長《むらおさ》は若者を嚙みつかんばかりに怒鳴《どな》りつけた。

「村の者が、もう三人も死んでおるのじゃぞ！　いまさら手を引けるものか！　そんなことをすれば、あいつらはそれこそ犬死にではないか！　儂はあいつらのためにも、このお宝を金に換える。たとえ、そのために命を失おうともじゃっ！」

「――どうしたんです、村長？」

激昂《げっこう》する老人の背中に、穏《おだ》やかな声がかかったのはそのときだった。

「何をもめておられるのです？　なにか、ご不快なことでもありましたか？」

「こ、これは公子さま！」

振《ふ》り返れば、いかにも上品な美青年がにこにこと笑っているところだ。その気品溢《あふ》れる顔を見た村長は人変わりしたような卑屈《ひくつ》さで腰《こし》を折った。

「あ、いや、なんでもございませぬ！　ただ、例の化け物が襲《おそ》ってこないかと、それが少々気がかりで……つい、神経がたかぶって大声を出してしまいました。お許しくださいませ」

「ははっ、なんだそんなことですか。いやいや、村長がご心配されるのも無理はないと思いますよ」

貴公子——カズサ＝シンは平身低頭《へいしんていとう》する老人に優しく笑みかけると、手にした軍扇《ぐんせん》をひろげた。木瓜紋《もっこうもん》を染め抜《ぬ》いたそれで指し示したのは、油断無く周囲を見張っている軍士たちだ。

「でも、あれをご覧ください。我がトウライの誇《ほこ》る精鋭《せいえい》を……私と我が軍がここにある限り、どんな怪物《かいぶつ》が現れようと、あなたたちに指一本触《ふ》れさせるものではありません。なんといっても、あなたたち国民は、我がトウライの宝ですもの。その皆《みな》さんの安全は、我らが命に代えてもお守りします——そう、このカズサ＝シンの名にかけて」

「あ、ありがたきお言葉！」

貴公子の言葉に、村長は顔を紅潮させた。いまにも感涙《かんるい》に咽《むせ》び出しかねぬ表情で拝礼すると、作業中の村人たちのところへ駆《か》け戻《もど》ってゆく。

「皆、いまのお言葉を聞いたか？　公子さまのお言葉を……儂らにはカズサ＝シンさまがついていらっしゃる！　じゃから、安心して気張《きば》れ！」

「……やれやれ、脳みそに皺の少ねえじいさんだぜ」

両手を振り回しながら叫《さけ》んでいる老人をうんざりと、しかしどこか気遣《きづか》わしげな目で見送ったのは、会話から弾《はじ》かれたように沈黙《ちんもく》していた若者だった。ジンは半ばまで吸ったタバコをひび割れたアスファルトに落とすと、やりきれなさげに頭上を仰《あお》いだ。昨夜の吹雪《ふぶき》が嘘《うそ》のように満天に輝《かがや》いている星に向かってぼやく。

「いくらえらい奴が大見得きってみせたからって、この程度の部隊にいったい何ができるよ。甲士《こうし》の一機もいねえのに……少しは考えろっつーの」

「やあ、ジン君。何をぶつぶつ言ってるんです？」

独りごちていたジンの背中にかけられたのは、いかにも人当たりのよい、まろやかな声だった。相変わらずにこにこと、かつ嫌《いや》みでない笑《え》みを湛《たた》えた貴公子が気さくに言葉をかけてきたのだ。

「困りますね、仕事をさぼって民間人ともめたりしては……君も私に召《め》し抱《かか》えられた以上は、立派なトウライの軍士です。民間人とは常に仲良くして、気持ちよく彼らが作業に従事できるよう配慮《はいりょ》してください」

「はあ……すんません」

ほんの二時間前、雇用契約《こようけいやく》を取り交《か》わしたばかりの雇《やと》い主にジンは頭を下げた。どこか手持ちぶさたな顔で口元を掻《か》きながら、ぼそぼそと尋《たず》ねる。

「それより、ええっと、公子さま、いいんスかね？　連中にこのまま作業を続けさせても？」

「はて、いいのかとは？」

「いや、俺たちが化け物とやらを退治するまでは、村の連中はここに近づけないほうがいいんじゃないかなーとか思いまして。まず、俺たちでその化け物とやらを片づけるのが先で、連中を入れるのはそのあとじゃないんスかね？　そのほうが、連中を危険に曝《さら》さずにすむんじゃありませんか？」

「連中の安全ですって？　ジン君、君、何を馬鹿《ばか》なことをおっしゃってるんです。あんなモグラどもの安全など、どうして我々が配慮してやらねばならないのです？」

いかにも意表を突かれたように、貴公子は目を丸くしたが、すぐにまたにこやかな表情に戻った。そのいかにも人を逸《そ》らさぬ笑顔のまま、爽《さわ》やかに言い放つ。

「あの連中はただの消耗品《しょうもう》です。どうせ何十人か死んだところで、すぐにまたゴキブリみたいに増えます。繁殖力《はんしょく》だけは旺盛《おうせい》な方々ですからね……そんな虫ケラなどの心配する暇《ひま》があったら、早く任務を終わらせて城に引き上げるほうがよほど有意義ではありませんか？　それにそうそう、どうせ、あの木偶《デク》も適当に理由をつけて、召し上げてしまうつもりです。こんな辺境のモグラたちに大金を持たせてもろくなことにはなりませんからね。それより、国庫に納めて予算のたしにでもしたほうが、はるかに我が国のためになる――そう思いませんか、君?」

「……さあ? 俺みたいな下《した》っ端《ぱ》には難しすぎるっスね、そういう話は」

事実、ジンは興味なさげに首を振った。いかにも関心のない顔で肩《かた》をすくめる。

「そういうややこしい話は若さまにお任せしますよ。俺は給金さえ払《はら》ってもらえりゃ、それでいいんで……おっと、そうだ。忘れるところだった。若さま、こっちに来てもらえませんか? 実は、ちょいと見ていただきたいものがあるんスけど」

「私に見せたいもの?」

自分を差し招いた軍士を、貴公子は不思議そうに見やったがすぐに鷹揚《おうよう》に頷《うなず》いた。先に立って歩き始めたジンの背後を、素直《すなお》についていく。

「見せたいものとはなんです、いったい?」

「ええっと、とにかくこっちに来てもらえませんかね……ほら、ここです、ここ」

そう言ってジンが貴公子を導いたのは、アスファルトの道路に開いた浅い窪《くぼ》みの縁《ふち》だった。

大きい――差し渡《わた》し一丈《じょう》はあるのではないか。だが、けっして自然に開いた窪みなどではない証拠《しょうこ》に、その一方には鋭《するど》い爪《つめ》を備えた五本の指の痕《あと》が残っている。足跡《そくせき》だ。それが、道路の果てからずっと等間隔《とうかんかく》に続いている。

「これは……例の魔物《まもの》の足跡ですね」

「らしいっスね」

昨夜の雪に半ば埋《う》もれた窪みの一つを眺《なが》めおろしながら、ジンは上官の言葉に頷いた。新たなタバコをくわえると、どこかやる気なさげに付け加える。

「すごいでかいっスねえ。これが本当に足跡だっつーんなら、化け物の身の丈《たけ》はざっと七丈以上ある計算になる。大入道《おおにゅうどう》ってやつだ」

「で、これがどうかしましたか？」

いったいこいつは何を言いたいのだ——訝《いぶか》しむように、ジンは先を促《うなが》した。

「たしかに恐《おそ》ろしげなものですが、足跡ならあちこちに残っています。ここに来る途中《とちゅう》、遺跡《いせき》の入り口に残っているものを君も見たでしょう？」

「ああ、見たっス。もっとも、あっちは最初に化け物が出た晩に残されていた足跡だそうですね。でもってこっちは、先週、起重機《クレーン》が薙《な》ぎ倒《たお》された夜にできた足跡……しかし、こいつはちょいとおかしいんだよなあ」

「はて、おかしいとは？」

「あわないんスよ……あっちとこっちの足跡がよ」

タバコに火をつけると、ジンは濃《こ》い紫煙《しえん》を吐《は》き出した。夜の闇《やみ》の中、赤い光の灯《とも》ったその先《せん》端《たん》で遺跡の入り口方向を指し示す。

「あっちに残ってた足跡は、こう、丸っこくてまるで草鞋《サンダル》みたいな形をしてた。でも、こっちの足跡には、ほら、爪が生えてます」

「ふむ……言われてみればそうですね」

「しかも、おかしなことはそれだけじゃねえ。こっちの足跡、どうにも不自然なんスよ……ほら、人間だろうが動物だろうが、生き物が歩けば、ふつうは足先に力が入りますあね？　体重も自然、そっちにかかる。だから、足跡ってのは前のほうが深く沈《しず》んでるもんだ……ところが、こいつにはそれがねえ。まるで判で捺《お》したみたいに均等に力がかかってる」

「………」

部下の言葉に、シンは考え深げな顔になった。なにか熟考するように黙《だま》り込む。

一方、ジンのほうは足跡の謎《なぞ》についてはすでに忘れたような顔でポケットに手を突《つ》っ込んでいた。ごそごそとなにやら探《さぐ》っていたが、やがて、掌《てのひら》に載《の》せた何かを上官に突きつける。

「それと、先週、魔物に押し倒されたって起重機なんスけどね？　実はさっき、その残骸《ざんがい》をちょいと調べてみたんスよ。そしたらそこでも妙《みょう》なものを見つけまして……ほら、この黒いの。基礎《きそ》部分にこびりついてたのをこそぎ取ってきたんスけど、これ、なんだかわかります？」

「なんです、このゴミは？　埃《ほこり》ですか？」

「いいや、違《ちが》います。こいつは煤《すす》――それも熱切断機《トーチ》で金属を焼き切ったときにだけ出る煤だ。たぶん、光力切断機《レーザートーチ》じゃねえかな？」

「……光力切断機ですって？」

それまで黙って顎《あご》を撫《な》でていたシンの瞳《ひとみ》がにわかに鋭くなった。しかしそれに反比例するように声音《こわね》を落として囁《ささや》く。

「ジン君、つまり君は起重機が倒壊《とうかい》したのは化け物の仕業《しわざ》などではなく、何者かが細工をしたのだと言いたいのですか？　いいや、それだけでなくこの化け物騒《さわ》ぎそのものが茶番だと？」

「別に、そこまでは言ってやしません。だが化け物なんて与太話《よたばなし》よかは、よっぽどわかりやすいと……お？　なんでえ、あの音は？」

ふと若者は口をつぐむと、耳を澄《す》ますような表情になった。

それを待っていたように、遠く、夜空に響《ひび》いたのは遠雷《えんらい》の轟《とどろ》きのような小さな重低音だ。

「なんだ、いまの……あ、まただ！」

さきほどよりか幾分《いくぶん》大きくなった音に、ジンは片眉《かたまゆ》をあげた。そのときには、周囲の者たちもそれに気づいたらしい。兵士と村人の別なく、不安げに顔をもたげている。

「ちょっと待て、まさか……これって……」

その間にも、音は一定の間隔《かんかく》を置いて轟き続けていた。しかも、一回ごとに徐々《じょじょ》に大きくなっていく。

「いや、違う。あれは、大きくなっているのではありません……」

耳を澄ましている一同を代表してシンが、震《ふる》える声を押し出した。その場の全員が気づきつつも、あえて指摘《してき》しなかった事実を口にする。

「あれは……こちらに近づいてきているんです！」

その言葉に一同が声にならぬ悲鳴をあげたのと、さらに奇怪《きかい》な現象が始まったのは、ほぼ同時のことだった。

いきなり、周囲に設置されていた照明が明滅《めいめつ》を始めたのだ。と、それに合わせるように遠くのビルが音をあげて崩《くず》れる。まるで見えない手に押されたようにゆっくり——しかもビルの倒壊は一つではない。まずはその隣《となり》、さらにその隣と、まるで何か目に見えない巨大《きょだい》な存在がこちらに突き進んできているかのように突き崩されていくではないか。

「ま、魔物だ！」

一瞬《いっしゅん》にして村人たちは恐慌《きょうこう》状態に陥《おちい》っていた。しかもその間も、例の足音は雷鳴《らいめい》のような轟きを発し続けている。これで落ち着いている者がいるなら、そちらのほうが異常だ。

「で、出た……魔物だ！　魔物が出た！」

「に、逃《に》げろ！　喰《く》い殺されるぞ！」

もはや作業など放《ほう》り出した村人たちは蜘蛛《くも》の子を散らすように逃げまどっている——そこに、よく通る声が響いた。

「落ち着きなさい！　皆《みな》さん、落ち着いて！」

叫《さけ》んだのはシンだ。こんな状況《じょうきょう》においてさすがというべきか、青年貴族の美貌《びぼう》はいくぶんか青ざめていたが、いまだ十分な理性を保っていた。縋《すが》るような目を向けた村人たちに、廃墟《はいきょ》の一角を指さす。

「あなたたちは、あの建物に隠《かく》れていてください！　魔物《まもの》は私たちが仕留めます！」

「さあ、こっちだ！　あのビルに避難《ひなん》しろ！」

このようなときにあってなお冷静さを失わない上官の態度に勇気づけられたらしい。それまでやはり泡《あわ》を食っていた軍士たちが、気を取り直したように叫んだ。

「我々がここで食い止める！　お前たちは全員、あのビルに隠れていろ！」

「村長、村民を誘導《ゆうどう》してやれ！　逃げ遅《おく》れを出すな！」

一方、轟音《ごうおん》はいまや耐《た》え難いまでの爆音《ばくおん》に成長していた。軍士たちに命じられた村人がまろぶように指定された建物に駆《か》け込む間にも、その足音はこちらに接近してきている。

「……おい、おい、じいさん！　てめえ、なにやってんだよ！」

そのパニックの中、こちらに走ってきた人影《ひとかげ》をジンは厳しい声で怒鳴《どな》りつけた。古めかしい長銃《ライフル》を抱《かか》えた村長が、独り、村民の群れから離《はな》れて駆け戻《もど》ってきたのだ。

「あんたらは避難してろって言われたろーが！　とっとと逃げやがれ！」

「わ、儂《わし》も戦う！」

白髪頭《しらがあたま》の包帯をむしり取って、老人は吠《ほ》えた。本当に作動するのかどうかも怪《あや》しい単発銃《たんぱつじゅう》を、慣れない手つきで構える。

「儂もあいつと戦うぞ！」

「だから、やめとけって、じじい！　命あっての物種だろうが！　命を粗末《そまつ》にすんじゃねえ！」

「う、うるさい！　化け物かなんか知らんが、儂らのお宝は勝手にはさせん！」

そう怒鳴った村長の目には涙《なみだ》が溜《た》まっていた。沈黙《ちんもく》したまま蹲《うずくま》る木偶《デク》と、その側《そば》に無惨《むざん》に転がった起重機を睨《にら》み、かすかに湿《しめ》った声で付け加える。

「ここで儂が諦《あきら》めたら、死んだせがれたちは……儂の息子《むすこ》たちは犬死にじゃ！　化け物だかなんだか知らんが、儂は絶対に諦めんぞ！」

「じいさん……」

その間にも、〝足音〟はこちらに近づきつつある。その迫力《はくりょく》は大の男でも逃げ出したくなるほどだ。にも拘《かか》わらず、根が生えたように仁王《におう》立ちになった老人に対し、ジンはどこか哀《あわ》れむような声をかけた。いや、かけようとしたのだが、

「なるほど、先週亡《な》くなったのは、あなたの息子さんたちでしたか」

滑《なめ》らかな美声が、それを遮《さえぎ》った。振《ふ》り返れば、カズサ＝シン——あの貴公子がいかにも気の毒げな顔で立っている。貴公子はひょいと手をあげると、そこに握《にぎ》っていた短筒《たんづつ》の銃口を振り向いた老人に向けた。

「それは、気の毒なことをしてしまいました……では、せめてものお詫《わ》びに、あなたもご子息たちのところへ送ってあげましょう」

「なっ⁉」

次の瞬間、轟《とどろ》いたのはくぐもった銃声だった――短筒の銃口から小さな炎《ほのお》がほとばしったかと思うと、まるで目に見えない手に殴《なぐ》られたように老人の短軀《たんく》が吹《ふ》っ飛んでいる。

「じ、じじいっ！」

心臓のすぐうえ――左鎖骨《さこつ》のあたりから大量の血を噴《ふ》き上げて倒《たお》れた老人のほうへ、泡を食ったように若者が駆け寄った。ひざまずくと、手が血で汚《よご》れるのもかまわず抱《だ》き起こす。

「じいさん……じいさん、しっかりしろ、おい！」

「な、なぜ……？　公子、さま……」

出血と激痛で朦朧《もうろう》となっているらしい。濁《にご》った目を、信じられぬものでも見たように見開いて老人はきれぎれに声を絞《しぼ》り出した。

「なぜ……儂、を……？」

「ああ、すみませんね。私、短筒の技量はからっきしでして。一発で楽にしてさしあげたかったのに、はずしてしまいました」

そう爽《さわ》やかに笑った貴公子の周囲では、軍士たちが特に驚《おどろ》いたふうもなくにやついている。いきなり上官が民間人を撃《う》ったというのに、見えない怪物《かいぶつ》が迫《せま》っているというのに、およそ緊《きん》張感《ちょうかん》の欠片《かけら》もない――いや、どこか邪悪《じゃあく》な彼らの笑顔《えがお》を睨みつけたのは、老人を地面に置いて立ち上がったジンだ。なにごとか気づいたように唸《うな》る。

「そうか……お前ら、トウライの軍士なんかじゃないな？」

いつの間にか、軍士たちはジンを取り囲むように人垣《ひとがき》を作っていた。その手に握られているのは抜《ぬ》き身の槍《やり》や刀――冷たい光を放つそれらに気圧《けお》されたように、三白眼の若者は声をひきつらせた。

「野盗《やとう》か、山賊《さんぞく》か……とにかく、軍士なんかじゃねえ！」

「いいや、軍士ですよ。正確には軍士だったというべきかな？　いわゆる脱走兵《だっそうへい》という奴《やつ》です。もともとは〝アマツハラ〟で仕官してたんですが、落ち目のカズサ家を見限って出奔《しゅっぽん》したんですよ……たまたまその直後に、この村の皆さんがお宝を掘《ほ》り当《あ》てたという話と化け物に襲《おそ》われたという噂《うわさ》を耳にしましてね」

含《ふく》み笑うと、シン――いや、そう名乗っていた男は懐中《かいちゅう》から、何かスイッチのようなものを取り出した。いつの間にか、足音も聞こえなくなっている夜空に向けてそれを掲《かか》げると、優雅《ゆうが》な動作でそれを押し込む。

「それで、その化け物騒《さわ》ぎを利用して、村に入り込み、お宝をいただくチャンスを窺《うかが》っていたわけです……ほら、こんなふうにね」

「⁉」

その瞬間、天地が真っ白に輝《かがや》いた。

驚いたようにそちらを仰《あお》ぎ見た若者の前にそびえ立っていたのは巨大《きょだい》な火柱だ。いや、違《ちが》う。

これは――

「そ、そんな……！」

いまや青白い炎をあげて燃えさかるビルを見上げ、若者は声を震《ふる》わせた。それは他《ほか》でもない――たったいま、村長以下、村の男たちが逃《に》げ込んだ建物ではないか。しかし、この炎はいったいなんなのだ？　これも化け物の祟《たた》りだというのか⁉

「これは焼夷弾《テルミットナパーム》――旧時代の兵器ですよ。〝足音〟に使用した音響弾《スタングレネード》やビルを崩《くず》した火薬筒《ダイナマイト》と同じくね」

ジンの心の声が届いたのだろうか。惚《ほう》けたように立ち尽《つ》くす若者に丁寧《ていねい》な解説を与《あた》えたのは、シンだ。

「温度はざっと二千度にも達します。村の方々は熱いと感じる間もなく燃《も》え尽きたはずです」

「やれやれ、これで全員片づきましたな、お頭《かしら》」

不気味に微笑《ほほえ》む青年貴族に媚《こ》びるように話しかけてきたのは槍を担《かつ》いだ軍士の一人だった。その顔に貼《は》りついていたのは、周囲の同僚《どうりょう》たちと同じく酷薄《こくはく》な嗤笑《ししょう》だ。

「あとは、村に残っている年寄りをぶち殺して、女子供を押さえればそれで終わり――俺たちの顔もばれねえ」

「村には別働隊を向かわせています。女子供は高く売れますからね。それに、機材やらなんやらも取り放題です。それだけでもずいぶんな収穫《しゅうかく》になりますよ……もっとも、このお宝とは比べ物にもなりませんがね」

軍士の言葉に応《こた》えて頷《うなず》くと、〝ジン〟はいかにも下卑《げび》た笑《え》みを端正《たんせい》な顔に浮《う》かべた。

「若い女はすぐには売り飛ばさないでください。あなたたちも味見したいでしょうし……ああ、そうそう。あのタキナとかいう商人とオトクとかいう娘《むすめ》は私がいただきます。兵どもには手を出させないでください」

「お、お前らは……お前ら、いったいどういうつもりだ⁉」

まるで夕食の感想でも述べるかのような気安さで略奪《りゃくだつ》の相談をしている軍士たちを、ジンはひび割れた声で怒鳴《どな》った。

「こ、これはどういうことだ⁉　いったい何でこんなことを⁉」

「何でこんな手の込んだ真似《まね》をしたかって？　決まってます。馬鹿《ばか》なモグラどもを騙《だま》して、罠《わな》にかけて、皆殺《みなごろ》しにするためですよ」

青ざめた顔で喚《わめ》くジンを宥《なだ》めるように、青年貴族——いや、それを装《よそお》っていた男は微笑んだ。

「なにぶん、あの木偶《デク》を手に入れるためには村の連中は邪魔《じゃま》です。戦いになればそれなりに抵抗《ていこう》されるでしょうし、村の設備や機材に傷がついてせっかくのお宝を運び出すのが難しくなってしまうかもしれません……」

燃えさかる炎《ほのお》が美丈夫《びじょうふ》の顔に濃《こ》い隈《くま》を作っている。もはや偽《いつわ》りの気品をかなぐり捨て、野盗の頭は下卑た笑いをこぼした。

「そこで化け物騒ぎを演出して、まずは村の男衆を皆殺しにしてしまおうと思ったんです。おかげさまで、おおむね狙《ねら》いどおりにいきました」

「こ、このクソ野郎《やろう》ども……」

頭の台詞《せりふ》にどっと哄笑《こうしょう》した野盗たちを見回し、ジンは呻《うめ》いた。いまだ火勢のおさまらぬ建物を見上げて歯を食いしばる。

「貴様ら、そのために村の連中を皆殺しにしたっていうのか！　この木偶を傷つけずに奪《うば》う、たったそれだけのために――」

「弱い者を強い者が食い物にして、いったい何が悪いんです？」

揺《ゆ》るぎない口調と表情で、美丈夫は嘯《うそぶ》いた。絶望に立ち尽くす若者の背後に、抜き身の剣《けん》を提《さ》げた仲間が忍《しの》び寄っているのをカムフラージュするため、ことさら長口舌をふるう――あとはこのチンピラを殺せば目撃者《もくげきしゃ》は完全に消したことになる。そうしたら、ほとぼりが醒《さ》めるまでゆっくりとあの村に居座り、酒と女を楽しむつもりだ。

「我々には力があります。地面を掘り返して暮らしている虫けらとは格が違う。それが好きなように振《ふ》る舞《ま》って何が悪いというんです？　弱肉強食はこの世の法則ですよ、君」

「そうか……弱肉強食か……」

背後に忍び寄った野盗の振り上げた剣が霜《しも》のような輝きを放ったのも知らぬげに、ジンは虚《うつ》ろに呟《つぶや》いた。深い深い溜息《ためいき》をつき――それから、ふいに唇《くちびる》をふてぶてしく捲《まく》りあげる。

「だったら、俺がてめえらを皆殺しにしても文句はねえよなあ？」

「――ぎああああっ！」

胸の悪くなるような絶叫《ぜっきょう》とともに、激しい血柱が奔騰《ほんとう》したのはその瞬間《しゅんかん》だった――いましもジンの背後から刃《やいば》を突き立てようとしていた男が、断末魔《だんまつま》の叫《さけ》びを放ったのだ。血煙《ちけむり》が噴《ふ》き上がったときには、脳天から股《また》ぐらまでを真っ二つにされた死体はひび割れたアスファルトに転がっている。

「……な、なにっ⁉」

ほの赤く輝く光の剣を片手にひっさげ、頭から返り血を浴びた若者の姿に野盗《やとう》たちはいっせいに目を剝《む》いた。人一人を文字どおり一刀両断にするとは技量も凄《すさ》まじいが、加えてあの光の剣、光剣《フォノンブレード》と呼ばれる超音波《ちょうおんぱ》切断システムは自動甲《シエル》の装甲《そうこう》をも貫《つらぬ》く最強の白兵戦用兵器だ。断じてそこらのチンピラふぜいの手に入るものではない――あの男はいったい何者だ？

だが、殺戮者《さつりくしゃ》の正体を詮索《せんさく》する暇《ひま》など、野盗たちには与えられなかった。

「か、頭、あ、あれ！　あれを！」

野盗の一人が裏返った声で怒鳴ったのはそのときだった。幽霊《ゆうれい》でも目撃したような顔になって、燃えさかるビル――正確にはその隣《となり》の建物を指さしている。反射的にそちらに視線を滑《すべ》らせた〝ジン〟だったが、その直後、彼もまた目をこぼれんばかりに見開くこととなった。

「ど、どういうことだ、あれは⁉　なぜ……なぜ、奴《やつ》らが生きている⁉」

無人のはずのそのビルの玄関《げんかん》から、溢《あふ》れるように人の波が湧《わ》いてきたのだ。しかもそれらはとうに死んでいるはずの男たち——燃えさかるビルの中で焼かれたはずの村人たちではないか！

「な、なぜだ……なぜ、奴らが生きている!?」

「なんで生きてるかって？　ど阿呆《あほう》、死ななかったからに決まってるじゃねえか……ああ、ちなみに、さっき、あんたらが焼いたあのビルな。あそこの地下には、昨日のうちに抜《ぬ》け道を掘《ほ》らせておいた」

まるで聖者を堕落《だらく》させる悪魔《あくま》のような顔で笑ったのはジン——そう名乗っていた若者だ。相手を出し抜いたことが楽しくてしようがないような顔で種明かししてみせる。

「実は昨日、あんたの手下どもがあそこで妙《みょう》な仕掛《しか》けをしてるところを、うちの若い衆が一部始終見ちまっててな……しかし、せっかくの仕掛けだ。ただとっぱらうのも芸がないってんで、ちょいと悪戯《いたずら》させてもらったわけよ」

「……き、貴様、いったい何者だ!?」

白昼夢でも見ているかのような混乱に頭がうまく働かないのだろう。舌をもつれさせながら、〝ジン〟は目の前の三白眼を一喝《いっかつ》した。

「答えろ、若造！　貴様、流れの戦衆《いくさしゅう》などではないな？　いったい何者だ!?」

「〝何者だ〟だと？　おいおい、いまさら水くさいこと言うなよ。脱走兵《だっそうへい》ふぜいが、さんざん他人様《ひとさま》の名前を使《パク》っておいて……よっと！」

「がっ⁉」

肉の断《た》たれる湿《しめ》った音に、男の絶叫が重なった――同時に噴き上がった血煙の主は、いままさに背後から若者を串刺《くしざ》しにしようと忍び寄っていた野盗だ。悲鳴をあげたときには、ほとんど胴体《どうたい》のところで輪切りにされた体は錆《さ》びた道路標識に叩《たた》きつけられている。

しかし、野盗たちに仲間の死を悼《いた》む余裕《よゆう》はなかった――鮮紅色《せんこうしょく》の風が猛《たけ》ったかと思うや、次の瞬間、人の形をした死と化して彼らの間に突進《とっしん》してきたからだ。

「こ、この……っ！」

咄嗟《とっさ》に槍《やり》を構えようとした野盗が得物ごと、腕《うで》を切断され、

「ぎばっ⁉」

慌《あわ》てて長銃《ライフル》のボルトを引こうとした男は真っ向から心臓を串刺しにされた。さらに返す刃が、背後から突撃《とつげき》をかけた野盗を脳天から真っ二つに斬《き》りおろす。

「こ、こいつ……強い！」

ほの赤く輝《かがや》く光の剣を片手にひっさげ、頭から返り血を浴びた若者の姿に野盗たちは目を剝いた。血を浴びた若者の姿はまさに地獄《じごく》から這《は》い出してきた修羅《しゅら》そのものだ。だが、野盗たちのうちでも唯一《ゆいいつ》、〝シン〟を瞠目《どうもく》させたのは、凶影《きょうえい》への恐怖《きょうふ》からではない。修羅が振るう光剣に象嵌《ぞうがん》された紋章《もんしょう》――五弁の花を意匠《いしょう》化した家紋《かもん》に気づいたからだ。

「あ、あれは木瓜紋《もっこうもん》⁉　馬鹿《ばか》な、なんであの男がカズサ家の家紋を⁉　ま、まさか、奴は……

あ、あの男は……」

「そ、そいつから離《はな》れろ！　まともにやり合うな！」

〝ジン〟の耳を叩いたのは、野盗の一人の怒鳴《どな》り声だった。驚愕《きょうがく》に声もないリーダーに代わって、なんとか敵を仕留めようと仲間に指示を下したのだ。

「何をしている、装甲車！　火器だ！　遠巻きにして、火器の一斉射撃《いっせいしゃげき》で仕留めろ！」

「……はっ、やっぱりそうくるかよ」

いちおう、腐《くさ》っても元軍士である。野盗たちは素早《すばや》く距離《きょり》をとると、長銃《ライフル》や芥銃《ショットガン》、あるいは弓を構えた。その中央で砲塔《ほうとう》を動かしたのは、それまで沈黙《ちんもく》していた三輌《りょう》の装甲車だ。そこに積まれた連装砲の砲口が血まみれの若者に狙《ねら》いをつける。

いかに練達の剣士《けんし》といえど、この飛び道具の一斉射撃にかなうはずもない――しかし、それを見据《みす》える〝ジン〟の顔には人の悪い笑みが貼《は》りついたままだった。あまつさえ、虚空《こくう》に向けてこう嘯《うそぶ》いたではないか。

「しょせん偽物《パチモン》は偽物《パチモン》。この程度の小細工がお似合いだぜ……待たせたな、ホーリィ！　ヴァン！　派手に暴れろや！」

〈〈お待ちしておりました！〉〉

大音声は、ぬばたまの闇《やみ》から轟《とどろ》いた。

次の瞬間《しゅんかん》、それが合図だったかのように野盗《やとう》たちの間であがったのは大きな火柱だ――装甲《そうこう》車《しゃ》の一輛が、闇の中から飛来した巨大《きょだい》な矢にエンジンを貫《つらぬ》かれたのだ。燃料に引火したらしい。まるで花火のように派手に吹《ふ》き飛ぶ。

だが、いったいどこから⁉

慌てたように、別の車輛《しゃりょう》が砲塔を旋回《せんかい》させた。矢の飛来した方向へ銃口《じゅうこう》を向けようとするが、

〈――へっ、遅《おそ》いぜ！〉

不敵な声とともに、その車体がまるで紙細工のように潰《つぶ》れた。正面から、なにかとんでもない衝撃《しょうげき》が撃ち込まれたのだ。これまた、轟音《ごうおん》とともに黄金色の爆炎《ばくえん》をあげる。

「あ、あれは……！」

夜のしじまに噴《ふ》き上がった炎《ほのお》――それを呆然《ぼうぜん》と見やった野盗たちの間から、ひび割れた声がこぼれた。

それまでまったく気づかなかったが、炎の作り出す光と影《かげ》の間に何かがいる。巨大な何かが

……

「シ、自動甲《シエル》⁉」

ビル街の一角、夜の底から湧《わ》き出してきたように立ち上がった二つの巨影《きょえい》を目の当《ま》たりにした野盗たちがそろって目を剝《む》いた。二メートルをゆうに超《こ》える巨体《きょたい》を、金属とも陶器《とうき》ともつかぬ鎧《よろい》で覆《おお》ったいびつな人影――それぞれ、長弓《ちょうきゅう》と斧槍《おのやり》を握《にぎ》った鎧武者から我知らず後ずさりながら呻《うめ》く。

「ト、トウライ軍の甲士がこんなところに⁉　ば、馬鹿な⁉　ありえん！」

だが、これが彼らの悪夢でもなんでもない証拠《しょうこ》に、その声を合図に前進を始めたのは、まぎれもなく甲士——自動甲《シエル》と呼ばれる動力甲冑《かっちゅう》を纏《まと》った史上最強の歩兵たちだ。濃紺《のうこん》と黒灰色で塗《ぬ》られた夜間迷彩《めいさい》を、装甲表面を覆う光学機能性ポリマーの力で鮮《あざ》やかな個人色に——長弓のほうは目の覚めるような象牙色《アイボリー》、斧槍のほうは涼《すず》しげなコバルトブルーに塗り替《か》えながら、突進してくる。ものの半秒とかからず変色が完了《かんりょう》したときには、鋼鉄の戦士たちは颶《ぐ》風《ふう》の迅さ《スピード》で野盗どもの間に躍《おど》り込んできていた。

「ち、畜生《ちくしょう》、ふざけやがって！」

たちまち斬りたてられ、射すくめられて壊乱《かいらん》する仲間の醜態《しゅうたい》に激昂《げっこう》したらしい。野盗のうちでも特に大柄《おおがら》な一人が身の丈《たけ》ほどもあるセラミック製の筒《つつ》を肩《かた》に乗せた。筒の先端《せんたん》には尖《とが》った円錐《えんすい》状の金属塊《かい》がついている。棒火矢《ほうびや》——旧時代にはRPGとも呼ばれていた非誘導《ひゆうどう》型の簡易ロケットランチャーだ。その先端を斧槍の甲士に向けると引き金を絞《しぼ》る。

「くたばれ！」

〈……………させない〉

甲高《かんだか》い発射音と爆炎に混じって、小さな声が呟《つぶや》いた。そのときには、音もなく降り立った人影が、射出されたばかりの噴進弾《ロケット》を抜《ぬ》く手も見せず抜き放《はな》った長刀で断ち割っている。

「なっ……⁉」

夜空で虚《むな》しくあがった爆炎とそれに照らされて蹲踞《そんきょ》の姿勢をとった人影——三体目にして、先のものよりかなり細身の甲士を前に、野盗は発射筒《はっしゃとう》を捨てることも忘れて立ち尽《つ》くしていたが、

〈なに、ぼーっとしてんの、おじさん？〉

〈ネネちゃん、違《ちが》うよ。この人、ミコトちゃんの神業《かみわざ》に感動してるのよ、きっと。あいかわらず、ステキよね、ミコトちゃん〉

そんな緊張感《きんちょう》を欠く声を背後からかけられ慌《あわ》てて振《ふ》り返った。が、ちょうどそこに突《つ》き出された拳《こぶし》を鼻柱に浴びてそのまま気絶する。

〈あん、ただ捕《つか》まえようと思っただけなのにぃ！〉

あっけなく失神した犠牲者《ぎせいしゃ》を指先で突《つ》いたのは、愛らしいピンク色に塗装《とそう》された自動甲《シエル》だった。頭部ハッチからひょっこり顔を覗《のぞ》かせた眼鏡《めがね》の少女が、傍《かたわ》ら、やはりピンク色の自動甲から顔を出している赤毛の少女を顧《かえり》みる。

〈もー、自動甲の操縦って難しいよねー、ネネちゃん？〉

〈あー、ユズハ、暴力だ暴力〉

「……げ、あの三人まで押しかけて来てやがったのか」

およそ緊張感の欠片《かけら》もない娘《むすめ》たちの会話に、ジンは頭痛を堪《こら》えるような表情になった。斧槍の甲士を睨《にら》むと、恨《うら》めしげに怒《ど》鳴《な》る。

「おい、ヴァン！　お姫《ひめ》さんたちには秘密にしとけっつーたろうが！　なんで、あの爆弾《ばくだん》三人

娘がここにいる⁉」

〈す、すんませんっス！　俺は秘密にしといたんスけど、ユズハの奴《やつ》が勝手に〝フソウ〟の電子脳《メインフレーム》を覗き見《ハッキング》したらしくて……〉

「ったく、しょうがねえお嬢さんがただな……おい、ホーリィ！」

〈はい、なんでしょう、若様〉

ジンの声に、象牙色の甲士が振り向いた。その間も手に握った弦《やづる》のない弓——弾弓《リニアボウ》と呼ばれる磁界射出システムで、廃墟《はいきょ》の陰《かげ》に逃《に》げ込んだ野盗たちを射すくめている部下に若者は低い声をかけた。

「村に残った女子供は、誰《だれ》か保護してるか？　あっちにも何匹《びき》か雑魚《ざこ》が行きやがったらしいが、そのフォローは？」

〈ああ、そちらなら——〉

答えようとした声を、甲高い銃声《じゅうせい》が遮《さえぎ》った。

ただ一輛《りょう》残っていた装甲車《そうこうしゃ》が、包囲網《ほういもう》を切《き》り抜けるべく突撃《とつげき》を開始したのだ。仲間を見捨ててでも、自分だけは逃げようというつもりらしい。銃弾の雨を象牙色の甲士に集中しながら、爆走してくる。それを——

〈あ、村に向かった人たちならぁ、あたしがぁ、ボコっちゃいましたぁ〉

甘ったるい声とともに斬《き》り捨てたのは、ホーリィと呼ばれた甲士ではなかった。いったい、いつ現れたのだろう？　ほとんどコマ落としのような素早《すばや》さで装甲車に追いついた薄紅色《うすべにいろ》の甲士が、ひっさげた一丈《三メートル》ほどもある斬馬刀《ざんばとう》で真正面から斬りつけたのだ。

〈自動甲《シエル》も無しで攻《せ》めてくるなんてぇ、とんだお・ば・かさん？　きゃはっ☆〉

「オトク……じゃねえ、カンキ。もうそろそろ、その口調《しゃべり》やめろ」

爆炎《ばくえん》とともに突如《とつじょ》出現した甲士にさして驚《おどろ》いた様子も見せず、〝ジン〟はむしろうんざりと首を振った。

「俺ぁ、気持ち悪くて頭痛がしてきた」

〈んだとお、てめぇ！　元はといえば、てめぇが〝ぶりっこで頼《たの》むぜ〟っつったんじゃねえか！　それを気持ち悪いたぁどういうことだ、こら⁉〉

「カンキ？　カンキ……まさか、トッ＝カンキ⁉　〝ファウンの鬼姫《おにひめ》〟か⁉」

これまでの甘ったるい口調から打って変わった荒々《あらあら》しさで毒づき始めた甲士を見上げ、震《ふる》える声を押し出したのは〝ジン〟だ。野盗《やとう》の頭目は悪鬼《あっき》のように荒《あ》れ狂《くる》う甲士たちから必死で後退しながら、半ば死人のような顔で唸《うな》った。

「くそっ、まさかこれほどの部隊が展開していたとは……迂闊《うかつ》だった！」

「へっ、この俺様がフクロにされるためにわざわざ出張ってくると思ったか？　あいにく、生まれてこの方、喧嘩《けんか》の支度《したく》に手を抜いたことはねえんだよ」

もはや大勢は決したと見たらしい。光剣を鞘《さや》——正確には鞘を模した蓄電器《バッテリー》に納めながら、三白眼の若者が嘯《うそぶ》いた。

「悪いことは言わねえ。死にたくなかったらとっとと降参しな。そうすりゃ、〝フソウ〟で拷《ごう》問《もん》にかけるまでは生かしといてやる」

「く、くそおっ……か、各員撤収《てっしゅう》しろ！」

ヒステリックな声は残酷《ざんこく》な慈悲《じひ》をかけられた男のものだった——ネズミのように身を翻《ひるがえ》すと、〝シン〟が近くに停《と》まっていた軍用バギーに駆《か》け寄りながら怒鳴ったのだ。

「とにかく逃げろ！　逃げるんだ！」

「そう簡単に逃がすかよ、阿呆《あほう》が……ネネ、ユズハ、ミコト、お前たちは村の連中を守ってろ！　屑《くず》どもに指一本触《ふ》れさせるな！　ホーリィ、ヴァン！　逃げようとするやつぁ、かまわねえ、片端《かたっぱし》から血祭りにあげちまえ！　もう、聞くことはあらまし聞いた。とっ捕まえて〝フソウ〟まで連れて行くのも面倒《めんどう》だ」

〈合点承知！〉

〈……いえ、お言葉ですが、若さま〉

若者の言葉に威勢《いせい》よく応《こた》えたブルーの甲士に対し、アイボリーの機体はすぐには命令を受諾《じゅだく》しなかった。こほんと咳払《せきばら》いの音をさせてから、しかつめらしいことをくどくどと話し始める。

〈彼らはいちおう、脱走兵《だっそうへい》です。軍事訴訟《そしょう》法第百二十七条修正第二項《にこう》に基づき軍事法廷《ほうてい》にかけたうえで、しかるべき処罰《しょばつ》を与《あた》えるべきではないかと愚考《ぐこう》いたしますが？〉

「たりぃ寝言《ねごと》ほざいてんじゃねえよ、ホーリィ。もう、俺の脳内裁判じゃ、こいつら全員死刑《しけい》って判決が出てる」

甲士の発言趣旨《しゅし》は明らかだったが、ジンの返答はさらに明解だった。唇《くちびる》の端《はし》から長い犬歯を剝《む》き出すと、そこらに倒《たお》れている野盗たちに顎《あご》をしゃくる。

「こいつらが食い物にした村はここだけじゃねえ。まだ証拠《しょうこ》はそろってねえが、よそでも何十人か殺してんのは間違《まち》いねえんだ……かまわねえ。降伏《こうふく》しねえ奴は全員叩《たた》っ斬れ。ここじゃあ、俺が法律だ！」

〈あっ！　シンさん、あそこ！〉

悠長《ゆうちょう》な会話を楽しんでいる間に、包囲網の一角を脱《ぬ》けた者がいたらしい——ひび割れたアスファルトを疾走《しっそう》する四駆《バギー》を指さし、ブルーの甲士が叫《さけ》んだ。

〈あいつが逃《に》げます！〉

「ちっ、偽物野郎《パチモンやろう》のくせに往生際《おうじょうぎわ》の悪《わり》ぃ……よし、奴《やつ》は俺に任せろ！　てめえらは、そこの馬鹿《かば》どもをひっくくっておけ！　あ、それとカンキから目ぇ離《はな》すなよ。隙《すき》見せたら、ファウンまで逃げてくようなガキだ、そいつは」

〈ちょっと待て！　誰《だれ》がガキだ、誰が！〉

地団駄《じだんだ》踏《ふ》んで憤激《ふんげき》している甲士は黙殺《もくさつ》して、若者は自分のバイクに駆け寄った。シートにまたがったところで、ふと、傍《かたわ》らを振《ふ》り返る。

「……よう、じいさん。あんた、よく頑張《がんば》ったな」

そこにへたりこんでいる村人たちのうち、白髪頭《しらがあたま》の老人に若者はねぎらいの言葉をかけた。先ほど撃《う》たれた肩《かた》の出血が止まっているのをさりげなく確認《かくにん》しながら、ぶっきらぼうに言い放つ。

「だが、もう心配はいらねえ。これまで、あのクソどもにやられた損害はトウライ公国が全額補償《ほしょう》するし、あの木偶も〝フソウ〟で買い取ってやる……そして、あんたの息子《むすこ》たちの仇《あだ》は、俺が討つ。地獄《じごく》の底まで逃《に》がさねえ。だから、あんたはそこで安心してへばってな」

「わ、若いの、あんた……いえ、あなたさまは……」

村長《むらおさ》は声をうわずらせた。目つきの悪い、しかし、どこか不器用な気遣《きづか》いの色を湛《たた》えた顔を見上げて目をしばたたく。

「あなたさまはもしや……」

「ああ、俺はジンなんて者《モン》じゃねえ。流れの戦衆《いくさしゅう》ってのも……へっ、ありゃ嘘《うそ》だ」

わずかに照れくさげに笑うと、若者はスロットルを開放した。足掻《あが》くように回転を始めた前輪を宙に浮《う》かせながら、その名を名乗る。

「俺の名はシン――カズサ＝シンだ」

四

「……〝地獄の底まで逃がさねえ〟か。あんな大見得《おおみえ》、切らなきゃよかったぜ」

三白眼を困ったように細めると、若者は深い溜息《ためいき》をついた。

とりあえずバイクから降り、目の前、半分崩《くず》れた高架《こうか》の脚柱《きやくちゆう》にへばりついて煙《けむり》を上げている金属塊《きんぞくかい》をしげしげと検分する。

「これじゃ、俺が捕《つか》まえたことにはならんよなあ……くそ！　俺に断りもなく、勝手にくたばるんじゃねえよ、ど阿呆が！」

四駆《バギー》は猛《もう》スピードでこの脚柱に激突《げきとつ》したらしく、ほとんど原形を留《とど》めていなかった。なにぶん若者——シンがここに到着《とうちやく》したときにはすでにこの状態であったため、事故の状況《じようきよう》は推測するより他《ほか》はないが、たぶんハンドルワークを誤ったのだろう。おそらく運転手は即死《そくし》だったはずだ。

「さて、なんか証拠になるようなブツは焼け残ってねえかな？　いちおう、帰ったら親父《おやじ》には報告せんといかんし……畜生《ちくしよう》、つまんねえ手間かけさせやがって！」

ひとしきり死者をくさすと、シンはまだメタノール臭漂《しゆうただよ》う残骸《ざんがい》を蹴《け》り飛ばした。

今回の脱走兵狩《が》りはれっきとした公式の作戦行動だ。それが首謀者《しゆぼうしや》行方《ゆくえ》不明では格好がつかない。このぶんだと死体は消し炭になってしまっているだろうが、なにか身元を示す遺品を持ち帰る必要がある。

「刀か認識票か、どっかに落ちてねえかなと……おっ？」

靴先《くつ》に触《ふ》れた感触《かんしょく》に、若者は片眉《かたまゆ》をあげた。その上にかぶさっていたルーフのなれの果てを足でひっくり返す。そこに転がっていたのは呻《うめ》き声をあげている肉片《にくへん》――もとい、血だらけの人間だ。

「ほぉ、まだ生きてやがったかい……運のいい奴だぜ」

低いあえぎ声とともにいまだ生命の存在を示している自分の偽物《にせもの》を、シンは冷たい目で見下ろした。どういう奇跡《きせき》の賜物《たまもの》か、車は火だるまになっているにも拘《かか》わらず、当人のほうは軽い火傷《やけど》が数ヵ所、顔や手足にあるだけだ。ただ、体の下には血溜《ちだ》まりができている。この出血ではそう長くはもたないかもしれない。

「運がいいんだか、悪いんだかわからんな、こいつも。それにしても、何の因果《いんが》で俺がこんな奴の手当てなぞ……うん？」

〝シン〟の背中にばっくりと開いた傷口を改めていたシンの眉が深い皺《しわ》を刻んだ。

出血は火傷によるものではない。背中が一文字に切れている。事故車の破片で傷つけたにしては鮮《あざ》やか過ぎる裂傷《れっしょう》だ――それによくよく考えてみれば、周囲の状況も奇妙《きみょう》だった。高架の周囲の道路にスリップ痕《あと》がない。いくら焦《あせ》っていたとはいえ、ブレーキも踏《ふ》まず、脚柱に正面衝突《しょうとつ》するだろうか？

「……まさか⁉」

あることに思い当たった若者が唸《うな》ったのと、うなじの毛がいっせいに逆立ったのはほぼ同時だった。

冷たい汗《あせ》を背筋に感じながら身を捩《よじ》ったのは、次の瞬間《しゅんかん》――直後、頭上から唸りをあげて落下した凶器《きょうき》が深々と大地をえぐっている。光を反射せぬよう黒く塗《ぬ》られた刃渡《はわた》り二メートルもの長刀。頬《ほお》に一筋、血の筋が走っただけで済んだのは、幸いを通り越《こ》して、もはや奇跡としか言いようがない。

「甲士《シエル》……こんなところに隠《かく》れてやがったのか！」

そいつらは、まるで夜闇《よやみ》そのものが生み出したかのようだった――音もなく現れた三つの巨《きょ》影《えい》。最前、野盗《やとう》たちを血祭りにあげていたものに比べて遥《はる》かに細身のシルエットを見上げ、シンは呻いた。

それは漆黒《しっこく》に塗装《とそう》された自動甲《シエル》だった。しかも、どうやらただの甲士ではない。汎用《はんよう》型よりさらに高度な迷彩《めいさい》機構といい、その静謐《せいひつ》性といい、おそらくは忍衆《しのびしゅう》――暗殺や破《は》壊《かい》工作を生《なり》業《わい》とする特殊《とくしゅ》な戦衆の隠密《おんみつ》戦用機だ。

（しかし、何者だ、こいつら？）

一瞬、地面に転がっている野盗の仲間かとも思ったが、それでは主力が壊滅《かいめつ》したいまごろになってのこのこ姿を現した理由の説明がつかない。それにそもそも、自動甲の操縦は高度な熟練を要するうえに整備にも手間がかかる。野盗や山賊《さんぞく》ふぜいがおいそれと動かせるシロモノではないのだ。

「……てことは、最初から俺を狙《ねら》ってやがったのか？」

到達《とうたつ》してもいっこうに嬉《うれ》しくない結論に達して、シンは憮然《ぶぜん》と呻いた。

位相《いそう》を揃《そろ》えた音波ビームで対象を切断する光剣《フォノンブレード》をもってすれば、なんとか敵の装甲《そうこう》は貫《つらぬ》けるかもしれない。しかし、人工筋肉と擬似《ぎじ》神経系で強化された甲士の機動力についていくのは生身の人間にはきつい話だ。しかも敵は三機。まともに斬《き》り結べば、ものの数秒で挽肉《ミンチ》にされることは間違《まちが》いない。

「となりゃ……あとはずらかるしかねえな！」

こうなったら長居は無用である。転がった野盗のことなどきれいに忘れて、シンは身を翻《ひるがえ》した。軽業師《かるわざし》のような動きでバイクに飛び乗ると、キック一発、急発進しようとする――しかし、刺客《しかく》の動きはシンの予想を完全に上回っていた。

「……う、うおっ⁉」

音もなく跳躍《ちょうやく》した一機が、バイクとそれに跨《また》る若者に影《かげ》を落とした。それと気づいたときには、逆しまに垂らされた黒刃《こくじん》が唸りを帯びて落下してくる。あと半秒、バイクで逃走《とうそう》することに執着《しゅうちゃく》していれば、シンの頭は脳天から斬り割られていただろう。身を捨てて路上に転がったその鼓膜《こまく》に、愛車の車体が両断《ざん》される異音が突《つ》き刺《さ》さった。

「……くっ！」

こぼれた燃料に火花が引火したらしい。大音響《おんきょう》とともにバイクは爆発《ばくはつ》した。もっとも、それをもたらした甲士は、死を知らぬ者のように炎《ほのお》の中に立っている。燃えさかる破片《はへん》が澄《す》んだ音をあげてその全身に降り注いでいるのだが、黒い装甲には疵《きず》一つついていない。

「くそ、こりゃ、マジやべえか⁉」

自動甲の顔の中で、レンズが動いた。そこに映った自分の顔を見て、シンはさすがに鼓動《こどう》が速まるのを抑《おさ》えられなかった。汗でともすれば滑《すべ》りそうになる光剣を握《にぎ》り直すと、逃《に》げ場を探す。

が、甲士たちのフォーメイションは完璧《かんぺき》だった。互《たが》いの死角を補うように位置し、静かに黒刃を掲《かか》げている。これでは二機と斬り結んでいる間に、残りの二機によってめった斬りにされてしまう。

〈——お覚悟《かくご》を、左将軍家《さしょうぐんけ》の若君〉

中央の機体から発せられた機械音声がすなわち死刑《しけい》宣告だった。思わずシンが奥歯を嚙《か》み締《し》めたときには、甲士たちはいっせいに距離《きょり》を詰《つ》めている。もはやどこにも逃《のが》れようがない——

その瞬間だった。

それが始まったのは。

〈…………?〉

「……なんだ、この音は？」

殺す者と殺される者――対極にあるはずの両者が、そろって訝《いぶか》しげに頭をもたげた。

最初に聞こえてきたのは、遠い嵐《あらし》のような風鳴りの声だった。しかし、いったいどこから聞こえてくるのだろう？　嵐はおろか、まるで夜そのものが何かに怯《おび》えているかのごとく、夜気はぴたりと凪《な》いでいる。にも拘《かか》わらず、無風の闇を遠雷《えんらい》のような響《ひび》きだけが、徐々《じょじょ》に、しかし確かに高まりを増しつつあるのだ。

（そういや、さっきもこんな感じだったたな……）

刺客たちも戸惑《とまど》っているらしい。刃《やいば》を掲げながら躊躇《ちゅうちょ》するように動かぬ。それと正対したまま、シンはふと思った。

さきほど、あの野盗どもが仕掛《しか》けたトリックもちょうどこれとよく似ていた。連中は、この音と爆薬《ばくやく》を使って怪物《かいぶつ》の存在を演出していたのだ……

（ちょっと待て⁉）

そこまで考えたシンの耳の奥に、一つの言葉が蘇《よみがえ》ったのはそのときだった。

『もともとは〝アマツハラ〟で仕官してたんですが、落ち目のカズサ家を見限って出奔《しゅっぽん》したんですよ……たまたまその直後に、この村の皆《みな》さんがお宝を掘《ほ》り当てたという話と化け物に襲《おそ》われたという噂《うわさ》を耳にしましてね』

そこに瀕死《ひんし》の状態で転がっている男は、あのときたしかにそう言った。

〝化け物に襲われたという噂〟――多忙《たぼう》にまぎれてつい聞き流してしまっていたが、これは奇《き》妙《みょう》ではないか？　最初に起きたという化け物騒《さわ》ぎ、陸船が潰《つぶ》され、道路に草鞋《サンダル》のような穴が空いたという騒ぎは野盗《やとう》どもの仕業ではなかったのか？　ではいったい、それはなんだったのか――

〈お、長《おさ》、あ、あれを⁉〉

慄然《りつぜん》と考え込んでいたシンの鼓膜を、狼狽《ろうばい》したような声が叩《たた》いたのはそのときだった。目を上げれば黒い甲士《シエル》の一人が、虚空《こくう》を指さしていた。他《ほか》の二人もまた、呆然《ぼうぜん》とそちらを見つめている。シンもまた、つい敵手の存在を失念してそちらを仰《あお》ぎ見たが――

「なっ……なんだ、ありゃあ⁉」

唾《つば》を飲み込む音は、激しい爆音《ばくおん》に遮《さえぎ》られて誰《だれ》の耳にも届かなかった。シンが頭上を仰ぎ見た瞬間《しゅんかん》、三百メートルほど向こう、大通りに面して立っていたビルが、いきなり吹《ふ》っ飛んだのだ。

「な、なんだ⁉　なにが起こってる……うおっ！」

いま生じた出来事の意味を考える間もない。続けて、その隣《となり》のビルの壁面《へきめん》に巨大《きょだい》な陥没《かんぼつ》が生じた。まるで、人の形にも見える穴――しかし、これが人なら、ゆうにその身長は七丈《二一メートル》を超《こ》えているだろう。奇妙に歪《いび》つな亀裂《きれつ》。だがこれまた、それを確認《かくにん》する間もなくビルは倒壊《とうかい》を始めている。夜目《よめ》にも鮮《あざ》やかな白煙《はくえん》が噴《ふ》き上がり、あたり一面に拡がる。さらにその煙《けむり》の中を、隣接《りんせつ》する鉄塔《てっとう》がねじ曲がり、倒《たお》れる。それはまるで、透明《とうめい》な手にひきちぎられたかのようだ。

そう、ちょうど見えざる神の手が人間の傲慢《ごうまん》の象徴《しょうちょう》たる廃墟《はいきょ》を戯《たわむ》れに崩《くず》して回っているような

――目の前で生じつつあるこの奇怪《きかい》な出来事に比べれば、さきほどの野盗どもの手品など、子供の砂遊びほどのものでもない。

〈お、長……なにか、こっちに来ます！〉

甲士の一人が呻《うめ》き声をあげたのはそのときだった。

その指摘《してき》は正しかった。ビルの林立する大通りに、いまや次々と陥没が生じつつあったのだ。

直径一丈《三メートル》、まったく同じ大きさの穴が、等間隔《とうかんかく》にアスファルトに穿《うが》たれつつある。そう、目に

見えない巨神《きょしん》が、ビル街の向こうからこちらに向けて走ってきているとでも言うかのように――

〈こ、こちらに来る……！〉

〈回避《かいひ》しろ、ユキナ！ナズナ！〉

刺客《しかく》たちの中央、リーダー格の甲士が鋭《するど》い機会音声を発した。

〈とにかく、逃《に》げろ！　これはただごとじゃない！〉

「な、なんでえ、これは……!?」

一方、刺客たちが身を翻《ひるがえ》したのも気づかぬように、シンは呻いた。逃亡《とうぼう》のチャンスと命の危

機がともに転がっているのも無視して唸《うな》る。

その間にも、見えない何かはまっしぐらに大通りを疾走《しっそう》してきて――

「……ぐうっ⁉」

頭上から響き渡《わた》った金属音に、シンは思わず耳を覆《おお》った。剣《けん》と剣を打ち合ったときにも似た甲高《かんだか》い不協和音、それが何もない虚空《こくう》から響いたのだ。

何もない？　いや、違《ちが》う――

「こっ、こいつらは……」

満天の星空――しかし、シンの頭上だけが、まるで切り抜《ぬ》かれたかのように暗い闇《やみ》によって覆われていた。

雲？　違う。そこに巨大な何者かが立っていたのだ。ビルよりも高い、何者かたちが――

「こ、こいつらはなんだ⁉」

頭上で凍《こお》りついたように動かぬ二つの影《かげ》を見上げたまま、傲岸不遜《ごうがんふそん》な若者は声をうわずらせた。

そこにいた者たち――一見したところ、それらは人、もしくは人のように見えた。一方は鎧《よろい》を纏《まと》い、剣にも似た武器を握《にぎ》る武将。もう一方は頭からすっぽりとコートを着込んだ包帯だらけの怪我人《けがにん》。

だが、断じてそれらは人ではありえなかった。なぜなら彼らの体はどう見ても数十メートルの巨体であったからだ。

「自動甲《シエル》……いや、違う！　いったいなんだ、こいつらは⁉」

一方、突如《とつじょ》として出現した巨大な人形《ヒトガタ》たち――あるいは夜を統《す》べる神々は、地上の驚愕《きょうがく》など関知せぬかのようだった。武人像が手にした得物を振《ふ》り上げると、コートの影に向けて振り下ろす。一方、コートの影はまったくの徒手《としゅ》であったが、袖口《そでぐち》から覗《のぞ》く包帯を両手で引っ張り、その張力で斬撃《ざんげき》を弾《はじ》き返した。しかし、斬撃のいきおいそのものは殺せなかったようだ。頭上に包帯をかざした姿勢のまま、その膝《ひざ》が折れる。そして、コートの影は、そのまま力尽《ちからつ》きたように倒れ――

「い、いかん……こっちに来やがる!」

悪夢じみた光景にシンが目を瞠《みは》ったときには、巨影《きょえい》は彼の予測どおり、彼の頭上に倒れ込んできていた。視界がみるみる黒い影に覆われる。夜の闇よりさらに暗い影があたり一帯を包み込んだかと思うと、あたかも世界が砕《くだ》け始めたような地響《じひび》きに変わる――轟音《ごうおん》。

「あ…………い、生きてるのか、俺?」

……はたして、いったい、どれほどの時間が経《た》ったのだろう?

いまだ耳鳴りのする頭を押さえてシンが立ち上がったとき、すでに辺りは静寂《せいじゃく》が支配していた。見渡《みわた》す限りの瓦礫《がれき》と闇の廃墟。例の刺客たちはまるでシンが見た夢だったとでもいうかのように消え失《う》せており、あの巨大な武人像も姿を消している。

だが、断じてあれは夢ではなかった。なぜなら、その動かしがたい証拠《しょうこ》が目の前に転がっていたからだ。

「な、何だぁ、こいつは……？」

裂《さ》けたアスファルトに大の字になって横たわったそれを見上げ、シンは呻いた。

全身を包帯に包み、頭からすっぽりコートを纏《まと》ったような巨人――いったい、こいつは何者だ？

「生き物……じゃねえよな？　木偶《デク》……でもねえ。木偶は動かねえし……うん？」

かしゅっと空気のこぼれる音が、若者の目を上方に向かせた。

仰向《あおむ》けに倒れ臥《ふ》した巨人の胸元《むなもと》――そこだけ包帯がはだけたその隙間《すきま》から、黒光りする何かが持ち上がったのだ。

「あ、あの野郎《やろう》は……⁉」

その正体がなにかのハッチであることを推測することはそう難しくなかった。シンの目を剝《む》かせたのはまったく別の存在だ。ふらふらと巨人のうえを動くほっそりとした影に視線を吸い寄せられたまま、若者は唸った。

「あのときの〝幽霊《ゆうれい》〟！　あいつが、なんであんなところに……うわ！　お、おい、あぶねえっ！」

風《ふ》に吹かれる稲穂《いなほ》のように揺《ゆ》らいだ瞬間《しゅんかん》、人影《ひとかげ》は真っ逆さまに地上に落下している。あと半秒でもシンがダッシュをかけるタイミングを遅《おく》らせていれば、そのまま墜死《ついし》していたかもしれない。

「あ、あいたたた……やい、女！　てめえ、何者《なにもん》だ⁉」

　みずからクッションとなって受け止めた〝幽霊〟――ボディスーツの女に向かって、シンは怒鳴《どな》った。麦わら色の髪《かみ》を掻《か》き上げ、白い顔に唾《つば》を飛ばす。

「いったい、どこの何者だ⁉　なんでこんなところにいる⁉　あのデカブツは何なんだ⁉　答えろ⁉」

「…………」

　若者の怒声《どせい》に反応したように、青ざめた唇《くちびる》がわずかに動いた。

「なに？　いま、何て言った、てめえ⁉」

「ひかげハ……」

　かすかにそこからこぼれた声。聞き逃《のが》すまいと寄せた若者の耳を、弱々しい声が叩《たた》く。

「ひかげハ、オ腹《なか》、ヘッタノ……うきゅう」

第弐話　イセ家の章Ｉ

壱

見渡す限りの草の海だ。

まだ四月に入ったばかりというのに、赤い大地は萌《も》える若草に覆《おお》い尽《つ》くされていた。ところどころに茂《しげ》った灌木《かんぼく》の木だちは白い花をつけ、枝にはつがいのヒヨドリが巣をかけている――ここには、もう春が来ているのだ。

北方からの乾《かわ》いた寒風に曝《さら》され、氷河に閉ざされつつある旧陸に比べ、海からの南風《はえ》に守られたここ海陸ははるかに温暖な大地だ。

ことに、かつて紀伊《きい》半島と呼ばれていた高地の沖合《おきあい》に開いた熱水孔《メガプルーム》の影響《えいきょう》で、このトウライの地は同緯度《いど》の他地方と比較《ひかく》しても暖かいと言われる。

その緑の絨毯《じゅうたん》の上を、〝城〟はゆっくりと動いていた。

東から西へ――西へ。西へ。

北は小高い高地と化した旧陸に、南は太平洋と呼ばれる大海原《おおうなばら》に挟《はさ》まれ、視界果つるまで続く帯状の平原を、まるで亀《かめ》の歩みのようにのろのろと、しかし確実に進んでいる。

それは、この広大な緑の大地においては小さな染《し》みにしか見えなかったかもしれない。しかし、もしわずかでもそこに目を寄せれば、その染みがとてつもなく巨大《きょだい》な構造物の連なりであることに気づいたはずだ。

大きなもの。

小さなもの。

ぶ厚い装甲《そうこう》を甲羅《こうら》のように背負ったもの。

太い砲塔《ほうとう》を槍《やり》のように振《ふ》りかざしたもの。

無数の構造物をむりやり繋《つな》ぎ合わせたようないびつなもの……

長大な電力ケーブルによって互《たが》いに接続された多種多様な陸艦《りくかん》と陸船《りくせん》の群れは、数百隻《せき》の大《オー》台《ダー》に達したであろう。さらに、その間を遊弋《ゆうよく》する小型の艦艇《かんてい》まで合わせれば、いったいどれほどの数になるか見当もつかぬ。

この時代の〝城〟——無数の艦船《かんせん》の集合体である機動城塞《メガロフォート》は、それ自体が一個の要塞《ようさい》であり、都市であり、国家そのものだ。そこに含《ふく》まれるのは戦闘艦《せんとうかん》だけではない。宮殿《きゅうでん》も役所も工場も、そしてそこで働く数万という人間の住居さえも、すべてはこの〝城〟内に存在する。政治の要《かなめ》、軍事の中枢《ちゅうすう》、経済と文化の中心たるこの城塞に比べれば、各地に点在する都市など所詮《しょせん》は物資の集積センター程度の意味しかもたない。

その船団最前列に展開した前衛艦隊《ウォール》――巨大な壁《かべ》を前面に押し立てた数十隻もの陸艦隊の間で、轟音《ごうおん》をあげて城門が開いた。

そこを高速でくぐり抜《ぬ》けたのは、陸艀《ランチ》と呼ばれる快速艇だ。地上ぎりぎりを滑《すべ》るように走る陸上ホバーは、砲艇《コルベット》、戦列艦《ガレオン》、強襲艦《デストロイヤー》等々、大小無数の艦艇をかすめ去り、まっすぐに船団中央、ひときわ巨大な尖塔《せんとう》に接近してゆく。核融合炉《かくゆうごうろ》を収め、城塞のすべてに電力を供給している尖塔――〝天守艦《セントラル》〟と呼ばれる巨艦前方に開いた収容口に進入すると、広い格納庫の中央部、すでに触《ふ》れを受けて整列していた数十名の男女の前で停車した。

「「――お帰りなさいませ、若殿《わかとの》！」」

陸艀の停車と同時に、甲冑《かっちゅう》の男女がいっせいに敬礼姿勢をとった。圧搾《あっさく》空気の音を伴奏《ばんそう》に開いた機密扉《ハッチ》に向けて、体前に槍を掲《かか》げる。

「「お役目、ご苦労さまでした！」」

「おう、お前らもお疲《つか》れ……やれやれ、やっと着いたか」

整列した軍士たちに軽く手をあげてやると、シンは一足跳《いっそくと》びに乗降梯《タラップ》を下りた。うんと背伸《せの》びしながら、曇《くも》り一つ無く透《す》き通った硬玻璃《ハードクリスタル》――光触媒《しょくばい》コーティングされた透過《とうか》性高分子素材の壁越《かべご》しに、いまこのときも前進を続ける巨大構造物の連なりを見やる。

機動城塞《メガロフォート》〝フソウ〟。十日ぶりの我が家だ。

「皆《みな》、元気だったか？　留守中、何か変わったことは？」

「は、大過なく。それより、若。どうでございました、任務《おやくめ》のほうは？」

「おい、イロハ、若はお疲れだ。お話の前に薬湯でもお出ししてさしあげろ」

「そうそう、お聞きでしょうや？　お留守の間、シュゼンに子供《ややこ》が生まれまして……」

若者が大股《おおまた》に歩くあとを、軍士たちは口々に勝手なことを言い騒《さわ》ぎながらついてくる。長髪《ちょうはつ》と短髪、二人組の小姓《こしょう》が若い主人を追おうとするが、それも我先に若殿と話したがる男女に妨《さまた》げられてなかなか果たせない。

「よし、わかった。お前らの話はよくわかった！」

そして、閉口したのは彼らの主《あるじ》も同じだったらしい。まとわりついてくる軍士たちを追い払《はら》うようにシンは怒鳴《どな》った。

「しかし、ここで話し込んでも埒《らち》があかねえ。あとで、俺の屋敷船《やしきぶね》に来い。酒でも飲みながら、話を聞かせてやらあ……おっ、イッキじゃねえか」

「――お帰りなさいませ、兄さま」

人垣《ひとがき》の向こう、ほっそりとした人影《ひとかげ》を認めた若者に、ひときわ涼《すず》やかな声がかかった。それを聞いた軍士たちがあわてて道を空ける中、数名の侍女《じじょ》を従えて歩いてきたのは、上品な微笑《びしょう》を湛《たた》えた一人の少女だ。白い肌《はだ》に鼻筋の通った中高の顔だち――どこかシンと似た面差《おもざ》しを持つその娘《むすめ》ははにかむように笑うと、優雅《ゆうが》にスカートの裾《すそ》を摘《つま》んで腰《こし》を折った。

「無事のご帰着、なによりに存じます。お仕事の儀《ぎ》、まことにまことに、ご苦労さまでございました」
「おう、そっちも留守番ご苦労。そういや、風邪《かぜ》はもういいのか？」
少女のねぎらいに、シンは子供っぽい笑《え》みを返した。だが、ひょいと伸《の》ばした手を妹の額に
あてると、かすかに眉《まゆ》をひそめる。
「ん、ちょっと熱っぽいか？　こんなとこまで出てこねえで、寝《ね》てりゃよかったのによ」
「そんな！　私、もうすっかり元気でございますわ。ほら、このとおり！」
はなはだ不本意げに——しかしそのくせ、額にあてられた兄の手を振りほどこうとはせず、
少女——カズサ＝イツキは口を尖《とが》らせた。透《す》きとおるように白い二の腕《うで》に小さな力瘤《ちからこぶ》を作る
と、ことさら強気に抗弁《こうべん》してみせる。
「もうあと三日早くよくなっていたら、私も兄さまのお手伝いができたのに……イツキは残念
でございます」
「一の姫《ひめ》さま！　ただいま、戻《もど》りました！」
拗《す》ねたような、それでいて甘えたような少女の抗議《こうぎ》に、こちらは元気そのものの声が重なっ
た。後続の陸艀《ランチ》から飛び降りた三つの影《かげ》が、そろって一礼したのだ。
「任務完了《かんりょう》！　ただいま帰還《きかん》しました！」
「まあ、三人とも、元気そうですね」
いかにも得意げに胸を張る赤毛の女の子に、ほやっと笑って丸眼鏡《まるめがね》を押し上げている少女、

そして無愛想《ぶあいそ》におし黙《だま》っている娘――三人を見やると、イッキは優《やさ》しげに微笑《ほほえ》んだ。

「ネネさん、ユズハさん、ミコトさん……私に代わって、ちゃんと兄さまのお手伝いをしてきてくれましたか？」

「とーぜん！」

「もちろん」

「…………ん」

三人そろって頷《うなず》く。

そんな少女たちと妹を、シンは相変わらずの仏頂面《ぶっちょうづら》で――しかし、三白眼にどこか優しげな光を湛えて見守っていたが、

「――若さま、少々、よろしいでしょうか？」

明晰《めいせき》だが、やや陰気《いんき》な声に振《ふ》り返った。そこに立っていたのは、車輪付《キャスター》の寝台《ベッド》を押した長髪の若者とやや小柄《こがら》で短髪の少年だ。声をかけてきたのは、その長髪のほうである。

「ご指示どおり、〝荷物〟を運んで参りました。この後、いかがいたしましょう？」

「……おう、そういやイッキ。お前に頼《たの》みがあったんだった」

寝台を一瞥《いちべつ》し、シンは表情を改めた。周囲を憚《はばか》るように落とした声で妹に囁《ささや》きかける。

「実は、お前に預かって欲しい荷物がある。忙《いそが》しいとこ悪《わり》ぃが、世話を頼めねえか？」

「私に？　兄さまのお願いとあらばなんなりと。でも、〝荷物の世話〟とは……え⁉」

寝台を見やったイッキの目が瞠《みは》られた。毛布をかぶった〝荷物〟——氷細工めいて白い顔を見いだし、声をうわずらせる。

「お、女の方⁉　あ、兄さま、これは⁉」

「しっ！　大声だすんじゃねえ！」

唇《くちびる》の前に指を立てると、シンは用心深く視線を巡《めぐ》らせた。気を利《き》かせた小姓組によって遠ざけられている軍士たちの視線から〝荷物〟を遮《さえぎ》りながら、ひそひそと囁く。

「実はちょいとわけありでな。城の連中には秘密にしておきてえんだ。しかし、俺は男だし、娘っこどもに任せるには危なっかしい……そこでイッキ。お前にこの女の世話を頼みてえ。忙しいとこ悪《わり》ぃが、頼めるか？」

「あ、あ、兄さまのお言葉とあらば……」

すうすうと寝息《ねいき》をたてている女——それも妙齢《みょうれい》の、しかもかなりの美女を前に、イッキは魂《たましい》を抜《ぬ》かれた者のように頷いた。口を半開きにしたまま、機械的な口調で答える。

「兄さまのお願いを、どうしてイッキが断れましょう？　それはもう、喜んでお引き受けいたしますわ」

「助かるぜ。しかし、くれぐれも内密にな……おう、ホーリィ。そういや、ジジイは？　ゲンナイのジジイはどこだ？　ちょいと呼んでこい。例のブツのことで相談がある——」

「……ちょ、ちょっとカンキさん⁉」

妹が頷いたときには、すでにシンは踵《きびす》を返していた。小姓《こしょう》たちを引き連れ、忙しげにどこかへ歩いてゆく。その背がじゅうぶんに小さくなったところで、イッキは血相変えて傍《かたわ》らを顧《かえり》みた。そこで退屈《たいくつ》そうに枝毛をチェックしていた金髪《きんぱつ》の少女の胸《むな》ぐらを摑《つか》む。

「ねえ、カンキさん？　こ、この女性はいったいどなたなの？　あ、兄さまとはいったいどういう関係でいらっしゃいますの⁉　どうぞ、正直におっしゃってくださいまし！」

「あ、これ？　これはねー、シンの新しい女だよ」

カンキと呼ばれた少女は詰《つ》め寄《よ》るイッキの質問に、一瞬《いっしゅん》、悪戯《いたずら》っぽく目を輝《かがや》かせた。だが、すぐに興味なさげに小首を傾《かし》げると、しれっと言い放つ。

「今度の出張中に村で引っかけてきたらしいよ。ま、詳《くわ》しいことは、あたいもよく知らないけどさぁ」

「あ、あたらしい女⁉　引っかけた⁉　そ、それはいったいどーゆーことでいらっしゃいますの⁉　ちゃんとご説明なさって！　ほらいますぐ早く詳しく大急ぎで!!!」

「えー、詳しくって言われてもぉ……カンキ、子供だからよくわかんな～い」

そろえた拳《こぶし》で口元を覆《おお》うと、カンキは年相応に幼い表情で首を振った。

「それにぃ、シンお兄ちゃん、ずうっとあの人と二人っきりで部屋に籠《こ》もってたしぃ……昼も夜もね☆」

「ずっと二人っきり⁉　ひ、昼も夜も⁉」

紙のように白い顔でイッキは呻《うめ》いた。

歌舞伎《かぶき》の女主人公《ヒロイン》よろしく額に手をあてると、数歩、後方へよろめく。

「あ、兄さまがあの女と一緒《いっしょ》……昼も夜も二人っきりで……あんなこととかこんなこととか、あまつさえそんなことまで……」

「——おう、イッキ！　ひとつ忘れてた！」

いましも卒倒《そっとう》せんばかりの姫君《ひめぎみ》にお気楽な声がかけられたのはそのときだった。用事を済ませたらしいシンが、足早に戻《もど》ってきたのだ。付き従う短髪《たんぱつ》の少年に持たせた藤籠《バスケット》を示し、気さくに話しかける。

「ついでに、この子猫《ケダモノ》の世話も頼むぜ。腹が減ってるらしいから、乳《ミルク》でもあっためてやってくれ……どうした？　どこか具合でも悪いのか？　こめかみ、血管立ってるぜ？」

「ほんとだ。顔色悪いっスよ、姫さま？」

俯《うつむ》いたまま、小刻みに肩《かた》を震《ふる》わせる姫君を心配そうに覗《のぞ》き込んだのは、短髪の小姓だ。いかにも身ごなしの軽そうな少年——ヴァン＝ホー＝キムは、不安げに眉《まゆ》をひそめた。

「それに、なんだか鼻息も荒《あら》いし。まだ、風邪《かぜ》が治りきってないんじゃ……ぐべあっ！」

心配げに語りかけていたヴァンの顔が、激しく変形した——目にも止まらぬスピードで繰《く》り出されたイッキの右掌底《しょうてい》が、危険な角度で顔面を直撃《ちょくげき》したのだ。

噴水《ふんすい》のように鼻血を噴《ふ》いてのけぞる少年——しかし、その不幸はなお終わらなかった。

「ふッ……不潔よおおおおおおおっ！」

悲しげな叫《さけ》びが格納庫に響《ひび》き渡《わた》ると同時に、掌底の連打がその顔面を襲《おそ》ったのだ。

「不潔！　不潔！　不潔！　兄さま、不潔ですわっ！」

「い、いや、だからなんで俺にあぶばばばばばばば……あべしっ！」

〝フソウの一の姫〟といえば、その美しさだけでなく武勇においても天下に隠《かく》れない。事実、左右の頬《ほお》への掌底連打から、脳天への踵落とし《ネリチャギ》——その流れるごときコンビネーションは洗練された舞《まい》のようで、まさに完璧《かんぺき》としか表現しようがなかった。しかも最後に、撓《しな》うように放たれたローキックが男性最大の急所を直撃する。

「——はおぅっ！」

ぐりんと白目が剝《む》かれたときには、不幸な少年は股《また》ぐらを押さえて悶絶《もんぜつ》していた。しかも、かなり嫌《いや》な感じで泡《あわ》まで吹《ふ》いている。

一方、それを顧みもせず、

「兄さま、不潔ですわっ！」

一言、断末魔《だんまつま》のように絶叫《ぜっきょう》すると、イッキは身を翻《ひるがえ》していた。滂沱《ぼうだ》と溢《あふ》れる涙《なみだ》を拭《ぬぐ》いながら、走り去ってゆく。

それを呆然《ぼうぜん》と見送って、

「…………なんだあ、ありゃあ？」

「うんうん……あの娘《むすめ》も思春期だからねえ」

隣《となり》、したり顔で頷《うなず》いたカンキがこっそり舌を出しているのも気づかず、シンは呆《あき》れたように首を捻《ひね》った。

まったく、女という生物はわからない……

「――よう、シン！　お前か、俺を呼んだのは？」

「おう、ゲンナイのじいさんか」

ダミ声に、シンは振《ふ》り返った。その視線の先、格納庫を下駄《げた》音も高らかに横断してくるのは、染《し》みだらけの白衣に着古した作務衣《ジャージ》――背の高い、六十年配の大男だ。

「ああ、俺が呼んだ。実はちょいとてめえに見せてえもんがあってな。忙《いそが》しかったか？」

「いや、ちょうど暇《ひま》だった。それよか、俺のバイクが全壊《ぜんかい》したって聞いてな。お前もくたばったんじゃねえかって心配してたとこだったんだ。意外に元気そうで安心したぜ」

ゲンナイ＝マタエモン――白衣の老人は、さも安堵《あんど》したように溜息《ためいき》をついた。

「あのバイクは自信作だったんだが、ま、壊《こわ》れちまったモンはしようがない。また作り直すさ……ああ、ときにシン。なんであれは壊れた？　エンジンが爆発《ばくはつ》したか？　それとも、走ってる途中《とちゅう》に車体が分解したか？」

「いや、それならまだよかったんだがな……」

シンは苦い顔を左右に振った。蘇《よみがえ》った緊張《きんちょう》に、やや表情を強《こわ》ばらせて答える。

「実は、出先でどっかの馬鹿《ばか》に斬《き》りつけられてよ。そんときにやられた」

「やられた？　斬りつけられただと？」

「ああ、たぶん、俺を狙《ねら》った刺客《しかく》……それもかなり腕《うで》の立つ忍《しの》びだな、ありゃ。詳《くわ》しいことは、これから調べるつもりだ」

「いや、そんなことはどうでもいいんだ……」

若者の決意に、ゲンナイはあっさり首を振った。言葉どおり、シンの生死も刺客の正体もまるで関心がないかのように、話題を破壊《はかい》されたマシンへと引き戻す。

「てことは、何か？　オレ様の自信作がぶっ壊れたのは、別に故障てわけじゃない？　その刺客だかなんだかがお前を襲ってきて、その巻き添《ぞ》えで壊された？　カムシャフトが焼きついたわけでも、ブレーキワイヤーがぶち切れたわけでもない？」

「あ？　ああ、そうだ。刺客どもが襲ってきやがったとき、危ないところで俺がこう避《よ》けてな……わおうっ！」

実地にポーズをとって、その情景を再現しようとしたシンであったが、直後、その姿勢のまま跳《と》びすさることになった――突然《とつぜん》、ゲンナイが手にした巨大《きょだい》なスパナを若者の脳天めがけて振り下ろしたのだ。数センチの誤差で脳髄《のうずい》を粉砕《ふんさい》しそこねた鉄塊《てっかい》が、床《ゆか》にぶちあたって大穴を空ける。

「ジ、ジジイ、いきなりなにしやがる！　俺を殺す気か⁉」

「なにしやがるもへぱたもあるか、このクソガキがあっ！」

二閃《せん》、三閃――長大な凶器《きょうき》で若者を追い回しながら、ゲンナイは顔中を口にして喚《わめ》いた。

「てめえ、シン！　オレ様の傑作《けっさく》を、よくもよくもぶっ壊してくれやがったな、ど畜生《ちくしょう》！」

「い、いや、さっきあんた、〝壊れたものはしようがない〟って……」

「それは、てっきり故障でぶっ壊れたと思ったんだあっ！」

裂帛《れっぱく》の気合いとともに、老人はスパナを拝み撃《う》ちに撃ち下ろした。唸《うな》りを上げて落ちてきたそれを、危《あや》ういところでシンが白刃《はくじん》取りする。しかし、なおもぎりぎりと凶器を押し込みながら、ゲンナイは牙《きば》を剝いた。

「なにしろあいつぁ、試作中の実験機で、テスト走行もまだやったことなかったからな……だからてっきり、車体に問題があってぶっ壊れたもんだと思ってたんだ！　それが、〝刺客に斬りつけられて爆発しました〟だとぉ？　ええい、この大たわけ！　なんで、その無駄《むだ》にでかい図体《ずうたい》でオレ様の傑作を庇《かば》わなかった！」

「い、いや、そんなこと言われても……ちょ、ちょっと待て、クソジジイ!?　ってことはなにか!?　俺にあのバイクを乗ってけって勧《すす》めてくれたのは、ひょっとして、最初から俺を実験台にするつもりだったのか、おい!?」

「そのとおりっ！　まったくもって当然だ！」

大いばりで老人は胸を張った。ようやくバールを手元に収めながら、まるでできの悪い弟子を前にした師匠《ししょう》のような尊大さで講釈《こうしゃく》を垂れる。

「なにせ、あれは俺のパーフェクトでマーヴェラスな一大傑作だったからな！　ただ唯一《ゆいいつ》の欠点は、ちょいと回転数があがるとエンジンがぶっ壊れちまうことと、キャリパー強度がヘタレですぐにブレーキが馬鹿になっちまうことと、パンク防止剤《ざい》がわりと低温で発火しちまうことぐらいだが、まあそんなものはささいな問題だな。いや、電装系の漏電《ろうでん》が激しすぎて、運転中にライダーが感電死しちまうことだけは現状においては多少深刻な問題かもしれんが、将来的にはきっと克服《こくふく》できるとオレ様は固く信じておる――」

「って、ぜんぜん唯一じゃねえ！　つか、そんな忌《い》まわしいモンに人を乗せるな、この不良老年！」

紙一重ぶん、天才の向こう側にイってしまっている男をシンは怒鳴《どな》りつけた。いくら才能があるからといって、こんな変人を食客として召《め》し抱《かか》えた一年前の自分は何を考えていたのだろう？　若さゆえの過《あやま》ちについては深刻に反省しつつ、話を本題に戻《もど》すべく試みる。

「まあ、その問題についてはあとでじっくりと話し合おうじゃねえか。それよか、いまはちょいとてめえに見せたいモンがある」

「オレ様に見せたいもの？　なんだ、そりゃ？　なにか、よっぽど珍《めずら》しいモンか？」

「それがわからなくて困ってるのさ……おう、あれだ」

ちょうど天守艦《かん》の側《そば》を通りがかった一隻《せき》の陸艦をシンは指さした。鈍足《どんそく》ながら、大量の物資

を積載《せきさい》するに適した戦列艦《ガレオン》の船楼《マスト》には公子殿下直属艦《カズサ＝シン》であることを示す真紅の木瓜紋《もっこうもん》が翻《ひるがえ》っている

「ブッはあいつに積んであるんだが……正直、俺にはちょいと見当がつかねえ」

「見当がつかない？　珍しいな。偉《えら》そうなだけが取《と》り柄《え》のお前が……よし、わかった。調べはこの大天才さまに任せておけ。そのかわり、なにかつまんねえもの摑《つか》ませてみろ。その苦茄子《ピーマン》頭を脳改造して、リモコン操縦でドジョウすくい踊《おど》らせてやる」

「ほんとうに〝つまんねえもの〟ですめば、俺も気が楽なんだがな……現物はてめえの工廠船《ファクトリー》に運び込むよう手配しておいたから、あとで見ておいてくれ。その間に、俺は親父《おやじ》のところに顔を出してくる。伯父貴《おじき》たちが来てるらしくてな。いちおう、挨拶《あいさつ》しておかねえと、あとがうるさいんだ、これが」

　この若者にしては煮《に》え切らない口調で言い捨てると、シンは身を翻した。だが、数歩歩いたところで、ふと振《ふ》り返る。

「たぶんブッを見たら、じいさん、あんた腰抜《こしぬ》かすぜ……それは保証する」

弐

「ああ、さよなら、私の青春。ぐっばい……いまの私って、ひょっとして不幸な女？」

屋敷船《やしき》の長い廊下《ろうか》をわたりながら、カズサ＝イッキは悲嘆《ひたん》にくれていた。

〝左将軍家の一の姫《ひめ》さま〟と家中に敬愛され、美貌《びぼう》と才気は、トウライのみならず遠国まで響《ひび》き渡《わた》った姫君である。その切れ長の目に微笑《ほほえ》まれただけで、家中のすべての男たちが喜んで命をも差し出すであろう——しかし、いまの公女は深い悲しみの淵《ふち》に沈《しず》んでいた。頭の上までどっぷりと沈みきっていた。

「まさか、まさか、まさか、あのストイックでダンディな兄さまが、あんなどこの馬の骨ともしれない女を城に連れ込むだなんて！　イッキはまだ、信じられません！」

「だいじょうぶだよ、姫さま！」

よよと肩《かた》を震《ふる》わせる女主人を慰《なぐさ》めたのは、忠実な護衛よろしく付き従う赤毛の少女だった。代々カズサ家に仕える物見衆《スカウト》スヴァロフスキー家の長女ネネーリ・ニーナ・スヴァロフスキー——通称《つうしょう》ネネは活発な顔を少年のようにあげると、彼女なりに頭を絞《しぼ》ったらしい慰めを口にした。

「若さまのことをストイックでダンディだなんて思いこんでらっしゃるの、たぶん、姫さまだけだって！　他のみんなはぜんぜんそんなふうには見てないから！　だから、元気を出して！」

「ネネさんのおっしゃるとおりですわ、姫さま。若さまがむっつりスケベで、顔の割に間が抜《ぬ》けてて、しかも詰《つ》めの甘い方だってことは、城中のみんなが知ってます。だから、そんなに気を落とさないでください」

「ありがとう、ネネさん、ユズハさん……ぜんぜん慰めになってないような気もするけど、ていうかむしろ傷口に塩を擦《す》り込まれているような気が激しくするのだけど、いちおう、お礼を言わせていただくわね……ああ、それにしても、どうして人生ってこうままならないのでしょう？」

子猫《こねこ》の入った藤籠《バスケット》を抱えた丸眼鏡《まるめがね》の少女――タカハタ＝ユズハの手をとると、イッキは朱唇《しゅしん》を嚙《か》みしめた。運命の神を糾弾《きゅうだん》するように、硬玻璃《ハードクリスタル》ごしの春空を仰《あお》ぎ見る。

「嗚呼《ああ》、兄さま。どうして、あなたは兄さまなの？　どうして、私たちは世界で一番近くて遠い男と女なのかしら？　イッキは兄さまをこんなにもお慕《した》い申し上げているのに、兄さまはあんな女を……そうよ、あんな女なんか……ふっ、しょせんは修羅《しゅら》の道か。うふ。うふふふふふふふふふふふふ」

「イ、イッキさま、なんか怖《こわ》い……」

女主人の含《ふく》み笑いに、まだ幼いネネとユズハは動物的本能で後ずさった。それすらも気づかぬように、イッキはしばし悪役笑いに耽《ふけ》っていたが、廊下も渡りきったところ、ふだんは納戸《なんど》として使用されている小部屋の前までくるとようやく表情を改めた。扉《とびら》の前に長刀を杖突《つえつ》いて立っていた人影《ひとかげ》に声をかける。

「ああ、ミコトさん、お疲《つか》れさま。あの女はこちらの部屋にいらっしゃるの？」

「…………ん」

イケダ＝ミコト――トウライでも有数の豪族《ごうぞく》の一つ、イケダ家の跡《あと》取り娘《むすめ》は無愛想に頷《うなず》いた。ちなみに彼女の母親はシンやイッキの乳母《うば》であり、その関係上、兄妹の周囲でどのような動きをしていても家中の者にまったく怪《あや》しまれることがないという貴重な人材である。しかも極端《きょくたん》に口数が少なく、無愛想なわりに機転も利《き》く。

「いちおう、寝床《ねどこ》、用意した……でも、お医者さま、まだ。目立つの、よくないと思って」

「たしかにね。でもまあ、見たところ外傷はなかったようだし、お医者さまの手配は必要ないと思いますわ」

ミコトが守っていた扉に手をかけ、イッキは重々しく頷いた。これから死刑囚《しけいしゅう》の首を刎《は》ねようとする獄吏《ごくり》のような顔で宣言する。

「それより問題はあの女の正体……いえ、身元です！　いったいどんな手練手管《てれんてくだ》を使って、兄さまを蕩《たら》しこ……もとい、お近づきになったのか？　それを、きっちり調べたいと思います。それはもう、ありとあらゆる手を使ってね。うふふふふふ……って、あれ？」

扉を開いたイッキの眉《まゆ》が訝《いぶか》しげにあがった――空の寝台《ベッド》を見やって、首を傾《かし》げる。

「誰《だれ》もいませんわよ？　ミコトさん、いったい、あの女はどこにいらっしゃったの？」

「え？　いるはず。私、ずっと、ここで見張ってた……」

「――上！　上です、姫さま！　危ない！」

天井《てんじょう》に貼《は》り付いていた青白い影《かげ》がイッキの頭上へ真っ逆さまに落下したのは、甲高《かんだか》いネネの

警告が響き渡ったその直後だった。

参

「さて、〝カグラ〟の動向はいかがなものですか、コウ君？」

「あいかわらず動きはない。かといって逃《に》げる気配もなし……イセ家の連中、どうも本気で俺たちとやりあう算段《つもり》らしいな」

　ベッドに半臥《はんが》した中年男の質問に応じたのは、ベッド脇《わき》にいた二人の男のうち、湯飲み《マグカップ》の珈《コー》琲《ヒー》に砂糖を注いでいた壮年《そうねん》の男だった。細面《ほそおもて》の顔は彫《ほ》り深く整っていたが、やや三白眼ぎみの目と左頰《ほお》に走った向こう傷《スカーフェイス》がいかにも歴戦の勇士という印象を彼に与《あた》えている。男――トウライ右将軍カズサ＝コウは珈琲にきっかり小匙《こさじ》十杯《ぱい》分の砂糖を投入し終えると、不敵に唇《くちびる》を吊《つ》り上げた。

「連中の機動城塞《メガロフォート》は〝カグラ〟一基。比べてこっちは、俺の〝ムサシ〟こそ来ていないものの、西からはトウギ兄者の〝アマツハラ〟、東にはシュウ兄者のこの〝フソウ〟……二城を同時に相手どってまだ退《ひ》かんとは、度胸があるんだか馬鹿《ばか》なんだか。それとも、俺たちがなめられてるだけか？」

「イセ家の当主ドモン殿《どの》は西海《さいかい》きっての弓取りだ。きっと、なにか策あってのことだろう」

自嘲《じちょう》気味に笑う右将軍を窘《たしな》めたのは、その隣《となり》で檸檬湯《レモネード》を嗜《たしな》んでいた中年の紳士《しんし》だった。顔の造作こそコウとよく似ているが、銀縁《ぎんぶち》眼鏡のせいか、こちらははるかに紳士的で、学者めいた雰囲気《ふんいき》さえ漂《ただよ》わせている。カズサ＝シュウ——この〝フソウ〟城主の口調は、敵についてさえも丁重《ていちょう》だった。

「そもそも、彼がいきなり休戦協定を破って軍事行動を起こしたのは、おそらく我らを挑発《ちょうはつ》するためだ。こちらも慎重《しんちょう》に動かずばなるまいよ」

「シュウ君の意見に、私も賛成ですね」

左将軍に賛意を示したのは、ベッドに半臥した優男《やさおとこ》だった。まだ五十には届いていないはずだが、すでにその髪《かみ》はまっ白く、実年齢《じつねんれい》よりはるかに老《ふ》けて見える。カズサ＝トウギ——三兄弟の長兄にして第四代トウライ大公は、優しげな顔にほろ苦い微笑《びしょう》を溜《た》めた。

「三年前、私の〝アマツハラ〟に攻め寄《せ》せたドモン卿《きょう》の手並みは実に見事でした。けっしてあの方は武勇だけの猪武者《いのししむしゃ》ではない……用心に越《こ》したことはありません」

「同感だな。あのオヤジ、顔は最悪だが、たぶんここらじゃ最高の戦争屋だ。ひょっとしたら、俺と互角《ごかく》……いやそれ以上かもしれん」

筋肉質の腕《うで》を組んでコウが評したとおり、イセ家のドモンといえば、強剛《きょうごう》の武人であると同時に、優秀《ゆうしゅう》な軍略家としても定評がある。コウ自身もトウライきっての勇将と称《しょう》され、〝ムサシ〟城主として赫々《かくかく》たる武勲《ぶくん》を重ねているのだが、その彼ですら、過去、イセ軍との戦いでは一再ならず苦杯《くはい》を舐《な》めさせられていた。そのドモンが動いたとあっては、容易ならぬ戦《いくさ》となることは必定であろう。

「しかもだ。問題はドモンだけじゃない。イセの軍隊は数こそ小粒《こつぶ》だが、装備の質については俺たちトウライ軍をすでに凌《しの》いでいる」

「……マンチュリアか」

銀縁眼鏡《めがね》を押し上げると、シュウが軽い溜息《ためいき》をついた。マンチュリア――日本湖西岸部から遠く南越《ヴェトナム》にいたる広大な領域を支配する東方最大の帝国《ていこく》の名を、まるで忌《い》まわしい悪霊《あくりょう》でも語るかのように口にする。

「あの国からイセ家への軍事援助《えんじょ》は、最近、とみに露骨《ろこつ》になっているからな。金銭や戦略物資だけならまだしも、近頃《ちかごろ》では正規軍の制式装備まで送り込まれているらしい」

「つまり、同数の戦力では勝利はおぼつかないというわけですか」

視線を窓外、延々と連なる艦船《かんせん》の群れへ滑《すべ》らせ、トウギが溜息をついた。その手には、一幅《いっぷく》の図面が握《にぎ》られている。そこに描《えが》かれているのは、かつては〝四国〟と呼ばれていた台地の沖合《あい》に広がる低湿《ていしつ》地帯の地図だ。

「では、こちらとしては数で対抗《たいこう》するしかありませんね。私の〝アマツハラ〟とこの〝フソウ〟で総力戦を仕掛《しか》ける……しかしその場合、こちらも無傷ではすまないでしょうね」

「はい、おそらくは。そして我らが疲弊《ひへい》すれば、次はいよいよマンチュリア本国が動き始めると思われます。ドモン卿はそこまで計算しているのでしょう。そのうえで、あえて挑発してきているのです」

大公トウギ、左将軍シュウ、右将軍コウ——三兄弟はそろって考え込むような表情になった。長兄の広げた地図の一点、旧四国沖《おき》に記された赤い印を憂《うれ》いに満ちて見やる。

現在、イセ家機動城塞《メガロフォート》〝カグラ〟が停泊《ていはく》しているその地点には、もともと大規模な天然瓦斯《ガス》田があった。石油資源に乏《とぼ》しいトウライにおいて沿岸部で採掘《さいくつ》される天然ガスは極《きわ》めて貴重な燃料資源なのだが、その中でも最大の採掘場を、三ヶ月前、突如《とつじょ》として南下したイセ軍が襲撃《しゅうげき》したのである。しかも、イセ軍は捕虜《ほりょ》とした鉱掘衆《かなぼりしゅう》多数を殺傷したうえ、採掘施設《さいくつしせつ》ごとガス田を占拠《せんきょ》して動こうとしない。それどころか、周辺で徴用《ちょうよう》した村民を使って永久築城さえ始めており、完全にこの一帯を自領に組み込む姿勢を見せていた。

むろん、この暴挙にカズサ家はすぐさま抗議《こうぎ》を行った。しかしこれまでのところ、それらは完全に黙殺《もくさつ》されている。三度目に派遣《はけん》した軍使などそのまま抑留《よくりゅう》されてしまったらしく、いまだ帰還《きかん》していないという有様だ。

そしてこの時代、軍使の抑留は宣戦布告に等しい——かくて日本湖方面の鎮《しず》めである〝ムサシ〟を除く、機動城塞〝アマツハラ〟と〝フソウ〟の二基が〝カグラ〟を挟撃《きょうげき》すべく、現在、征途《せいと》に着いていたのである。

「さて、当面、我らの採るべき方針だが、あくまで正面決戦は避《さ》けるべきだろう。しかし、ガス田はなんとか奪回《だっかい》したい……」

地図を指し示すと、シュウが眼鏡を押し上げた。学究めいた態度で兄弟に説明する。

「となれば、今回の紛争《ふんそう》は持久戦に持ち込むのが上策だろう。まずは敵の補給路を断《た》ち、そのうえで〝カグラ〟を撤退《てったい》に追い込むのだ。こちらの戦力を温存しつつ勝利するには、それしかあるまいと思う」

「しかし、シュウ兄者。毎回、そんな真似《まね》を繰《く》り返しているわけにはいかないぜ？」

慎重な戦略論を展開する次兄《シュウ》に、末弟《コウ》はやや非難がましい目を向けた。倦《う》むことなく進軍を続ける陸艦《かん》群を示して付け加える。

「たしかに持久戦なら、こちらの損害は少ないだろう。だが、それは向こうにとっても同じだ。体力が回復すれば、また懲《こ》りずに喧嘩《けんか》を売ってくるに決まってる。そうなる前に、正面から決着をつけたほうがよかないか？　今回、なんとか敵の主力部隊を誘《さそ》い出し、合戦に持ち込んで徹底的《てってい》に殲滅《せんめつ》するんだ。それこそ、二度と立ち上がれないぐらいに——それが一番賢《かしこ》いやり方だと思うがね」

「それができればそうしているさ。だが、我らの現有戦力ではそんな大合戦は不可能だ」

末弟との意見の対立はいまに始まったことではない——シュウの回答はあらかじめ用意されていたらしかった。冒頭《ぼうとう》の溜息を除けば、しごく滑《なめ》らかに持論を展開する。

「それにドモン卿《きょう》とて馬鹿《ばか》ではない。こちらが決戦を挑《いど》めば、彼はマンチュリアに援軍《えんぐん》を要請《ようせい》するだろう。そして帝国軍が本格的な侵攻《しんこう》を始めようものなら、トウライは終わりだ。どう足《あ》掻《が》いても、勝てる見込みはない」

「だが、だからってこのまま指をくわえてても、帝国はいつかやってくるんだぜ？　だったら、その前にいちかばちかの大博打《おおばくち》を挑んだらどうだ？　少しでもこっちに余力のあるいまのうちに、奴《やつ》らを叩《たた》くのさ」

「わずかでも勝算があるのならそれもよかろう。だが、いまの我らにマンチュリアを敵に回す力はない……勝算のない戦は愚《おろ》か者の戦だぞ、コウ。いまはとにかく、外交的努力を重ね、帝国に侵攻の口実を与《あた》えぬことだ」

「外交的努力？　生ぬるいことを！　地救連の連中がいままで一度だって頼《たよ》りになったためしがあるかよ！　だいたい兄者が悠長《ゆうちょう》だから、俺たちはいつも後手後手《ごてごて》に――」

なおも厳しい口調で次兄を糾弾《きゅうだん》しようとして、コウはにわかに表情を改めた。扉《とびら》の外から、華《はな》やいだ女の笑い声が複数聞こえてきたのだ。それはベッドのトウギの耳にも入ったらしい。

病身の大公はわずかに耳を澄《す》ますような顔になったが、すぐ、楽しげに破顔した。

「おや、侍女《じじょ》たちが騒《さわ》いでいますね？　ああ、そうか。どうやら、シンが帰ってきたらしいですよ、シュウ君」

「は、そのようですな。しかし、どうしておわかりになったのですか、兄上？」

「ははン、俺もわかったぜ」

兄に代わって答えたのはコウだった。こちらもトウギ同様、楽しげに口元を緩《ゆる》めている。

「あの野郎《やろう》が〝ムサシ〟に来ると、妙《みょう》に兵隊と女どもが騒ぎやがるからな。すぐにわかる」

「それはアマツハラでも同じですよ。あれが生来の器量というものなのでしょうね……ゆくすえ楽しみなことですね、シュウ君」

「は……」

兄弟に息子《むすこ》を賞賛された次弟《じてい》は、わずかに表情を綻《ほころ》ばせたようだった。が、すぐに顔を引き締《し》めると、しかつめらしい口調に戻《もど》る。

「愚息《バカ息子》ごときにはもったいなきお言葉。しかし、兄上。どうか、本人《あれ》にはさようなことはおっしゃられませぬよう。まだ青二才。つけあがります」

「おう、そういや青二才といえば……」

何かを思い出したようにコウが指を鳴らした。ちょうど眼下を通り過ぎていく戦列艦《ガレオン》を見送りながら、やや不審《ふしん》げに小首を傾《かし》げる。

「あの野郎、出先で妙なものを買い込んできたらしいな？　〝木偶《デク》〟……さて、あんなものをいったいどうするつもりだ？」

「さあな。〝教団〟のほうからは、すでに買い取りの申し出《オファー》があったようだ。転売するつもりだろうが、わざわざ城まで持ち帰ることもないだろうに……」

「へっ、あんなオモチャに興味を持つあたり、野郎もまだ子供ってことか。かわいいもんだ」

「――誰《だれ》が子供だって、コウ叔父貴《おじき》？」

勇将の楽しげな笑い声に口を挟《はさ》んだのは、戸口に現れた背の高い若者だった。若者――カズサ＝シンは扉にもたれかかったまま室内の男たちを見やると、三白眼ぎみの目をどこか照れくさげに細めた。

「よう、伯父貴《おじき》に叔父貴。二人とも元気そうだな」

「こんにちは、甥御殿《おいごどの》。お邪魔《じゃま》しているよ」

「おう、まだくたばってなかったか、坊《ぼう》や。憎《にく》まれっ子ってのは、つくづく世に憚《はばか》るな」

伯父と叔父はそれぞれの言葉と態度で、甥に久闊《きゅうかつ》を叙《じょ》した。この時代、親族といえどけして油断できる存在ではないのだが、それもカズサ家にあっては例外らしい。一つには、トウギもコウも子がないということがあるのだろう。二人とも、甥を見やる目には隠《かく》しきれぬ愛情が溢《あふ》れている。

「で、どこまで話が進んでるんだ？　殴《なぐ》り込みの相談なら、俺も混ぜてくれよ」

「控《ひか》えよ、シン。さしでがましいぞ」

一方、伯父馬鹿《ばか》・叔父馬鹿丸出しで甥を迎《むか》えた兄弟に対し、シュウの口調は苦りきっていた。不機嫌《ふきげん》げに、嫡子《ちゃくし》のさしで口を咎《とが》める。

「だいたい、まだイセ家に戦意ありとも決まっておらんのだ。宣戦布告はそれを確かめてからでも遅《おそ》くあるまい――」

「と、殿《との》! こちらにおいででしょうや⁉」

狼狽《ろうばい》——というより錯乱《さくらん》ぎみの男の声が父の説教を遮《さえぎ》ったのはそのときだった。開けっ放しだった扉から、痩身《そうしん》の若者が一人、室内に転がり込んできたのだ。

「た、大変です! 一大事が出来しました!」

「どうした、サモン? 見苦しいぞ」

泡《あわ》を食っている青年士官に、シュウは訝《いぶか》しげな顔を向けた。相手を落ち着かせようと、厳しい声で叱《しか》りつける。

「将たる者がさようにうろたえるものではない……何が起こったか、落ち着いて話せ」

「は、はい、失礼をばいたしました……」

主君の威に打《う》たれて、青年は頭《こうべ》を垂れた。

ちなみにコレズミ＝サモンというこの若者は、平時はなにかと忙《いそが》しいシュウの片腕《かたうで》として〝フソウ〟の運営全般《ぜんぱん》を取り仕切る有能な城将《キャプテン》であると同時に、戦時には幕僚《ばくりょう》として一軍をまとめる侍大将《オフィサー》だ。けっして無能でもなければ、臆病《おくびょう》でもない——ないはずだが、このときばかりはどうも様子が違《ちが》った。汗《あせ》の溜《た》まった眼鏡《めがね》をさかんに袖《そで》で拭《ぬぐ》いながら懸命《けんめい》に気息を整えている。

「実は、たったいま、イセに遣《つか》わした軍使が戻ったのですが、その……い、いや、小官がどうこう説明するよりは、各々《おのおの》がた、どうか、あちらをご覧じくださいませ。その、なんとも惨《むご》き顛末《こと》になってしまいまして……」

「……こ、これは⁉」

サモンの指し示した窓を見下ろしたカズサ家の面々だったが、次の瞬間《しゆんかん》、そろって息を呑《の》むことになった――甲板《かんぱん》に一隻《せき》の陸艀《ランチ》が見える。サモンと似たような顔で狼狽《うろた》え騒《さわ》ぐ軍士たちが囲んだ装甲《そうこう》ホバーは、どうやらイセ家への軍使たちが乗っていったものらしい。船体には目立った傷もなく、静かに停車している。だが、その屋根には出発時にはなかった奇妙《きみよう》な装飾《そうしよく》が施《ほどこ》されていた。

一丈《三メートル》はあろうかという高い竿《さお》が三本――いや、それだけではない。それぞれの先端《せんたん》に突《つ》き刺《さ》されているのは、無念の形相も凄《すさ》まじい生首ではないか。

「ぐ、軍使たちが……なんということを！」

「……はッ！　イセ家の奴《やつ》ら、どうやら本気で俺たちに喧嘩《けんか》を売りたいらしいな！」

愕然《がくぜん》と呻《うめ》くトウギを横目に、猛々《たけだけ》しく牙《きば》を剝《む》いたのはコウだった。さすがに、カズサ家きっての武人は微塵《みじん》も動揺《どうよう》を見せなかった。ただ、隣《となり》で凍《こお》りついたような沈黙《ちんもく》を守る次兄を灼《や》けた鋼《はがね》にも似た視線で一瞥《いちべつ》する。

「これが奴らの宣戦布告ってやつだ……兄者、これでもまだ、生ぬるいことを言ってるつもりか？」

「……いや。もはや、これまでだな」

深く信頼《しんらい》していた老臣たちの変わり果てた姿に、シュウは硬《かた》い横顔と声で答えた。

ここまでされて黙《だま》っていては、カズサ家の声望は地に堕《お》ちよう。そうなっては外敵の侵攻《しんこう》を待たずしてトウライは自壊《じかい》せざるを得まい。いまは、いちかばちか打って出るべき時だった。乱世のならいとして、室内の全員がその覚悟《かくご》を共有しかけたそのとき——

「ああ、私だ……なっ、なんだとおっ⁉」

小さく鳴った内線電話に、サモンの声が再び裏返った。トウライきっての名門出身ながら、胆《きも》のほうはあまり座っているとはいえぬ青年士官は、青ざめた顔で声をうわずらせた。

「い、一の姫《ひめ》さまが拐《かどわ》かされただと⁉　いったい、いつ⁉　いや、いったい何者に⁉」

「——イッキが⁉」

その名がサモンの口から出たとき、カズサ家の男たちの顔色がいっせいに変わった。シンなど、そのまま部屋を飛び出していきかけたほどだ。そんな息子《むすこ》を押しとどめ、質問を飛ばしたのはシュウである。

「サモン、イッキを攫《さら》ったのはどんな奴だ？　ひょっとしてイセ家の手の者か？　まだ城内にいるならば、場所を特定させろ」

「は、少々、お待ちを……で、いったいどんな奴だ、その不届き者は？　あ、透明《とうめい》な幽霊《ゆうれい》？　工廠区《こうしょうく》へ逃《に》げた？　ええい、状況《じょうきょう》がよくわからん！　落ち着いて報告したまえ！　〝幽霊〟とはいったいなんのことだ⁉」

「……しまった！」

サモンの口からこぼれた単語にシンが思わず舌打ちしたときには、その傍《かたわ》らで、荒事《あらごと》に慣れたコウが素早《すばや》い対応に出ていた——腰《こし》の短筒《ピストル》の弾倉《だんそう》を認めると、素早く廊下《ろうか》に走り出たのだ。

「シュウ兄者、すぐに城内全域に警戒《けいかい》態勢を発令してくれ。サモン、お前は手勢を呼んで、俺と一緒《いっしょ》に来い……どこの馬鹿《ばか》だか知らんが、このカズサ＝コウの身内に手を出したこと、死ぬほど後悔《こうかい》させてやる！」

「——親父、俺も行くぜ！」

コウの声は、たちまち廊下を遠ざかってゆく。だがそのときには、シンもまた、身を翻《ひるがえ》して窓に取り付いていた。大きくそれを開け放ちつつ、寝台脇《ベッドわき》の父に言い捨てる。

「イツキは、俺が必ず取り返す！」

「待て、シン！　お前はここに——」

シュウが何か怒鳴《どな》ったようだったが、シンの耳には入らなかった。麦わら色《ストローブロンド》の髪《かみ》と夏空めいた碧眼《へきがん》——その鮮《あざ》やかなコントラストが脳裏《のうり》に明滅《めいめつ》している。しなやかに身を躍《おど》らせると、若者は青い大気の中へと飛び出した。

四

「なんてこと……よりによって、まさか原住民と接触《せっしょく》してしまうだなんて！」

しかも、その虜囚《りょしゅう》となってしまうとは、二重の意味で大失態である――臨時の隠《かく》れ家《が》である配管の陰《かげ》で、シャーヤは頭を抱《かか》えていた。

とはいえ、もはや悔《く》やんだところでどうしようもない。いまはとにかく、なんとかアスラのもとまでたどり着くことだけを考えるべきだった。あの子のもとへたどり着き、ともにここから脱出《だっしゅつ》せねばならない。これ以上、こんなところで無駄《むだ》な時間を費《つい》やしていては、せっかく追いつめた〝魔王《まおう》〟たちに再び逃げられてしまう。一刻も早く、追撃《ついげき》戦を再開するのだ。

幸い、アスラは彼女からそう遠からぬところにいるはずだった。〝はずだった〟というのは、シャーヤの脳にインプラントされたマーカーが、アスラの現在地と方角を常に報《しら》せてきているからである。彼女自身が確認《かくにん》したわけでも、あるいは原住民の口から聞き出したわけでもない。そもそも、睡眠《すいみん》学習を始めていまだ日が浅いシャーヤにとって、原住民たちの言葉を理解するのはたやすいことではない。簡単な日常会話が精一杯《せいいっぱい》だ。

「たしか、〝ヒメサマ〟とか呼ばれてたわね、この娘《むすめ》……ってことは、統治階級者《クシャトリヤ》かしら?」

小脇《こわき》にかかえた原住民の顔を覗《のぞ》きこみ、シャーヤは最前、彼女の側《そば》にいた幼い小娘《こむすめ》たちの反応を思い出した。シャーヤが気絶させたこの娘を担《かつ》いで立ち去ろうとするのを、必死に防ごうとしていた。

その反応から察するにVIPのようだったので、いざというときには盾《たて》になると判断したのだが、かえってまずかっただろうか⁉ どうも、原住民たちの自分に対する追撃が尋常《じんじょう》ではない気がする。艦隊《かんたい》中の原住民が、老いも若きもこぞって自分を追い回しているようだ。ついさっきも、数名の戦闘員《せんとういん》をなんとか気絶させたばかりである。しかもその際、スタンガンと人工筋肉を酷使《こくし》しすぎてバッテリーがこころもとない状態になってしまった。この次は、防ぎきれないかもしれない。

(でも、もうちょっと頑張《がんば》らないと!)

隠れ潜《ひそ》む配管の陰からケーブルの向こうを睨《にら》んで、シャーヤは自分の弱気を叱《しか》りつけた。

彼女の視線の先で砂塵《さじん》をあげているのは、大型の陸船だった。脳内インプラントのシグナルによれば、アスラはおそらくあの中だ。なんとかあそこに忍《しの》び込んで彼を起こしさえすれば、あとはしめたもの。たとえ、この艦隊中の原住民が押し寄せてきても、ゆうゆう離脱《りだつ》することができるだろう。

「よし、もう少し頑張ろうね、コーマ」

なーう。

左手に提《さ》げた藤籠《バスケット》の中から子猫《こねこ》が答えた。早く行けと急《せ》かさんばかりに、陸船のほうを睨んでいる。

その顔を見ているうちにシャーヤの息はようやく落ち着いてきた。五十メートルほどの距離《きょり》を隔《へだ》てた対岸の陸船と、こちらの艦を繋《つな》いだ電源ケーブルの側まで歩み寄る。

「うん、これなら、渡《わた》れるわね……」

太い電源ケーブルが完全絶縁《ぜつえん》されていることを確認すると、シャーヤは小脇にかかえた少女を床《ゆか》におろした。ここまでくれば、もはや人質《ひとじち》は不要だ。さきほど電撃《でんげき》を浴びせてしまったせめてもの謝罪に、白い額にかかったほつれ毛をかきあげてやる。

「ごめんなさいね、原住民さん……気絶させちゃったりして」

意識のない少女に一言詫《わ》びて、シャーヤはゆっくり立ち上がった。どうにも調子の悪い変色迷彩《めいさい》を起動しながら、呼吸を整える。あとは一気にこのケーブルを走って――

「テメエ、妹カラ離《はな》レロ！」

煮《に》えたぎった声が鼓膜《こまく》を突《つ》き刺《さ》したのはそのときだった。

とっさに転じた視界に入ったのは、すぐ側の壁《かべ》にかかったスライド式の梯子《はしご》とその上に立った背の高い人影《ひとかげ》だ。

「あ！　こ、この人、あのときの――！」

そこにシャーヤが見いだしたのは、まったく知らぬ顔ではなかった。鼻筋の通った白い顔に、特徴《とくちょう》的な三白眼――こいつはたしか、あの寒村で食料調達中の自分を襲《おそ》った若い原住民ではないか？

その間にも、若者は三メートルもの高低差を梯子も使わず飛び降りていた。腰《こし》の刀を鞘《さや》ぐみ抜《ぬ》き放つや、牙《きば》を剝《む》いて吼《ほ》える。

「いつきニ何シヤガッタ、コノ野郎《やろう》……傷一ツデモツケテテミロ。タダジャオカネエ！」

「………」

〝外〟の言語に関しては睡眠学習が始まってまだまもないため、若者の言っていることの半分も理解できなかったが、それでも激しい怒《いか》りと妨害《ぼうがい》の意図は伝わってくる。会話による平和的解決を半秒で諦《あきら》め、シャーヤはさっさと身を翻《ひるがえ》した——原住民など相手にしている暇《ひま》はない。とにかく、急がねば！

「ヘッ、逃《に》ガスカヨ！」

だが、そんな彼女の意思を嘲笑《あざわら》うかのごとく、若者の腕《うで》が翻った。鞘ごと握《にぎ》っていた刀を、投げ槍《やり》のように投じたのだ。

「⁉」

風切る音が聞こえたときには、飛来した刀は見事に逃亡者《とうぼうしゃ》の脚《あし》に絡《から》みついていた。シャーヤが思わずたたらを踏《ふ》んだときには、三白眼の若者は獲物《えもの》に襲いかかる虎《とら》のような猛々《たけだけ》しさで飛びかかってきている。

「ちっ……げ、原住民の分際で！」

腰にタックルしてきた敵の体重に押《お》し倒《たお》されそうになるのを必死で堪《こら》えながら、シャーヤは掌《てのひら》のスタンガンを起動した。電圧は十万ボルト。若者の首筋を摑《つか》もうと腕を伸《の》ばす。

「……オット、脇《わき》が甘《あめ》ェゼ！」

しかし、原住民の方がはるかに戦い慣れしていた。繰《く》り出《だ》されたシャーヤの手は、虚《むな》しく空を切った。いやそればかりではない。手首をがっちりと決められると、恐《おそ》ろしいほどの鮮《あざ》やかさで腰を払《はら》われる。

「⁉」

次の瞬間《しゅんかん》、シャーヤの視界はきれいに一回転していた――彼女が知るべくもなかったが、原住民の間で〝柔術《ヤワラ》〟と称《しょう》される戦闘用体術だ。相手の力と体重、そして人間工学を極限まで利用した身体操作にシャーヤの体はあっさりと宙を舞《ま》っていた。背中から、通路脇の壁、さきほど若者が飛び降りてきたあたりに叩《たた》きつけられる。

「…………っ！」

「ア、ヤベエ！」

しかし、背中を強打して呼吸もままならぬシャーヤの鼓膜を叩いたのは、勝利者の凱歌《がいか》ではなく、狼狽《ろうばい》の声だった。思わず目をあげれば、若者の視線は自分ではなく、その上方に向けられていた。壁に固定されていたスライド式の折りたたみ梯子――かなり老朽化《ろうきゅうか》しているらしいそれが、恐ろしい速さで自分の上に落下してきたのに気づいたのは、次の瞬間だ。

「ひ……ひっ！」

「ド阿呆《あほう》、ナニグズグズシテヤガンダ！」

もしこのとき、口汚《くちぎたな》く罵《ののし》った若者の長身が滑《すべ》り込んできていなければ、彼女の顔面は鉄製の梯子によって無惨《むざん》に潰《つぶ》されていたかもしれない。だが、実際には梯子の先端《せんたん》はシャーヤの鼻先ぎりぎりのところで停止している。

「た、助かった、の？」

「……バ、馬鹿野郎《ばかやろう》！　トットトドキヤガレ、重イジャネエカ！」

思わず安堵《あんど》の吐息《といき》をついたシャーヤを打ったのは、荒《あら》っぽい声と、熱い血の雫《しずく》だった。原住民の若者――シャーヤに覆《おお》い被《かぶ》さるように床に手をつき、後頭部と背中で鉄梯子を支えている若者が苛立《いらだ》たしげに怒鳴《どな》ったのだ。

「何ヤッテンダ！　イツマデモ寝《ね》テネエデ、ドケッテンダヨ！」

「は、はいっ！」

後頭部を強打したせいだろう。こめかみから血をしたたらせている若者の怒声《どせい》に、シャーヤは慌《あわ》てて頷《うなず》いた。身を捻《よじ》って若者の下から這《は》い出すと、あたふたと立ち上がる。

「ア、アナタ。ダイジョブカ？」

どうやら、鉄梯子はかなりの重量があったようだ。震《ふる》える手でそれを押し上げている若者に、シャーヤはおそるおそる声をかけた。

「血。出テル。イッパイ……」

「ケッ、コレグライ、ドウッテコトネエヨ」

唇《くちびる》を捲《ま》り上げると、若者は支えていた梯子《はしご》から慎重《しんちょう》に身を離《はな》した。頭部からの出血で顔面を血まみれにしたまま、強気に嘯《うそぶ》く。

「コノ俺様ヲ舐《な》メンナヨ。ソコラノ奴《やつ》トハ鍛《きた》エカタガ違《ちが》ウゼ……エ、エエット……」

ふと、若者はもどかしげな顔になった。眉《まゆ》を顰《ひそ》めているシャーヤを不機嫌《ふきげん》げに睨《にら》むと吐《は》き捨てるように言い放つ。

「ソウイヤ、マダ、テメエノ名前ヲ聞イテナカッタナ……ナンテ名前ダ？」

「ワ、私？　私、ひかげトイイマス」

相手の迫力《はくりょく》に気圧《けお》されてしまったらしい。シャーヤは慌てて名乗った。自分の名——母国の言葉で影《かげ》、あるいは影を司《つかさど》る女神《めがみ》の聖名をこちらの単語に翻訳《ほんやく》する。

「私ノ名ハひかげイイマスネ……アナタハ？」

「ひかげ？　変ワッタ名前ダナ……俺ノ名ハしん」

にっと笑うと、若者は自分の胸を指さした。口の端《はし》に紙巻煙草《シガレット》をくわえながら、ふてぶてしく嘯く。

「かずさ＝しんッテンダ。覚エテオキナ……」

「ナンダ、シン？　ソンナトコロデ何ヤッテルンダ？　いつきハ見ツカッタノカヨ？」

訝《いぶか》しげな声がかかったのは、そのときだった。慌ててシャーヤが振《ふ》り返れば、数名の武装した原住民が通路の向こうから歩いてくるところだ。声をかけてきたのは、その先頭、左頬《ほお》に向こう傷のある男である。

「ン？　オイ、しん、ソノ女ハ誰《だれ》ダ？　見カケナイ顔ダナ。ドコカラ連レテキタ？」

「ア？　エエット、ソレハダナ……」

向こう傷の男に尋《たず》ねられ、〝シン〟は素早《すばや》くシャーヤの顔を一瞥《いちべつ》した。彼女のことをどう言って説明するか――そんなことを考えるように、二、三度唇を動かしたあげく、

「ソレハダナ、エエット……ソウ！　実ハコノ女、俺ノ愛人ナンダ」

「…………!?」

次の瞬間《しゅんかん》、シャーヤは思わず息が止まるかと思った。

無造作にその腰《こし》を抱《だ》き寄《よ》せた若者が、あっけにとられていた彼女の唇を自分の唇で塞《ふさ》いだのである。しかも、シャーヤの目を瞠《みは》らせたのは、それだけではない。

「ヤレヤレ。マッタク、イラン手間カケサセテクレルゼ……シバラク寝テヤガレ」

小さな声が耳元で囁《ささや》いたと思った刹那《せつな》、鳩尾《みぞおち》に軽い衝撃《しょうげき》が走っている。

息が詰《つ》まった次の瞬間、当て身を食《く》らったシャーヤの視界は青い闇《やみ》に閉ざされた――


「ふむ……どうやら〝フソウ〟の連中、まだ我々には気づいていないようですなあ」

旧陸もほど近い丘陵《きゅうりょう》地帯――平坦《へいたん》な大地である海陸を見下ろす緩《ゆる》やかな勾配《こうばい》の一角に、数隻《せき》の陸船《ランドシップ》が停船していた。

巡回商人《トレーダー》の陸商船団《ランドキャラバン》だろうか。五百石級《一万トン》から壱千石級《二万トン》――大型の装輪船が、それぞれ岩陰《いわかげ》や丘陵の間に人目を避《さ》けるように停泊《ていはく》していたのだ。

……
ホントに？
うん
オレのオンナよ
またっスか!?
だらーん

眼下を進軍中の機動城塞《フォート》に向けていた双眼鏡《そうがんきょう》をおろして、傍《かたわ》らを振り返ったのは、その中の一隻の艦橋《かんきょう》、シートに腰をおろしていた痩《や》せた中年男である。

「しかし、こちらが送り返した例の軍使たちがそろそろ向こうに到着《とうちゃく》している頃《ころ》です。警戒《けいかい》レベルは高まるでしょう……やっぱり、この程度の戦力で機動城塞を直接襲撃《しゅうげき》するってのはちょいと無謀《むぼう》じゃありませんかね、ドモン卿《きょう》？　あたしゃ、さっきからこう、胃のあたりがキリキリしてるんですが……」

「なに、心配は無用でござるよ、ツァイゲル殿《どの》」

中年男の弱気な発言を一笑《いっしょう》に付したのは、彼の傍らで、さっきからじっと〝フソウ〟を遠望していた人物だった。

大きい――偉丈夫《いじょうふ》とはこういう男を言うのだろう。身の丈《たけ》は七尺、体重はおおかた四十貫《百五十キロ》に迫《せま》るか。そして巌《いわお》のような体のうえに載《の》っているのは、やはり玄武岩《げんぶがん》を力任せに鏨《タガネ》で彫《ほ》り込んだようないかつい顔――イセ家当主イセ＝ドモンは、その厚い唇を捲りあげると、さも自信ありげに言い放った。

「いまのカズサ家には、ろくな将帥《しょうすい》がおりませぬ。奴らごときに、このドモンを相手どることは不可能――まあ、ツァイゲル殿はそこでゆるりと見物されていてください。すぐにそれを証明して進ぜましょう」

「殿《との》！　甲士隊、出撃準備調《ととの》いました！」

凜《りん》と張った声が、二人の会話に割り込んだ。きびきびとした身ごなしで近寄ってきた若い男が、軍士式の敬礼とともに偉丈夫に報告したのだ。

「命令の伝達《ブリーフィング》も完了《かんりょう》――いつでもいけます！」

「ご苦労……ときに、自動甲《シェル》の調子はどうだ、ジュウザ？　〝マガツガミ〟はお前たちには初めての機体だが、使えそうか？」

「はっ、素晴らしい機体であります！」

偉丈夫の問いに、青年は頬を紅潮させて応じた。まるで新しい玩具《おもちゃ》を与《あた》えられた子供のように、やや興奮気味に答える。

「使えるなんてものじゃありません。筋力、装甲《そうこう》、探知機……すべて優秀《ゆうしゅう》ですが、中でも反応速度が従来のものとは段違《だんちが》いです。あれ一機でカズサの〝リキシ〟三機は軽いでしょう！　あのような素晴らしい自動甲を駆《か》れること、まったく甲士冥利《みょうり》につきます！」

「はしゃぐな、馬鹿者《ばかもの》。それより、いつでも出撃できるよう各員に伝えておけ。奇襲《きしゅう》はスピードが命だ。数秒の遅《おく》れが作戦の失敗を招くぞ……まったく、皇帝《こうてい》陛下のお力添《ちからぞ》えには感謝の言葉もありません、ツァイゲル殿」

うるさげに手を振《ふ》って若者をさがらせると、ドモンは傍らの中年男に目を戻《もど》した。

ドモン自身は、いかにも生まれついての迫力《はくりょく》――いや、風格とさえいえるものを身に纏《まと》っている。一方、中年男の方はといえば、頬はこけ、寝癖《ねぐせ》のついた髪《かみ》はあちこちに跳《は》ねて、はなはだ風采《ふうさい》あがらぬ。それどころか、目をしょぼつかせ、肩《かた》を貧乏《びんぼう》くさくすぼめている姿はいっそ貧相といってもいい。にも拘《かか》わらず、偉丈夫の彼に対する態度は恭《うやうや》しかった。いかにも目上の者に対する慇懃《いんぎん》さで、ぶ厚い笑《え》みを浮《う》かべる。

「軍資金や資材ばかりか、あのような素晴らしい機体を供与《きょうよ》してくださって……あれの原型は、マンチュリアでもまだ制式配備前の最新鋭機《さいしんえいき》と伺《うかが》いましたが、本当によろしかったのですか？　そんな貴重な機体を我らが先に使わせていただいても？」

「はは、もちろんでございますとも。もったいなくも六つの国と三つの海を統《す》べたもう我らが皇帝陛下は、ドモンさまの挙兵を耳にされると、近年稀《まれ》に見る義挙《ぎきょ》とおおいに機嫌《きげん》うるわしきご様子でして」

頷《うなず》くと、ツァイゲルと呼ばれた中年男は痩せこけた顔に貧弱な笑みを浮かべた。貧乏神《びんぼうがみ》を思わせる顔を窓の外、遠い草原を横断中の機動城塞《フソウ》に向けて、ぼそぼそと呟《つぶや》く。

「大公位を僭称《せんしょう》し、民《たみ》に暴虐《ぼうぎゃく》を為《な》すカズサ家に義戦を挑《いど》むイセ家の意気やおおいに佳《よ》し。朕《ちん》にできることなら、なんなりと申せ。けっして労を惜《お》しむものではないと……そしてその手始めとして、あれらの自動甲を、閣下に御下賜《ごかし》あそばされたのであります」

「帝国《マンチユリア》のお力添え、まことにかたじけなし！　このドモン、イセ家当主として、けして御期待に背《そむ》かぬ働きをお見せいたす」

胸の前で左拳《こぶし》を右掌《てのひら》で包むマンチュリア式敬礼をほどこすと、ドモンは感極《かんきわ》まったように一礼した。ついで、ぶ厚《あつ》い唇《くちびる》を捲《まく》り上げて宣言する。

「では手始めに、カズサ家の男どもの首、これよりまとめて刈《か》り取ってご覧にいれましょうぞ！」

第参話　イセ家の章II

壱

「おい、シン。ほんとのほんとに、こいつはただの木偶《デク》じゃねえのかよ？」

初春にも拘わらず、研究室《ラボ》は肌寒《はだざむ》かった。

直径十丈《三十メートル》、高さ三丈《九メートル》、砲艇《ガンシップ》クラスの小型艦《かん》ならまるごと収容できる巨大《きょだい》な円蓋《えんがい》いっぱいに、冷房《れいぼう》がかけてあるのだ。だが、脚立《きゃたつ》の上に胡座《あぐら》をかいた老人はとくに寒気を感じている様子もない。目の前のそれを見上げながら、傍《かたわ》らの若者に脳天気な声をかける。

「身長は七丈《二十二メートル》四尺《二十センチ》。体重はこのむさい外套《がいとう》こみでざっと一万五千貫《五十五トン》。サイズだけなら木偶なみだ……だが、木偶は動かねえ。ところが、お前の話じゃ、このデカブツ、動き回ったり飛び回ったりしてたっていうじゃねえか……じゃあ、こいつはなんなんだ？」

「阿呆《あほう》か、ジジイ。それがわかってりゃ、こんなモン、わざわざ城まで持って帰るかよ」

横たわるそれ——実験室のスペースをほぼ占領《せんりょう》して横臥《おうが》した巨人に向けた三白眼を、シンは細めた。あの夜以来、微動《びどう》だにせぬ巨体を見上げ、背中で反問する。

「それに、そこのあたりを調べるのがてめえの仕事だろうが……で、あれから二日もくれてやったんだ。何か一つぐれえ、わかったことはねえのか？」

「うむ、これっぽっちもないな！」

老人——自称《じしょう》〝トウライでもっともゴージャスな脳細胞《のうさいぼう》の所有者〟ゲンナイ＝マタエモンは、公子殿下《こうしでんか》の御下問《ごかもん》に、ふんぞり返って答えた。逞《たくま》しい胸を張り、重々しく宣言する。

「こいつがいったい何なのか、いったいどこの誰《だれ》が作ったものなのか、いまのところ、さーっぱりわからんっ！」

「威張《いば》るな胸張るな鼻の穴をおっぴろげるな……何もわからねえだ？　じゃあ、この二日間なに遊びほうけてやがった、この穀潰《ごくつぶ》し」

「別に遊んでたわけじゃねえよ。こんな美味《おい》しそうなブツ、俺としても生唾《なまつば》モンなんだが……ところが、この邪魔《じゃま》っけな布きれのせいで、さっぱり仕事が進まねえときた」

「布きれ？　この包帯のことか？」

巨体を覆《おお》う包帯状の薄布《うすぬの》を、シンは摘《つま》んだ。弾力《だんりょく》のあるそれを指先で引っ張りながら、咎《とが》めるように老科学者を振り返る。

「だったら、全部ひっぺがしちまえばいいじゃねえか。こんなもんに、何を遠慮《えんりょ》するよ」

「ひっぺがす？　けっ、できるもんなら、とっくにやっとるわ、馬鹿《ばか》チンが」

そっぽを向くと、ゲンナイは太い葉巻をくわえた。巨大なアセチレントーチでそれに点火しながら、忌々《いまいま》しげに吐《は》き捨てる。

「ところがこの野郎《やろう》、滅法硬《めっぽうかた》くて、切断機が通用しねえんだ。いや、硬いだけじゃねえ。薬も酸もいっさい通じねえ。炙《あぶ》っても冷やしても、祈《いの》っても踊《おど》ってもムダ……どうやら、俺たちには未知の素材でできてるらしいぜ」

「未知の素材だあ？」

珍《めずら》しく弱音らしきものを口走った老人に舌打ちすると、シンは視線を下ろした。

巨大な〝ヒトガタ〟。あの遺跡《いせき》の夜、突如《とつじょ》、彼の前に現れた巨人。木偶なみの巨体に一分の隙《すき》なく包帯を巻き付け、その上からねずみ色の外套《がいとう》をかぶっている。あのとき、シンの目前で動き、戦っていた巨体は、いまはただ静かに横たわっている。

だがいったい、こいつはどこから来たのか？

誰がこんなものを作ったのか？

そして、もう一体——あの遺跡で戦っていた別の巨人はなんなのか？

あの遺跡の夜を思い出すたびに、シンは鼓動《こどう》のたかまりを禁じ得なかった。

それは恐怖《きょうふ》ではない。むしろ興奮——神話じみた戦いを目撃《もくげき》したことへの戦慄《せんりつ》だ。木偶クラスの巨体が地を裂《さ》き、大気を揺《ゆ》るがしていたあの戦い。あの神々の戦いと比べれば、自分たちの戦う甲士《こうし》戦《せん》など、蟻《あり》の喧嘩《けんか》のようなものでしかない。

ではもし、この巨人を自由に操《あやつ》れたら——

「ま、何かわかったら、すぐに報《しら》せてくれや」

一瞬《いっしゅん》、脳裏《のうり》を過《よ》ぎった考えを、あわてて頭を振《ふ》って追い払《はら》うと、シンは現実に意識を引き戻《もど》した。

(まだ、こいつの正体もわかっていないのに、俺は何を考えているんだ？)

自分の妄想癖《もうそうへき》を自嘲《じちょう》しつつ身を翻《ひるがえ》すと、ラボの出口へと足を向ける。

「俺は当分、屋敷《やしき》にいるからよ。ああ、それとこのデカブツのことは、くれぐれも内密に頼《たの》むぜ。親父《おやじ》にはまだ、口出しされたくねえんだ……やれやれ、とんだ無駄足《むだあし》だったな」

肌寒いラボをあとにすると、シンはうんと背伸《せの》びした。忌々しげに舌打ちしつつ、陸船間を繋《つな》ぐ連絡《れんらく》通路の手すりによりかかる。

今日もいい天気だ。抜《ぬ》けるような青空では、午後の太陽が優《やさ》しく輝《かがや》いている。四月に入ったばかりとあって風はまだ少し肌寒《はださむ》かったが、それでも深呼吸すれば、土と草の匂《にお》いが鼻の奥に染《し》み入るようだ。その大気を深々と吸い込みながら、シンは手すりから身を乗り出した。眼下に停泊《ていはく》している無数の艦船群を見下ろし、軽く目を細める。

機動城塞《メガロフォート》〝フソウ〟――シコク沖《おき》のガス田を占拠《せんきょ》中のイセ軍城塞〝カグラ〟に対して戦略移動中の城塞は、現在、旧キイ半島沖三十キロの地に停泊中であった。決戦を前に、最後の補給を行うためである。

ちなみに、この〝フソウ〟に限らず、機動城塞には政治や軍事の他《ほか》にも、国家を運営してゆくうえで欠かせない大きな役目がある。

それは、流通経済の要《かなめ》としての機能――〝城〟は巡回《じゅんかい》先の都市に短期間停泊しては、そこで運んできた物資の放出と、その近辺で生産された農作物や燃料の補給を行っているのだ。そうすることで、各地の物産の流通を円滑《えんかつ》化しているのである。

〝城〟が停泊するたびにそこでは市《マーケット》が開かれ、〝城〟が運んできた珍しい物品と周囲の農村で収穫《しゅうかく》された農作物が取引される。〝城〟の住人はもちろん、辺境の村人たちや巡回商人たち、そしてそれらを目当てにした大道芸人や露天商《ろてんしょう》などもやってきて、数日間、市はおおいに賑《にぎ》わうのである。

「けっ、こっちの苦労も知らんと浮《う》かれやがって……」

〝フソウ〟の中でも物資の流通・販売《はんばい》を司《つかさど》る船団が集中する一角は、今日は訪《おとず》れた市民に開放され、そこでは盛大な市が開かれていた。

さかんに商品の名を連呼しては実演販売に勤《いそ》しむ職人や商人。その間では呼び売りたちが飴《あめ》湯《ゆ》や珈琲《コーヒー》を売っている。次々に投じられる皿を宙で撃《う》ってみせているあれは武器商人か大道芸人だろう。その側《そば》には見世物小屋が天幕を張り、美味《うま》そうな唐黍菓子《ポップコーン》を作っている駄菓子屋《だがしや》の店先で、派手に傾《かたむ》いた若い軍士たちが大喧嘩《おおげんか》を始めている。そこに溢《あふ》れるのは熱気と喧噪《けんそう》に満ちたエネルギーだ。その景色を、シンは心底羨《うらや》ましげに見やった。もともと、あの手のお祭《まつ》り騒《さわ》ぎは大好きなのだ。なのに、ここのところ忙《いそが》し過ぎて遊びにも出られなかった。

「……ちょいと、命の洗濯《せんたく》でもしてくるか？」

きらびやかな装飾《そうしょく》に彩《いろど》られた一角で、派手な衣装《いしょう》と化粧《けしょう》の女たちが若い傾《かぶ》き者を呼び込んでいる。それを見下ろしながら、シンは独りごちた。財布の重みを確かめると、そちらの方へ足を向けようとしたが――

「あ、若さまじゃないですか！」

その足を止めたのは、訝《いぶか》しげな男の声だった。思わずぎくりと振り返った視線の先、通路の向こうから歩いてきていたのは数人の侍大将《オフィサー》たちだ。会議の帰りだろうか。いずれも帳面《ちょうめん》や矢立《筆記用具》を携《たずさ》えた彼らの先頭、シンに声をかけてきたのは銀縁眼鏡《ぎんぶちめがね》の青年である。

「こんなところで、いったいどうされたのです、若さま？　ずいぶんとお捜《さが》ししましたよ」

「よ、よう、サモンか」

まずいところを、まずい相手に見つかってしまった――素早《すばや》く視線を巡《めぐ》らせて逃《に》げ出す隙《すき》を探しながら、それでもシンは気さくな挨拶《あいさつ》を返した。

「雁首《がんくび》そろえて、これから会議か何かか？　お疲《つか》れさん。精が出るな」

「〝精が出るな〟ではありませんよ、若さま」

コレズミ＝サモン――トウライ屈指《くっし》の名門の跡《あと》取り息子《むすこ》は、いかにも人のよさげな顔に、咎《とが》めるような色を浮かべた。〝フソウ〟の城塞色である黒を基調とした軍士服の上から胃を撫《な》でつつ、細い眉《まゆ》を顰《ひそ》める。

「今日は、〃アマツハラ〃〃フソウ〃〃ムサシ〃三軍団の合同軍議の日ではありませんか。若殿《わかとの》がいらっしゃいませんでしたので、左将軍《シュウさま》がずいぶんとお怒《いか》りでした。お陰《かげ》で、私、胃が痛くて痛くて……」

「親父《おやじ》が怒ってた？　そりゃ弱ったな」

青年の言葉に、シンもわずかに困ったような顔になった。むろん軍議のことは覚えていた。だが、世間の会議のほとんどがそうであるように、この合同軍議もまた、実戦ではからっきし使えぬ理論派と過去の栄光にすがるばかりの年寄りどもがはりきって蘊蓄《うんちく》を垂れ流すだけのおよそ有害無益なシロモノである。シンもまた、不愉快《ふゆかい》な時間を無為《むい》に過ごすのがいやで、今日は意図的に欠席したのだ。しかし、父を怒《おこ》らせたというのは予想外だった。さて、どう言い訳したものか……

「——あまり、お父上にご心配かけてはいけませぬぞ、公子殿下《こうしでんか》」

釈明《しゃくめい》を捏造《ねつぞう》していたシンの思考を遮《さえぎ》ったのは、サモンの声ではなかった。彼のさらに向こうから、耳障《みみざわ》りな皺声《しわごえ》が響《ひび》いてきたのだ。

「ふだんより若殿が軍議をさぼっては遊び歩いているというお話は、私もかねがね耳にしております……困りますな。公子殿下ともあろうお方が、そのような自堕落《じだらく》なことでは」

「……ああ、誰《だれ》かと思ったらサドさんかい」

侍大将たちの背後に立っていた恰幅《かっぷく》の良《い》い初老の男——〃アマツハラ〃の城塞色である白い

軍士服の老将を見やって、シンはどこか照れたような微笑《びしょう》を唇《くちびる》に刻んだ。

「あんたも会議に出てたのか？　トウギ伯父貴《おじき》の側についてなくてもいいのかい？」

「大公閣下ならお気分優《すぐ》れず、さきほど〝アマツハラ〟へ帰城なさいました……それよりも、公子殿下。今日という今日は、このサド＝ムサイ、殿下に諫言《かんげん》させていただきたい」

ひとつ咳払《せきばら》いすると、老軍士は背後の将校たちにちらりと一瞥《いちべつ》を送った。彼らが注目していることを確認《かくにん》するや、アザラシによく似た鼻腔《びこう》を重々しく膨《ふく》らませる。

「まったく最近の殿下の勝手な振《ふ》る舞《ま》い、私から見ましても目に余りまする！　そもそも、今回のイセ家との一戦は政治的にも戦略的にも、極《きわ》めて大きな意義を持つもの。我がトウライの興廃《こうはい》がかかっていると申してもよろしい。我ら一丸となり、必勝の信念と滅私《めっし》奉公《ほうこう》の精神を以《もっ》て臨まねばなりませんでしょう。しかるに、その大事な戦いの軍議を勝手に欠席なさるなど、たとえ公子殿下といえど、許されることではありませぬぞっ！」

「……必勝の信念と滅私奉公の精神ねえ」

重々しく説教を垂れる老将を、シンはどこか小馬鹿《こばか》にしたような目でみやった。

ちなみにこのサド＝ムサイはトウライきっての名門貴族の当主であり、〝アマツハラ〟においては病身の大公を補佐《ほさ》して政務全般《ぜんぱん》をとりしきる重臣中の重臣である。その権威《けんい》は大公の二人の公弟、シュウやコウに匹敵《ひってき》するかもしれない。声望の点では〝狂犬《きょうけん》〟呼ばわりされるどこそのチンピラ公子など、はるかに及《およ》ばない存在だ――にも拘《かか》わらず、シンは薄《うす》く笑うと相手の言葉を混ぜっ返した。

「じゃあ、信念とやらがあれば、この戦《いくさ》に勝てるのかい？」

「むろん、必勝の信念に加え、高度な作戦と各部隊の緻密《ちみつ》な連携《れんけい》が必要なことは申すまでもありますまい」

小生意気な茶々を入れてきた若者を、サドは目の端《はし》で睨《にら》んだ。元来、格式やしきたりをなにより大切にする老将にとって、若殿という身分をかさに勝手し放題の放蕩児《ほうとうじ》は従来から目に余る存在だったのだろう。この機会に生意気な鼻柱をへし折ってやる――そんな決意も露《あら》わに、皺声を張り上げる。

「そう、〝緻密な連携〟――ここが要注意でござるぞ、若殿。なにぶん、イセ＝ドモンは戦上手で知られた男。それに対抗《たいこう》するには我らも叡智《えいち》を結集せねばなりません。そして、今回の戦は我が〝アマツハラ〟と〝フソウ〟〝ムサシ〟の合同作戦であります。これら三者の連絡《れんらく》に緊《きん》密《みつ》性が欠かせず、また、お互《たが》いに協調してことにあたるには、事前の軍議での打ち合わせが――」

「しかし、戦つっても要は殺し合いだろ？　そんなに青筋立てて、気張ることたぁねえんじゃねえの？」

ことの推移を見守る侍大将たちの視線を意識しているのだろう。拳《こぶし》を固め、重々しく演説をぶっている重臣に、シンは気のない声で水をかけた。皺顔がむっと強《こわ》ばったのも無視して、肩《かた》をすくめる。

「今回の喧嘩《けんか》、イセ家の連中は本拠地《ほんきよち》から出張ってきてるんだよな？　だったら話は簡単だ。右手は正面から組み合うふりをして、背中に左手を回して刺《さ》す——これで殺《や》れるぜ」

「は……はっ、なにを馬鹿《ばか》なことを！　いやはやこれだから本物の戦を知らぬ方は困りますなあ。それではまるで、子供の喧嘩だ……そうでござろう、諸卿《しょけい》？」

サドの髪《かみ》はすでに白かったが、太い眉だけは濡《ぬ》れたように黒い。その眉をいかにも軽蔑《けいべつ》しきったように上げると、老将は背後の士官たちを顧《かえり》みた。賛同の声がこぼれるのを確認《かくにん》して、ふたたびシンに向き直る。

「よろしいですかな、若殿？　戦いとは、あなたのような若い方が空想しておられるような簡単なものではございません。いつまでもさように幼いことをおっしゃっておられず、もう少し、現実というものを見て頂きたい」

「……ああ、そうかい？」

ほやっと笑うと、シンは老将の言葉に鷹揚《おうよう》に頷《うなず》いた。硬《かた》く握《にぎ》りしめ過ぎたため、血の滲《にじ》み始めた拳を士官たちからは見えぬよう背に回しながら、穏《おだ》やかに付け加える。

「そうだな。素人《しろうと》があれこれ言うのはよくねえな……じゃあ、よろしく頼《たの》むぜ、サドさん。戦の間、俺は隅《すみ》に引っ込んでるからよ」

「それがようござる。なにしろ公子殿下は大公閣下の後を継《つ》いで、将来、大公となられるかもしれぬ大切なお体であられる」

珍《めずら》しくしおらしげなシンの返答に満足したのか、あるいは、相手が子のないトウギの後を継いで将来的に大公に即位《そくい》する身分であることを思い出したのか、サドもまた、態度をやわらげた。せいぜいしかつめらしい表情を作っている若者に、猫《ねこ》なで声をかける。

「どうか、そこのあたりをしっかりと考えられたうえで、いま少しご自重くださいませ……それが臣下一同の願いでございます」

「ああ、わかった。忠告どうもな、サドさん」

頭の中では老人の頬《ほお》げたに拳を入れつつも、シンはにこやかに頷いた。それに会釈《えしやく》を返したサドを先頭に、部将たちが、ぞろぞろと歩み去ってゆくのを見送って、

「……ちっ、別に大公位なんざいらねえよ！」

吐《は》き捨てると、シンは傍《かたわ》らの配管を激しく殴《なぐ》りつけた。拳から滴《したた》った血が、床《ゆか》を赤く汚《よご》す。

子供がいない現大公の伯父《トウギ》が、次の大公位に甥《シン》を据《す》えようとしているらしいという噂《うわさ》は、〝フソウ〟でもまことしやかに囁《ささや》かれていた。事実、トウギ本人もそれらしいことを言っているらしい。

しかし、シン自身は大公位などを望んだことは一度もなかった。そもそも公子といういまの身分さえ、窮屈《きゆうくつ》でしょうがないのだ。

（くだらねえ。俺が欲しいのはもっと……）

目の前、街の向こうに広がる広大な平原に若者は視線を向けた。

海陸と呼ばれる、新たな地平《フロンティア》——さらに、その向こうに開けているのは大海原だ。水平線の彼方《かなた》では、海と空が青く溶《と》けあい、そこを数隻《せき》の船が行き来している。

そちらにふと手をあげると、シンは海と空と大地を掌《てのひら》に載《の》せるような仕草をした。それから望んでも得られぬ蜃気楼《しんきろう》を求めるように指を曲げ——

「……けっ、馬鹿《ばか》らし！」

自分の感傷を罵《ののし》るように吐き捨てると、若者はそそくさと腕《うで》をおろした。

弐

〈ん……そこですわ、ネネさん……そこを優《やさ》しく摘《つま》んで……あ、上手です……〉

〈ミコトちゃん、もっとひろげて、そこに突《つ》っ込んで……早く、もう、ボク我慢《がまん》できない〉

〈…………少し待つ、ネネ。まず、私、穴に指入れる。それから、貫通《かんつう》する〉

「…………!?」

扉《とびら》をノックしかけた手を、シンは慌《あわ》てて止めた。

病室内から聞こえてきた声が、奇妙《きみよう》に甘ったるかったのだ。いやそればかりではない。悩《なや》ましげに喘《あえ》ぐ息さえそこに重なっていたではないか。

〈次、私ノ番カ？　かんき、準備ハいイ？〉

〈いつもいいよー、ヒカゲさん。でも、初めてなんだから、慌てず、ゆっくりね……あっ、痛い！　でも、いいカンジ。もうちょっとで、あたいイキそう――〉

「――お、お前ら、なにやってんだあっ！」

見張り役に任じた三人娘《むすめ》だけではなく、どうやらカンキまで室内にいるらしい。いや、それはいい。問題は、中で何をやっているかだ――憤然《ふんぜん》とシンは扉を蹴《け》り開けた。

「ネネ、ユズハ、ミコト、カンキ！　お前ら、こんな昼間っからなにを……って、あれえ？」

「あ、お帰り、シン！」

病室の窓はいっぱいに開け放たれ、燦々《さんさん》と午後の太陽が降り注いでいた。

窓の向こうには青い空と水平線。ベッドは、清潔なシーツと毛布の白さが眩《まぶ》しい。

それを前に立ちすくんでいる若者を、それまで寝台《ベッド》の周囲で額を寄せ合っていた五人――赤毛の小娘《ネネ》、眼鏡少女《ユズハ》、黒髪の女剣士《ミコト》、金髪の娘《カンキ》、そして麦わら色の髪《かみ》の女が顧《かえり》みた。間抜《まぬ》け面《づら》を下げて、表情の選択《せんたく》に迷っている相手に、明るい声をかける。

「若さまもやる？　あやとりー」

「いま、四人でヒカゲさんにあやとりを教えて差し上げていたんですの」

「…………教えてた」

「よっし、できた！」

歓声《かんせい》をあげたのは、麦わら色の髪の女の両手にかかった紐《ひも》を神妙《しんみょう》な表情でいじくっていた小《こ》柄《がら》な金髪娘《きんぱつむすめ》——トッ＝カンキである。隣国《りんごく》ファウンの王女にして、現在はトウライに無期限滞在《たいざい》中の国賓《こくひん》は、そこに組みあがった複雑な模様を誇《ほこ》るように三人娘を顧みた。

「ほらほら、〝揚羽蝶《あげはちょう》〟だよ……にょほほほー、あたいとヒカゲたんの勝ちだねー」

「あ、すごいや、カンキさま！　よし、もう一回勝負！　今度は本気でやるからね！」

「モウ一回ヤルナラ、今度ハしんモ混ゼルネ。三対三ノ勝負スルヨ」

再戦を要求するネネに頷いたのは、両手に色紐をかけたままの女だ。微妙《びみょう》に丈《たけ》の足りない部屋着姿のその女は、たどたどしい言葉とともにシンを見上げた。

「しん、アナタモやルネ？　コレ、トテモオモシロイ。ひかげ、大好キ」

「あ、いや、ちょっと待て……ちょっと待て」

何かが違《ちが》う。激しく違う——シンは額に指をあてると、湧《わ》き上がってきた頭痛を堪《こら》えた。

「ええっとだな、カンキはともかく、ネネ、ユズハ、ミコト……お前らをここに貼《は》り付けておいたのは、この女を見張らせるためだぞ？　それを、こんな緊張感《きんちょうかん》のねえ……」

「だって、退屈《たいくつ》だったんですもの」

当然じゃありませんかと言わんばかりに、ユズハが丸眼鏡を押し上げた。

「それに、ヒカゲさんってとっても面白《おもしろ》い方なんですのよ。わたしたち、すぐに大好きになってしまいました」

「ソンナコトナイ。ひかげ、フッーでスネ。アナたタチノ方ガ面白イョ、ゆずはサン」

「……何を仲良くなっとるんだ、こいつらは」

〃ヒカゲ〃と名乗るこの女が、つい一昨日に引き起こした騒《さわ》ぎをもう忘れたというのか？　いまだ女の正体もよくわかっていないというのに、すっかりなついてしまっている小娘どもにシンは再び頭痛を覚えた。頭のてっぺんが妙に痛い。そうちょうど、何か小さな獣《けもの》に齧《かじ》られているような、そんな鋭《するど》い痛みが……

「って、ほんとに痛《いて》えええええっ！」

「アアッ、こーま、駄目《だめ》ネ！　ソノ人、おもちゃジャナイネ！　齧ルノ駄目ョ！」

悲鳴をあげたシンの頭に〃ヒカゲ〃が慌てて手を伸《の》ばした。生後半年といったところの子猫《こねこ》が、いつのまにかそこに這《は》い上がっていたのだ。しかも、いったい何がそんなに気に入ったのか、頭にがじがじと牙《きば》を立てている。

「痛い痛い痛い……早く！　早く、この獣をどけやがれ！」

「アア、ジットシテテクダサイ。爪《つめ》ガ髪ニ絡《から》マッテテ……デモ珍《めずら》シイネ。気ムズカシイコノ子ガ、コンナニ他人ヲ気ニイルナンテ」

「餌《えさ》とでも思ってんじゃないのー？」

指摘《してき》したのは、まじめくさった顔で手元の冊子に目を通していた金髪の娘だ。あやとりの秘技の解説を読みふけりつつ、シンの悲鳴にもまったく関心なさげに指摘する。

「それか、本当に惚《ほ》れてるか……よかったねー、シン。その子、女の子だよ。あんた、女にもてたのって生まれて初めてじゃない？」

「んだとぉ？　てめえ、カンキ、この俺の……って、あ、痛い痛い痛い！」

「動カナイデ！　危ナイッテ……キャアッ！」

むずかる子猫をなんとか剝《は》ぎ取ろうとしていたヒカゲが体勢を崩《くず》したのはそのときだった。

慌ててそれを支えようとしていたシンを巻き込んで、仰向《あおむ》けにぶっ倒《たお》れる。

「ウキュウ……」

「いたた……お、おい、だいじょうぶか？」

自分の下で目を回している女をシンは慌てて抱《だ》き起こそうとした。いや、正確には抱き起こそうとして――

「なにをしてらっしゃるの、兄さま？」

「げっ！　イ、イツキ!?」

氷めいて冷ややかな声にシンは弾《はじ》かれたように振《ふ》り返った。その視線の先に立っていたのは、黒髪をポニーテールにまとめた少女だ。どこか自分とよく似たおもざしを、冬の女王のように氷結させている娘《むすめ》を前に、シンはあたふたと首を振った。

「あ、落ち着け。お前がなに考えているかだいたいわかる。わかるがそれは誤解だ。俺ぁ、なにもしてねえ――」

「何もしていない？」

少女――カズサ＝イツキは凍《こお》りついた表情のまま、抑揚《よくよう》のない声を押し出した。関節が白くなるほど強《こわ》ばった左右の指をぺきぱきと鳴らしながら、滝《たき》のように冷《ひ》や汗《あせ》を流している兄の方へ容赦《ようしゃ》なく接近してくる。

「こんな昼間っから、しかも女の子たちの目の前で、そんないやらしいことをしておいて、よくもまあ……」

「い、いや、だから、少し落ち着けって……」

まずい――背筋を嫌《いや》な汗で濡《ぬ》らしたシンは、救いを求めるように左右を見回した。

しかし、肝心《かんじん》のヒカゲは床《ゆか》で目を回したままだし、残りの娘たちはいつの間にか窓辺まで待《たい》避《ひ》してしまっている。

「あ、ほら船だよ、ユズハちん」

「あー、お船ですわねー」

「…………ふね」

「いやあ、海は大きーねー。平和だねー」

「……、お前らな」

青い海原《うなばら》を前に爽《さわ》やかな会話を交《か》わす背中を睨《にら》みながら、シンは人生の孤独《こどく》をまた一つ嚙《か》みしめていた。しかしとりあえずは、すぐ側《そば》でどす黒い瘴気《オーラ》を噴《ふ》き出している少女をなんとかせねば、命が危ない。ようやくごそごそと立ち上がると、爽やかに歯を光らせる。

「なあ、イッキよ。俺は――」

「ふっ……不潔よおおおおおおっ！」

跳《は》ね上がった掌底《しょうてい》は、正確にシンの顎《あご》を捉《とら》えた。関節がはずれる音が聞こえたときには、若者の体は派手に吹《ふ》っ飛んでいる。

「……⁉」

「不潔不潔不潔！　兄さま、不潔ですわっ！」

一方、きりもみしながら床に叩《たた》きつけられた兄を、妹は見向きもしなかった。溢《あふ》れる涙《なみだ》を拭《ぬぐ》いながら、病室から走り出ていく。

「あ、姫《ひめ》さま、どこに……ほら、ユズハちん、なにぐずぐずしてんの！　さっさと追うよ！」

「あ、ちょっと待って、ネネちゃん。わたしのヘアピンがね、さっきから見あたらないの」

「…………ユズハ、諦《あきら》める。姫さまが先」

「あー、面白《おもしろ》かった。さてと、あたいはちょっと市場にでも行ってくっかなー」

姫君が走り去った直後、それを追うように、四人の娘たちもにぎやかに部屋を出て行ってしまっている。むろんその間、誰《だれ》一人として、床で生死の境をさまよっている公子殿下《でんか》のことなど見向きもしていない。

「くぉ、いてえ……畜生《ちくしょう》、イッキの野郎《やろう》、おもいっきりやりやがったな」

「アナタ、ダイじょブカ？」

ようやく死人のような顔でうごめき始めた若者に声をかけたのは、唯一《ゆいいつ》、部屋に残った人物だった。こちらも倒れたままだった床から立ち上がると、麦わら色の髪《かみ》の女は若者の側にそっとかがみこんだ。

「頭、平気カ？　スゴイ音、シたネ」

「あ？　ああ、だいじょうぶだ。これぐらいでどうこうなるほど、こちとらやわじゃねえぜ……ふう、すっかり騒《さわ》がせちまったな」

実はまだかなり顎が痛かったのだが、シンは努めて平静を装《よそお》った。息がかかりそうな至近から漂《ただよ》ってくる女の匂《にお》いから逃《のが》れるように立ち上がりながら、気のない口調で問い返す。

「ま、俺のことなんざどうでもいい。ええっと、ヒカゲさんとか言ったっけか？　あんたの方こそ、体はどんな具合だ？　肋骨《あばらぼね》にヒビが入ってたそうだが、少しは落ち着いたか？」

「アア、怪我《けが》？　怪我、ダイブいイネ」

ほやっと微笑《ほほえ》むと、女——ヒカゲは寝間着《ねまき》の裾《すそ》を捲《まく》った。腹部にはめられた固定具を小さな拳《こぶし》で叩いてみせる。

「マダ、チョト痛イケド、固定シてモラテルカラ、我慢《がまん》デキナイホドジャナイョ」

「そうか、そりゃあよかった……じゃあ、今度は俺のお喋《しゃべ》りに付き合ってもらおうか」

無防備に白い肌《はだ》を見せたヒカゲからさりげなく目を逸《そ》らしながら、シンは表情を改めた。最前までカンキが座っていた椅子《いす》に、逆向きに腰《こし》をおろすと、背もたれに顎《の》を載《の》せる。

「早いうちにお前とは話をしたかったんだが、なかなか時間がとれなくてな……ちょうどいい機会だ。教えてくれよ、ヒカゲさんとやら。てめえ、いったい何者だ？」

にこにことしていたヒカゲの顔が硬《かた》く強ばる。それを蛙《かえる》を睨む蛇《へび》のように視線で射抜《いぬ》きながら、シンは容赦なく続けた。

「出身はどこだ？　身分は？　この国には、何のために来た？」

「エ、エエット、何ノこトカ、ひかげ、サッパリワカラナいネ」

白い顔に微笑《びしょう》を浮《う》かべながら、ヒカゲは肩《かた》をすくめた。もっとも、その笑顔《えがお》は最前までのそれとは違《ちが》って、硬く、不自然極《きわ》まりない。

「エエット、私、ふぉるもさノズット南カら、まんちゅりあニ向カテ旅シテタデすネ。タマタマ、アノ近クデ、乗テた車ガ故障シテ……」

「そういう、つまんねえヨタ話はじゃじゃ馬ども相手に歌ってろ。俺に嘘《うそ》をつくのは、お互《たが》いに時間の無駄《むだ》だぜ」

おそらく、尋問《じんもん》に備えて話を用意していたのだろう。プロフィールをぺらぺらと囀《さえず》り始めた女を、シンはにべもなく遮《さえぎ》った。

「フォルモサ？　マンチュリア？　デタラメぬかすな。お前の服な。洗濯《せんたく》のついでにじっくり調べさせてもらったけど、さっぱり構造がわからねえ。〝遺跡《いせき》〟からの発掘品《はっくつひん》にもあんなシロモノはねえ。フォルモサだろうが、マンチュリアだろうが、作れるようなものじゃねえんだよ、あれは……正直に答えろ。あんた、いったい何者だ？　そしてあのデカブツはいったいなんだ？」

「マサか、アナタ、アノ子ニ何カレタノ？」

〝デカブツ〟——シンの口からその言葉が出た途端《とたん》、女の笑みが消えた。おとなしく降ろしていた腰を浮かせながら、早口に叫《さけ》ぶ。

「〝あすら〟ニ何シタノ」

「〝アスラ〟？　なるほど、あのデカブツは〝アスラ〟って言うのか……安心しろ。まだ、何もしちゃいねえ」

自嘲《じちょう》するようにシンは唇《くちびる》を吊《つ》り上げた。いまのところ会話がこちらのペースで進んでいることに満足しつつ、慎重《しんちょう》に次の言葉を選ぶ。

「しかし、それもお前次第《しだい》だな。あんまり言うこときかねえようだと……あのデカブツ、木《こ》っ端微塵《ぱみじん》に吹っ飛《ふ》ばすことになるぜ」

「吹ッ飛ばス？　ソれハ無理ネ……アナタタチノ科学力でハ」

だが、このときシンのハッタリは裏目に出たようだった。若者の脅《おど》し文句を聞いた女は、むしろ安堵《あんど》したように口元を緩《ゆる》めた。それはあの巨人《きょじん》——〝アスラ〟とやらを信頼《しんらい》しきっている微笑だ。

「アナタタチニハ、〝あすら〟壊《こわ》すコトハデキナイ。イイエ、アナタダケジャナクテ、コチら側ノ誰《だれ》モ、アノ子ニハ勝テナイ……アア、ソレヨリ、お願イ！　ココカラ私ヲ出しテ。私、急いデル。早ク行カナイト、禍《わざわい》、大キクナテしマウ……ソウナたラ、モウ、誰ニモ止めラレナイ。ソウナル前、私、行かナイトイケナイヨ！」

「禍だあ？」

すがりつくように顔を寄せてきたヒカゲからはいい匂いがした——ずっと昔に死んだ母と同じ匂い。少しでもその匂いから距離《きょり》をとろうと腰を浮かせながら、シンは慌《あわ》てて首を振《ふ》った。ことさら乱暴な口調で詰《なじ》る。

「馬鹿《ばか》にすんなよ。この俺がそんなヨタ話を信じるような脳たりんだと思ったか？　そんなことより、お前がどこの何者で、誰に雇《やと》われた忍衆《スパイ》かぐらいは吐《は》けっつーんだ、こら」

「雇ワれタ？　私、雇ワレテナンカなイヨ」

意外な中傷を受けたと言わんばかりに、ヒカゲは首を振った。若者がわずかに後ずさってい
るのを、逃《に》げられるとでも勘違《かんちが》いしたのか、必死に顔を寄せてくる。

「信じテ、私、アナタタチノ敵ジャナイ。デモ、コウシテ関《かか》ワル駄目《だめ》ネ。私、ココニいル。キット、アナタタチ、ヨクナイコと起キル……ソウナル前ニ、私、去リタイ。何モ聞カズ、行カせテクダサイ。オ願イ、若サマ」

「けっ、よくないことだあ？」

ややはだけられた寝間着の胸元《むなもと》からは、白い肌が覗《のぞ》いていた。そこから顔を逸らしたまま、シンは仏頂面《ぶっちょうづら》で立ち上がろうとして、

「いい加減なこと言ってんじゃねえ……ぞ」

ふとその表情を強《こわ》ばらせた。にわかに険しく細めた目ですがりついてくる女を見下ろすと、やおら、その薄《うす》い肩に指をかける。

「……ナ、ナニスルネ、若サマ！」

熱い息とともに、突然《とつぜん》のしかかってきた若者に押《お》し倒《たお》され、ヒカゲが悲鳴をあげた。必死に四肢《しし》をばたつかせて喚《わめ》く。

「ナニスル！　ヤメテ！　オ願イ、ヤメテ！」

「やかましい！　死にたくねえなら、じっとしてろ、この馬鹿！」

荒々《あらあら》しいシンの怒声《どせい》に、猛々《たけだけ》しい砲声《ほうせい》が重なった──直後、天地が崩落《ほうらく》したかのような爆音《ばくおん》があたりに響《ひび》き渡《わた》っている。

「キャ、キャアアアっ！」

「……ちいっ！」

その瞬間《しゅんかん》は、まるで大気そのものが破裂《はれつ》したかのようだった。部屋全体が激しく揺《ゆ》れ、窓から吹き込んできた爆風《ばくふう》に押し倒されるように、合成樹脂《じゅし》製の壁《かべ》が崩落する。荒《あ》れ狂《くる》った衝撃波《しょうげきは》から女と自分を庇《かば》って、シンはベッドに頭を押しつけた。

「ナ……ナニネ、イマノ爆発!?」

「わからん！　事故か……いや違《ちが》う！　こいつは石火矢《榴弾砲》だ！」

ついさっきまで壁のあったところに開いた大穴を睨《にら》んで、シンは唸《うな》った。

市《マーケット》が開かれている交易ブロック——数多くの民間人や軍士たちで賑《にぎ》わっていたその一角で、ときならぬ騒《さわ》ぎが起こっていた。悲鳴をあげる市民が逃げまどい、商人たちが血相を変えて店から待避《たいひ》しようとしている。

その間、警備の軍士たちの制止を振り切るように動き出していたのは交易商人のものらしい数隻《せき》の陸船であった。巨大《きょだい》な車輪で露店《ろてん》や陸艀《ランチ》を踏《ふ》み潰《つぶ》しながら、てんでに走り始めているのは、騒ぎから逃《のが》れようとしての暴走であろうか——いや、違う。陸船の甲板《かんぱん》上、並べられていたコンテナが、不気味に旋回《せんかい》しているではないか。しかもそこからは激しい光とともに、白い砲煙《ほうえん》がほとばしっている。

「あいつぁ、コンテナなんかじゃねえ……石火矢《榴弾砲》の砲塔《ほうとう》だ！　くそっ、仮装強襲艦《デストロイヤー》！　城内に直接奇襲《きしゅう》をかけてきやがったのか！」

「ア、アレ、何デすカ!?　イッタイ、何ガ起コッテ……キャアアアッ！」

それまで、若者の隣《となり》で目を瞠《みは》っていた女が悲鳴をあげた。シンが無言のまま彼女を抱《だ》き上げたのだ。四肢をばたつかせてあばれるそれを押入《クローゼット》へ放《ほう》り込むと、乱暴に戸を閉じる。

〈ア、何スるデスカ！　ココ、出シテクダさい！　開けルネ！〉

「うるせえ！　てめえはそこに隠《かく》れてろ！」

内側から叩《たた》かれる押入をシンは一喝《いっかつ》した。

その間も、依然《いぜん》、砲声は続いている。どう見ても、これは事故や暴発の類《たぐい》ではない――明確な戦意に基づいて行われている砲撃だ。光剣《こうけん》の充電量《じゅうでん》を確認《かくにん》するとともに、シンは病室を飛び出した。

「謀反《むほん》か、それとも敵襲《てきしゅう》か……いずれにしても、城に直接カチコミかけてくるなんざ、やってくれるじゃねえか！」

しかも、もっとも戦闘《せんとう》力の低い交易区画やそれに隣接《りんせつ》する居住区画を狙《ねら》ってくるとは。

女子供の悲鳴や軍士たちの怒声があちこちから聞こえてくる。廊下《ろうか》を若い獣《けもの》のように駆《か》け抜《ぬ》けながら、シンは牙《きば》を剝《む》き出した。

「畜生《ちくしょう》、どこの馬鹿《ばか》か知らねえが、生かしちゃ帰さねえ！　このツケは……えっ⁉」

若者の脚《あし》が停《と》まったのは、廊下の角を曲がろうとした直前だった。

いや、急停止したのみならず、反射的に跳《と》びすさった彼の頭上に、奇怪《きかい》な影《かげ》が落ちたではないか。人間のシルエットを膨《ふく》らませたうえで、いびつに歪《ゆが》めたようなその影――

「こ、甲士⁉」

異変に駆けつけたものだろうか？　黒々と聳《そび》える巨体を、シンは目を瞠って見上げた。

だが、枯葉《かれは》色のその自動甲《シエル》は、初めて見るタイプだ。さらに、威嚇《いかく》的に膨らんだ胸部装甲《そうこう》に描《えが》かれた家紋《かもん》は――

「〝笹竜胆《ささりんどう》〟――イセ家の軍紋！　こ、こいつ、ドモンの兵隊かっ……!?」

相手の正体に気づいたときにはすでに遅《おそ》かった。枯葉色の甲士は、頭上にかざした長柄《ながえ》の戦《せん》斧《ぷ》を、顔を強《こわ》ばらせる若者の頭上に勢いよく振《ふ》り下ろし――

参

総毛立つ風鳴りとともに、不気味な光芒《こうぼう》が視界に閃《ひらめ》いた。刃渡《はわた》り一尺《三十センチ》は超《こ》える巨大な戦斧が、若者の脳天に落下してきたのだ。

(殺《や》られた!?)

しかし直後、轟《とどろ》いた大音響《だいおんきょう》とともに床《ゆか》に倒《たお》れたのは真っ二つになったシンの死体ではなかった。戦斧が振り下ろされた瞬間、横合いから別の斬撃《ざんげき》が甲士に向けて叩き込まれたのだ。斬撃をもろに胴体《どうたい》に喰《く》らった枯葉色の甲士が大きく吹《ふ》き飛び、派手な音をあげて壁に叩きつけられる。斬撃を受けた胸部装甲そのものは相当に厚いらしく、貫通《かんつう》こそしていなかったが、大きくへこんでいる。あれでは内部の操縦者は衝撃《しょうげき》で即死《そくし》しただろう。

一方、動かなくなった枯葉色の甲士に代わって若者の前に立ったのは、それとは別のシルエット――〝フソウ〟の城色である黒鉄色《ガンメタルブラック》に塗装《とそう》された自動甲だ。

〈……無事か、シン？〉

「お、親父《おやじ》か⁉」

秋霜《しゅうそう》のような輝《かがや》きを放つ長刀を握《にぎ》ったその甲士を、シンは驚《おどろ》いた目で見上げた。開いた面帽《バイザー》から覗《のぞ》いたのは、カズサ＝シュウ――トウライの左将軍の不機嫌《ふきげん》げな顔だ。シュウは嫡子《ちゃくし》の無事を確認すると、背後に付き従った数体の甲士たちに手早く命じた。

〈侵入者《しんにゅうしゃ》どもの迎撃《げいげき》はどうなっている？　コウの援軍《えんぐん》はまだか？　それと、サモンに命じて負傷者の収容と火災の消火にあたらせよ〉

「お、親父、これは敵襲だぜ！」

冷静沈着《ちんちゃく》に指示を下している父に、シンはまくしたてた。枯葉色の自動甲とその胸の軍紋を指して怒鳴《どな》る。

「こいつらイセ家の兵隊だ！」

〈らしいな。だが、初めて見る機体だ〉

息子《むすこ》の指摘《してき》に、黒い甲士は身をかがめた。枯葉色の自動甲――見た目からしてトウライ製自動甲とは大きく異なる機体の傍《かたわ》らに跪《ひざまず》くと、丹念《たんねん》にそのフォルムを走査《スキャン》する。

〈装甲の形状はおろか、基本フレームの構造からして、我らの〝リキシ〟とは異なるようだ。さて、いったいどこの――〉

「……お、親父、危ねえっ！」

シンの警告は、一瞬《いっしゅん》だけ遅かった——倒れたままの甲士の腕《うで》がびくりと痙攣《けいれん》したように見えた直後、跳《は》ね上がった拳《こぶし》が、跪いたままのシュウめがけて旋回したのだ。猛禽《もうきん》のように開いたその指先には鋭《するど》い鉤爪《かぎづめ》が生えている。

「お、親父っ！」

〈——むんっ！〉

だが、毒蛇《どくじゃ》のように襲《おそ》いかかってきた鉤爪を、黒い甲士はとっさに掲《かか》げた愛刀で受けた。その反応速度はシンでさえ、ほとんど目視できなかったほどだ。しかし——

〈くっ、つ、強い!?〉

シュウのスピードは確かに驚嘆《きょうたん》に値《あたい》するものであったが、枯葉色の甲士のパワーはそれをさらに上回っていた——激しい金属音が鳴り響《ひび》いた刹那《せつな》、鉤爪を受けた黒い甲士は後方に吹き飛ばされている。

「お、親父！　このクソ野郎《やろう》があっ！」

〈お、おさがりください、若……ぎゃっ！〉

父のもとへ駆《か》け寄ろうとするシンを庇《かば》うべく前進した甲士の一人が悲鳴をあげた。繰《く》り出された鉤爪が、その肩《かた》を深々とえぐったのだ。悲鳴をあげてのけぞった彼を、枯葉色の甲士が無造作に蹴《け》り倒したときには、被害者《ひがいしゃ》の手にあった剣《けん》は加害者の手に渡《わた》っている。

〈シュ、シュゼン！〉

蹴倒《けたお》された仲間の姿に逆上したらしい。いま一機の甲士が怒号《どごう》した。

〈お、おのれ、よくもシュゼンを！〉

「や……やめろ、テンマ！」

憤怒《ふんぬ》とともに枯葉色の敵手に撃《う》ちかかった甲士を、シンは制止しようとした。しかし警告より早く、繰り出された白刃《はくじん》によってテンマ機の胴体はあっさりと串刺《くしざ》しにされている。

「テ、テンマ……クソがあっ！」

若者の喉《のど》を怒声《どせい》がほとばしった。

だが、知己《ちき》の死に憤激《ふんげき》する一方、シンの知性は敵の性能を冷静に計っている――およそ常識はずれのパワーとスピードだ。トウライに存在するいかなる機体をもってしても、この枯葉《かれは》色の自動甲には及《およ》ぶまい。しかし、こんな機体をイセ家の連中はいったいどこから調達したのか……。

〈どけ、シン！〉

光剣を抜《ぬ》き放とうとしていた若者の鼓膜《こまく》を、鋭い声が叩《たた》いた。

はっと頭をあげたときには、突進《とっしん》してくる枯葉色の甲士と自分の間に黒い影《かげ》が滑《すべ》り込んできている。

〈たしかに、なかなか迅《はや》い。だが――〉

低い呟《つぶや》きとともに頭部ハッチを降ろした黒い甲士――シュウの手元で白い光芒《こうぼう》が閃《ひらめ》いた。撃ち下ろされた戦斧《せんぷ》をかすめるように長刀は宙に舞《ま》い上がったが、空中で一転、戦斧の柄《え》を叩き切るや、そのまま袈裟《けさ》斬りに敵手の胴体を両断《りょうざん》している。

〈いくら迅くても、君では私に勝てない〉

「す、すげえ……」

ただ一撃《いちげき》──強敵を一瞬にして屠《ほふ》った父の技量に、シンは思わず息を呑《の》んだ。いやそれとも、シンカゲ流免許皆伝《ソードマスター》のシュウに本気を出させた敵自動甲の性能を褒《ほ》めるべきだったろうか？

いずれにせよ、シンが驚いている間にもシュウは血糊《ちのり》を払《はら》った長刀を鞘《さや》に収めていた。即死した相手に軽く黙禱《もくとう》すると、たったいま自分が開いた斬《き》り口から露出《ろしゅつ》した半透明《はんとうめい》の物体──人工筋肉を指先に摘《つま》む。

〈ふむ、装甲《そうこう》は六層複合装甲か。人筋《じんきん》には積層薄膜《ポリマーフィルム》ではなく、高分子機能性粘体《ジェルアクチュエーター》が使われている。どう見ても我が国の兵器ではないな……そうか。これがマンチュリアからの軍事援助《えんじょ》というやつか〉

「──シュウ兄者！」

甲士戦のあおりを食《く》らって半壊《はんかい》した廊下《ろうか》の向こうから、声がかかったのはそのときだった。うっすらと煙《けむり》がたなびくそちらから駆け寄ってくるのは、数人の部将たちだ。

「それにシンも……よかった！　二人とも無事だったか！」

「コウ叔父貴《おじき》！」

士官たちの先頭に立った向こう傷の大男に、シンは声をあげた。

「叔父貴も無事だったか！　よかった……」

「悪い、俺としたことが対応が遅《おく》れた」

向こう傷の男――コウは申し訳なさげに詫《わ》びると、傍《かたわ》らの白い甲士に顎《あご》をしゃくった。

「サド殿《どの》と一緒《いっしょ》に、外の敵を追っ払ってたんでな。しかし、もう安心だ。敵はおおむね、撤退《てったい》を始めたようだ。いま、サモンの隊に掃討《そうとう》をやらせている」

〈そうか……〉

弟の報告にほっと安心したように肩を落としたのはシュウだった。自動甲の残骸《ざんがい》を床《ゆか》に降ろして立ち上がると、弟に頷《うなず》きかける。

〈よし、こちらもいったん兵を引こう。態勢を整えてから、改めて警戒《けいかい》を強化する。コウ、お前は被災者《ひさいしゃ》の救助にあたれ。私は――〉

〈あいや、お待ちくださいませ、左将軍〉

てきぱきと指示を下しているシュウを遮《さえぎ》ったのは、白い甲士だった。

自動甲の面帽《バイザー》から白髪頭《しらがあたま》を覗《のぞ》かせた老将――サド＝ムサイは、しかつめらしい口調で左将軍に異論を唱えた。

「身の程《ほど》知らずにもこの〝フソウ〟を襲《おそ》った不届き者に対し、兵を引いて見逃《みのが》してやるなど手ぬるうございます！　それよりこのまま、追撃隊《ついげきたい》を編制し、退却《たいきゃく》する敵軍を追尾《ついび》するのです。

おそらく、この近くに本隊がいるはず。それをつきとめ、一挙にこの戦いの決着をつけてしまいましょうぞ！」

〈……サド殿、おっしゃることはまことにお勇ましい〉

老将軍の口上に、黒い甲士は大きく頷いて感心してみせた。しかし、それはあくまで相手の顔を潰《つぶ》すまいという配慮《はいりよ》だったようだ。具申そのものにはきっぱりと首を振《ふ》る。

〈しかし、サド殿、イセ＝ドモンは武略に通じた男。途中《とちゆう》に伏兵《ふくへい》を用意しているかもしれません。追撃は危険です〉

「では、みすみす指をくわえて見逃せとおっしゃる⁉ 左将軍、あなたがそのような弱気だから、我々はイセ家ごときに舐《な》められるのですぞ！　ご覧あれ、このていたらくを！」

シュウの慎重論《しんちようろん》に、サドは憤激《ふんげき》したように両手をあげた。壁《かべ》の大穴から見える惨状《さんじよう》——砲《ほう》撃《げき》を受けて半壊した陸船や、あちこちからあがっている煙を指さして吠《ほ》える。

「これをご覧になって、あなたはまだそのような手ぬるいことをおっしゃられるのか⁉ よろしい。では、我が〝アマツハラ〟衆だけでも追撃させていただきたい！ もっともその場合、後日、大公閣下には左将軍の臆病《おくびよう》ぶりを報告いたすことになりますが——」

「なに勝手ほざいてんだ、このボケナスは」

サドの強硬論《きようこうろん》を乱暴に一蹴《いつしゆう》したのは、シュウではなかった——黒い甲士は反論に窮《きゆう》したように押し黙《だま》っている。また、兄に遠慮《えんりよ》するように沈黙《ちんもく》したコウでもない。苛立《いらだ》たしげに唇《くちびる》を捲《まく》り上げて怒鳴《どな》ったのは、三白眼の若者――シンだ。

「てめえ、親父《おやじ》の言ったことを聞いてなかったのかよ？　連中、じゅうぶん余力を残した状態で逃《に》げ出しやがった。ヘタに追い打ちをかけたが最後、伏兵にやられちまうぜ。んなこともわかんねえのか、おいぼれ！」

「お、おいぼれですと!?」

シンの罵声《ばせい》に、サドは最初、ぱかんと口を開けた。自分が何を言われているか、咄嗟《とっさ》にはわからなかったのだろう。それから、やおら憤激したように顔を紅潮させる。

「若殿《わかとの》、いま、拙者《せっしゃ》のことを〝おいぼれ〟とおっしゃられましたか!?」

「ああ、言ったさ。この状況《じょうきょう》で追撃だぁ？　おっさん、てめえ、ボケてんじゃねえのか!?　そんなにくたばりてえなら、てめえ一人で行きやがれ。若いモンを巻き込むんじゃねえ……とはいえ親父。まったく追撃しねえってのも芸のない話だ。いちおう、追いかけるふりだけはしてみせた方がいい」

一方、血相変えたサドの顔など、途中からシンは見てもいなかった。沈黙したままの父を顧《かえり》みて、対応の一部修正を進言する。

「そうすれば、その間、逆に敵を油断させられる……そうして稼《かせ》いだ時間を使って、こっちは別働隊を編制するんだ。それもできるだけ脚《あし》の速い陸艦《かん》に、甲士だけを載《の》せて」

「別働隊だと？」

若者の発言に驚《おどろ》いたように口を挟《はさ》んだのは、シュウではなかった。兄の側《そば》で腕《うで》を組んでいたコウが、意外げな目で甥《おい》を見やったのだ。

「別働隊を編制して……それでなにをやるつもりだ、シン？」

「決まってる。本隊がいまの連中と遊んでいる間に、別働隊は大きく迂回《うかい》して――ガス田占拠《せんきょ》中の〝カグラ〟を陥《お》とす。敵の本拠地《ほんきょち》を長距離奇襲《ちょうきょりきしゅう》すんのさ」

「カ、〝カグラ〟……イセ家の機動城塞《フォート》を⁉」

いあわせた部将たちの喉《のど》から、くぐもった声がこぼれた――機動城塞〝カグラ〟。イセ家が有する唯一《ゆいいつ》の城にして、最大の戦力だ。この〝フソウ〟にも匹敵《ひってき》する数百隻《せき》もの陸艦船の集まり。それを、わずかばかりの機動部隊で強襲しようというのか。

「ふむ……そうか、つまりシン、てめえがやりたいのは〝中入り〟だな？」

向こう傷を撫《な》でながらことさら関心ありげに声を発したのはコウだった。若い叔父《おじ》は懐中《かいちゅう》から地図を取り出すと、それを確認《かくにん》するように目を細めている。

ちなみにコウが言うところの〝中入り〟とは、戦術用語で浸透《しんとう》奇襲のことだ。これは自軍を二手にわけ、本隊が正面から敵軍と戦闘《せんとう》している間、別働隊が敵の背後へ回り込み、脆弱《ぜいじゃく》な後方を蹂躙《じゅうりん》する特殊《とくしゅ》な奇襲作戦である。戦術理論としては極《きわ》めてシンプルで、また成功した場合の効果も高い良策だが、実戦では滅多《めった》に使用されることがない――その理由は明確だった。立案は簡単でも、実行が極めて困難だからである。

「しかし、シンよ。中入りは難しいぜ？　よほど慎重に敵の動きを探《さぐ》り、身を潜《ひそ》めて動かないと、奇襲隊は一発で全滅《ぜんめつ》させられる。しかも自軍を二手にわけるということは、戦力集中の原則に反する。彼我《ひが》の戦力が拮抗《きっこう》している場合、それだけで主戦線が崩壊《ほうかい》してしまうおそれすらあるからな……シン、成功させる自信はあるのかよ？」

「ある——いまの連中、数こそ少ないが、いずれも手練《てだ》れの精鋭《せいえい》部隊。つまり、敵戦力の中核《ちゅうかく》だ。それに、途中で伏兵を用意しているはずだから、〝カグラ〟に残っている兵力は質も量もたいしたことねえと見るべきだ。それに策を仕掛《しか》けてくるやつってのは、自分が仕掛けられることはあまり考えねえもんさ……いまなら、いっきに〝カグラ〟を陥として、イセ家の息の根を止められる！」

「はっ、黙ってきいておれば馬鹿《ばか》なことを！」

シンの熱弁に冷水をかけたのは、嗄《しわが》れた声だった——サドが皺顔《しわがお》を振《ふ》りつつ、冷笑《れいしょう》したのだ。

「若殿、私は申し上げたはずですぞ。本物の戦《いくさ》と空想は違《ちが》うと。実戦経験に基かぬ机上《きじょう》の空論など、成功するはずがない……それより、左将軍！　なにをぐずぐずしておられるのです。追撃許可を！　早くせねば、敵に逃げられてしまいまする。それとも、カズサ＝シュウともあろうお方が臆病風《おくびょうかぜ》に吹《ふ》かれ申したか？」

「うるせえ、老耄《おいぼれ》！　てめえは黙ってろ！　俺が親父と話してんのに、横から割り込んでくるんじゃねえっ！」

そして、それがシンにとっても限界だった――なにかがぷちんと切れたときには、〝フソウの狂犬《きょうけん》〟は公国きっての重臣を激しく怒鳴りつけている。

「だいたい、サド、てめえがこの四十年間、一度だってロクな戦《いくさ》をしたことがあるかよ？　経験だと？　殺し合いにそんなもん関係あるか！　いいか、俺たちゃ戦争やってんだ。みんなで仲良く遠足に来てるわけじゃねえ！　わかったら、引っこんでろ、この能なし！」

「の、能なし……!?」

サドは最初、自分が何を言われたかわからないようだった。しかし、その言葉を繰《く》り返してようやく罵倒《ばとう》されたことに気づいたらしい。傍《かたわ》ら、黙然《もくぜん》と腕を組んでいるシュウに涙声《なみだごえ》で訴《うった》える。

「こ、公弟殿下《こうていでんか》、ただいまの御曹司《おんぞうし》のお言葉、お聞きになられましたか!?　仮にも大公閣下の代理人たるこの私に能なしなどと……この屈辱《くつじょく》、小官は断じて耐《た》えられません！」

〈………〉

泣きつかれたシュウは、最初、硬質《こうしつ》の沈黙《ちんもく》を保っていた。おろされたままの頭部ハッチで輝《かがや》く外部カメラはじっと息子《むすこ》と老将を見つめていたが、そのまま何も答えようとしない。息子を庇《かば》うつもりか――そんな目で諸将が息をひそめていたとき、

〈わかった。ではシン、お前はここに残れ〉

はじめて、黒い甲士は我が子に言葉をかけた。優《やさ》しさの欠片《かけら》もない声で淡々《たんたん》と告げる。

〈お前には、〝フソウ〟の守備を命じる——あとの者は追撃戦《ついげきせん》の準備だ。これより、我が軍は敵を追跡《ついせき》し、殲滅《せんめつ》する〉

「なっ……ちょ、ちょっと待てよ、親父《おやじ》！」

父の言葉——いや、命令を聞いた耳が一瞬《いっしゅん》、信じられなかった。だが、それが現実であると確認《かくにん》した直後、シンは黒い甲士を怒鳴《どな》りつけている。

「なんの冗談《じょうだん》だよ、それは！　まともに追撃したら危険だって、さっき親父も……それに、俺だけ、居残りってのはどういうことだ！」

〈どういうこと？　決まっている。左将軍としての命令だ〉

だが、シュウの反応は冷ややかだった。詰《つ》め寄る息子にあっさりと背を向けると、

〈我々はこれから敵を追撃せねばならん。だが、お前のような未熟者を連れて行っては足手まといだ。だから残す……サド殿《どの》、陣立《じんだ》てのご相談をしたい。ご一緒《いっしょ》願う〉

「お、親父！　待てよ！」

そっけなく告げたときには、黒い甲士はすでに遠くなりつつある。サドやアマッハラの士官たちの冷笑にも気づかず、シンは父に追いすがろうとした。

「おい、待てったら！　俺はあんたを——」

「若さま！　お控《ひか》えください！」

「シンさん、ストップ！　ストップっス！」

遠ざかる背中に駆《か》け寄ろうとした若者の肩《かた》を、左右から二組の手が取り押さえた。ホーリィとヴァン――ようやく駆けつけてきた二人の小姓《こしょう》が、必死の形相で若い主《あるじ》にとりすがったのだ。

「若さま、どうかお控えください……これ以上の抗弁《こうべん》は、軍令違《い》反《はん》の恐《おそ》れがございます」

「この陰険野郎《いんけんやろう》の言うとおりっス！　左将軍さまのご命令に逆らうのはまずいっスよ！」

「離《はな》せ、てめえら！　小賢《こざか》しいシャレ歌ってんじゃねえ！」

その間にも、部将たちを従えた父の背中は視界の向こうに消えていってしまっている。それでもなお小姓たちの腕《うで》をふりほどこうともがきながら、シンは喚《わめ》いた。

「くそっ！　なんでだ！　なんで、どいつもこいつも、俺の言うことを馬鹿《ばか》にしやがる⁉」

そのとき、心臓の奥からせり上がってきた熱いものは、怒《いか》りだろうか。それとももっと別の感情だったか――歯を食いしばると、若者は青空に顔を向けた。涙《なみだ》を堪《こら》えるよういっぱいに見開いた目で、それを睨《にら》みつける。

どうして自分の言うことを誰《だれ》も理解してくれない？　あるいは、本当にこの自分は救いようもない愚《おろ》かで、間抜《まぬ》けな〝狂犬《きょうけん》〟なのだろうか？　カズサ＝シンという男は、彼らが言うようにどうしようもないうつけ者なのか？　だったら、せめてその証《あか》しを……

「ホーリィ、ヴァン、もういい。手を離せ……頭は冷えた」

見開いたままだった目を閉じると、シンは小姓たちに静かな声をかけた。おそるおそる手を離した少年たちを、無表情に顧《かえり》みる。

「それより、お前たちにつきあってもらいてえ話がある……悪いが、その命、俺に預けてくれねえか？」

「命を？　もちっス！　なんでも……ぐべっ」

「君は黙《だま》っていなさい、エテ吉《きち》くん……はて、話とおっしゃいますとなんです、若さま？」

冷静に反問したのはホーリィだった。幼い頃《ころ》にシュウによって拾われ、その後、シンとともに育てられた若者は、勢い込んで頷《うなず》きかけた相棒《ヴァン》の鳩尾《みぞおち》に容赦《ようしゃ》のない肘鉄《ひじてつ》を入れながら落ち着いた口調で尋《たず》ねた。

「左将軍のご命令は、我々にこの城を守れとのことでした。まさかとは思いますが、若さま、そのご命令を――」

「守備命令は無視だ。これから俺たち三人は中入り《浸透奇襲》をやるぞ」

こんなことを口にする時点で、自分は狂《くる》っているのかもしれない――そんなことを考えながら、シンは瞳《ひとみ》に青白い光を灯《とも》した。息を呑《の》む少年たちを見据《みす》え、冷然と告げる。

「親父《おやじ》たちが追撃戦をやって敵の目を引いているいまがチャンスだ。これから俺たち三人で出撃して、〝カグラ〟を――イセ家の本拠地《ほんきよち》を陥《お》とす」

「げ！　カ、〝カグラ〟をやるんスか⁉」

「馬鹿な！　しょ、勝算はおありなのですか、若さま⁉」

幼なじみ――いや、兄弟同様に育った二人の少年が、これまでシンの言うことに逆らったことはほとんどない。盲目《もうもく》的といってもいいほど従順に従ってきた。しかし〝カグラ〟は三百隻《せき》近い陸艦船《かんせん》を擁《よう》する機動城塞です。しかも、ガス田を楯《たて》に居座っている。それをたった三人で……」

「っス！　トウライ軍が全力でかかっても潰《つぶ》すのはムズいのに、俺たちだけでなんて……」

「俺たちだけだからいいのさ。奇襲《きしゅう》は数じゃねえ」

シンは削《そ》いだような笑顔《えがお》を、廊下《ろうか》の大穴に向けた――外では、依然《いぜん》、市民たちの混乱が続いていた。夕暮れ迫《せま》る薄闇《うすやみ》の下、親とはぐれたらしい子供の泣き声が聞こえる。

その騒《さわ》ぎの中、右往左往しているのは追撃戦への参加を命じられた甲士や軽兵たちだ。これからすぐに追撃隊を編制するとしても、トウライ軍が敵を捕捉《ほそく》できるのは今夜半になるだろう。その間に迂回路《うかいろ》を使えば、十分、敵の後方、〝カグラ〟に到達《とうたつ》できる。

「そして〝カグラ〟を沈《しず》めれば、イセ家との戦いはそれでカタがつく。マンチュリアや、他《ほか》の豪族《ごうぞく》どもが余計な介入《かいにゅう》をしてくる前にこの戦《いくさ》を終わらせることができるんだ……ホーリィ、ヴァン。俺たち三人でそれをやるぞ」

「……ほう、たった四人で中入りの相談か？」

若者の背後から、からかうような声がかかったのはそのときだった。

もっとも、からかうような笑い声ではあったが、そこに若者を馬鹿にした嘲笑《ちょうしょう》の響《ひび》きはない。

むしろ、シンを励《はげ》ますように台詞《せりふ》は継《つ》がれた。

「ずいぶんと度胸あるじゃないか、シン……しかしまあ、お前の言うとおり奇襲ってのは数じゃないからな。一人でもできるときはできるモンさ。せいぜい、頑張《がんば》んな」

「コ、コウ叔父貴《おじき》！」

いつの間にか背後に立っていた背の高い影《かげ》——向こう傷のある顔を発見してシンは声をうわずらせた。

「どうして、ここに⁉　軍議は⁉　いま、追撃戦の準備中じゃあ……」

「そんなものは、脱《ぬ》けてきた。俺も年寄りどものたわごとは苦手でね」

悪戯《いたずら》っぽく笑うと、歳若《としわか》い叔父は甥《おい》の懐《ふところ》から煙草《たばこ》を一本奪《うば》い取った。火のついていないそれを前歯で挟《はさ》んで笑う。

「お陰《かげ》で楽しい話を聞けたぜ。たった四人で敵本陣《てきほんじん》を奇襲？　シン、お前、本気かよ？」

「……ああ、本気だ」

もはや言い逃《のが》れはできない——シンは観念したように唇《くちびる》を噛《か》んだ。

叔父に聞かれてしまった以上、計画はこれまでなのだろうか？　だが、イセ家を完膚《かんぷ》無きまでに叩《たた》き、トウライを少しでも安定させるにはこの方法しかない。自分の未練を苦々しく思いながら、それでも覚悟《かくご》を決めてシンは叔父を睨んだ。いざとなったら殴《なぐ》り倒《たお》してでも押し通るべく、拳《こぶし》を固める。

「こんなこと言うと、また馬鹿にされるかもしれねえけど、その、俺は……俺はよ……」

「行けよ」

「は？」

「だから、行けっつってんだよ、馬鹿《ばか》」

信じられぬように目を瞠《みは》ったシンに対し、コウは悪戯っぽい笑みを浮《う》かべた。たくましい掌《てのひら》で、甥のおさまりの悪い黒髪《くろかみ》をくしゃくしゃと撫《な》でる。

「俺の甥っ子は馬鹿《クレイジー》だが、あいにく阿呆《ウスノロ》じゃない。そのお前が中入りをやりたがっている以上、何か考えがあるんだろうさ……だったら、好きにやらせてみてえじゃねえか」

「い、いいのかよ、叔父貴？」

もともとこの叔父とは気の合う仲だったのだが、それでもこんなことがありうるのだろうか――シンは戸惑《とまど》いを禁じ得なかった。ふだん、人に理解されるということが少ないだけになおさらである。

「俺みたいな〝狂犬《きょうけん》〟の言うことを信じて、あとで、ヤバくなったりしねえのかよ？」

「〝狂犬〟？　馬鹿か、てめえ。言ったろ？　俺の甥っ子が阿呆じゃねえってことぐらい、オシメを替《か》えてやってたころからわかってらあ……ほれ、そんなことより、餞別《せんべつ》だ」

柄《がら》にもない甥の気遣《きづか》いを笑い飛ばすと、コウは手首のスナップだけで小さな金属片《へん》を投げて寄越《よこ》した。大小さまざまな穴が穿《うが》たれた小指ほどのプレートは、陸艦の起動鍵《エンジンキー》だ。

「起動鍵？　叔父貴、こいつは……」

「たった四人でも、徒歩で〝カグラ〟まで行くってわけにはいかねえだろう？　俺の軽攻艦《コルベット》を一隻くれてやる。好きに使え」

「い、いや、使えって言われても……」

小型だが高速の陸艦の鍵を摘《つま》んだまま、シンは困惑《こんわく》したように顔をしかめた。不敵に笑っている叔父の好意をどう解釈《かいしゃく》すればいいかわからぬままに、それを返そうとする。

「叔父貴、気持ちはありがてえが、遠慮《えんりょ》するわ。いくらなんでも、そこまでしてもらうわけにはいかねえ。第一、それじゃ叔父貴が軍令違反《いはん》に――」

「いいから、ゴチャゴチャ言うなって。青二才の分際で遠慮なんかすんな、クソガキが」

コウの口調は乱暴だったが、その三白眼の奥には甥を思いやる気持ちが顔を覗《のぞ》かせている。なおも不得要領に口ごもるシンの背中を叔父はどやしつけた。

「その代わり、あまり無理はするなよ。やばくなったら、とっとと逃《に》げ帰ってこい。お前は若いんだ。こんなところでくたばってもつまらんぞ。いいな？」

「……わかった」

竹を割ったような気性《きしょう》の叔父だが、反面、言い出すと譲《ゆず》らないところがある――シンは不承不承頷《うなず》いた。実際、高速と隠密性《おんみつ》が売りの軽攻艦《コルベット》なら、自動甲と戦騎を収容したうえ、〝カグラ〟までの百キロをかなりの余裕《よゆう》をもって移動できる。時間が勝負の奇襲《きしゅう》戦には、これ以上のものはないほどありがたい。

「じゃ、ありがたくこいつは借りてくぜ……ああ、ところで、叔父貴？　さっき〝たった四人〟って言ってたよな？　数え間違《まちが》いだ。行くのは俺とホーリィとヴァンの三人だ」

「いや、数え間違ってなんかないさ……ほら、ここに四人目がいる」

「——きゃんっ！」

電光石火——傍《かたわ》ら、壁《かべ》からせり出した消火器の陰《かげ》にコウが腕《うで》を突《つ》っ込んだ瞬間《しゅんかん》、甲高《かんだか》い悲鳴があがった。そのまままるで猫《ねこ》の子でも捕《つか》まえるように叔父が摘み上げた人影《ひとかげ》に、シンは目を剝《む》いた。

「げっ、カンキ⁉︎　てめえ、いつの間に！」

襟首《えりくび》を摑《つか》まれてじたばたと四肢《しし》を動かしている小柄《こがら》な影は金髪《きんぱつ》の少女——トッ＝カンキではないか。

「てめえ、この野良猫娘《のらねこむすめ》！　俺たちの話を盗《ぬす》み聞いてやがったのか⁉︎」

「だってぇ、カンキ、シンお兄ちゃんが心配だったんだものぉ」

空中でくねくねと身を捩《よじ》らせながら、少女は大きな瞳《ひとみ》に涙《なみだ》を溜《た》めた。

「それにぃ、ちょっとでも役に立てることがあればいいなあと思ってぇ」

「ほほお……で、本音は？」

「いや、将来、あたいが国《ファウン》を継《つ》いだとき、トウライは敵国かもしれないだろ？　そのときはたぶん、シンがあたいの敵だ。敵の手の内は、できるだけ調べといたほうがいいじゃん？」

「……ホーリィ、ヴァン、とりあえず、このガキ縛《しば》り上げろ。簀巻《すま》きにして、どこか適当なところに埋《う》めてやる」

「ぎゃあ、やめろ！　このヘンタイ！　幼児虐待魔《ぎゃくたいま》！　少女愛玩趣味者《あいがんしゅみしゃ》！」

細い四肢《ふし》を振り回して暴れながら、少女は人が変わったように口汚《くちぎたな》く喚《わめ》き散らした。

「あたいみたいにいたいけな少女まで毒牙《どくが》にかけやがるつもりか、この二十四時間全天候型変質者！　老若男女《ろうにゃくなんにょ》無差別発情男！　呪《のろ》うぞ！　呪ってやるぅ……」

「……ま、いいじゃねえか、シン。そこまで言うんだったら、連れて行ってやれよ」

さかんに怒鳴《どな》り散らしている少女を半ば感心したように——半ばは辟易《へきえき》しきった顔で見ていたコウが肩《かた》をすくめた。捕まえていた小さな猛獣《もうじゅう》を廊下《ろうか》に落としながら、軽く笑う。

「こんなんでもなんかの役に立つかもしれねえだろ？　それに、こういう白黒はっきりしねえ駒《こま》をどれだけ使えるかってのも、てめえの器量のうちさ」

「いや、しかしよ、叔父貴《おじき》……」

シンがなおも抗弁《こうべん》しようとしたのは、カンキの同行を拒《こば》むためではなかった。ふと、自分の家族を——愛すべき者たちを置いていくことに不安を覚えたためだ。

「なあ、叔父貴。やっぱり、俺ぁ——」

「いいから行ってこい、シン」

だが、シンが口を開くより、叔父がそれを制するほうが早かった。甥《おい》が口をつぐんだときには、その未練を断《た》ち切るようにコウはさっさと身を翻《ひるがえ》している。その背中だけで、叔父は甥に告げた。

「とにかく、兄者たちは俺が守る。あとのことは心配いらねえ。だからシン、お前は――お前だけは、自分の信じる道を征《い》きな」

「御前《ごぜん》、公子殿下《でんか》が御出陣《ごしゅつじん》あそばされました」

冷たい床《ゆか》にひざまずくと、影は口を開いた。表情は長い髪《かみ》に隠《かく》されて見えなかったが、恭《うやうや》しい口調で帳《とばり》の向こうの主人に報告する。

「これより、私めもかの方を追いますれば、どうぞご安心くださいませ」

「……次は失敗するなよ」

かすかに震《ふる》えた帳が、低い声を吐《は》き出した。薄《うす》い布の向こうにいる何者かが、控《ひか》える影を揶《や》揄《ゆ》するようにうすら笑ったのだ。

「ハグンでの醜態《しゅうたい》は聞いた。あのような若造を二度も殺《あや》め損《そこ》なったとあっては、そちら忍衆《しのびしゅう》の名が泣くぞ」

「……今度こそは必ず」

帳の向こうからの翻弄《ほんろう》にも、影の声音《こわね》は変わらなかった。低く、冷たい声で答える。

「公子の次は左将軍のお命も……ご命令どおり、カズサ家の男たちの命は一つ残らず頂戴《ちょうだい》して参りますれば、どうかご安心を、御前」

第四話　イセ家の章III

壱

「いやあああああっ！」

夜になって降り出した雨は、いまや嵐《あらし》となっている。その雨と風の高鳴りに、甲高い悲鳴が重なった。

粗末《そまつ》な衣服はあらかた剝《は》ぎ取られるか、引き裂《さ》かれるかしてしまっている。しかし、娘《むすめ》はなおも虚しい抵抗《ていこう》を続けていた。あられもない姿のまま、のしかかってくる男たちを押しのけようと必死で四肢をばたつかせる。

しかし、そのか細い抵抗は、かえって男たち——酔《よ》った軽兵たちの獣欲《じゅうよく》を刺激《しげき》する役にしか立たなかった。いずれも屈強《くっきょう》な男どもは下卑《げび》た歓声《かんせい》をあげると、もがく娘を圧倒《あっとう》的な力で押さえこんだ。脚《あし》の付け根まで捲《めく》れ上がったスカートの下へ、我先に手を伸《の》ばす。

「いっ、いやっ！　いやあっ！」

「やっ、やめろっ！　やめてくれ！」

半狂乱《はんきょうらん》になって身を捩《よじ》る娘──その恋人《こいびと》だろうか？　それまで、壁にずらりと並べられた機械を操作していた若者が悲痛な声とともに振り返った。蒸気パイプと古めかしい計器板が所狭《ところせま》しと並ぶこのプレハブ小屋の中央で、いましも卑猥《ひわい》な宴《うたげ》を始めようとしている獣《けもの》たちへ、涙目で慈悲《じひ》を請《こ》う。

「お願いですから、彼女に手を出さないでください……その娘は僕の許嫁《いいなずけ》なんです！」

「おう、そいつぁ、幸せ者だな。なかなかのタマだぜ、このメス」

この軽兵たちの長《おさ》だろうか。固く閉じられた娘の太腿《ふともも》をこじ開けようとしていた中年男がいやらしい笑顔《えがお》とともに振《ふ》り返った。下卑た髭面《ひげづら》をさらに醜怪《しゅうかい》に歪《ゆが》めて口笛を飛ばす。

「おら、もうこんなに濡《ぬ》れてやがる……安心しろ。俺たちが終わったら、お前にもやらせてやるから」

「つっても、その頃《ころ》にはもうがばがばで使い物にならなくなってるかもしれねえけどよ」

ステロタイプな合いの手に、どっと嘲笑《ちょうしょう》がわきおこった。

槍《やり》や長銃《ライフル》で武装した二十名あまりの軽兵たち──ガス田の北側にある管制棟《とう》の警戒《けいかい》を担当していたイセ家の兵士たちが、主将《ドモン》の留守をいいことに酒盛りを始めてもう一時間近くになる。簑《ポンチョ》を着込んでいるのは、本来、棟外の哨戒《しょうかい》にあたっているべき軍士たちだろう。日暮れとともに降り出した大雨に辟易して、この管制棟に潜《もぐ》り込んできたのだが、それもイセ＝ドモンが出陣中《しゅつじん》で、軍全体の軍規が緩《ゆる》んでいる証拠《しょうこ》だ。夜番でガス田の管制作業にあたっていた村人たちへ夜食を運んできた村娘こそ、不幸であった。

「……それにしても、まあ、あれだな」

いまだ悲鳴をあげ続ける娘の四肢《しし》を縛《しば》り上げながら、中年の軽兵が壁際《かべぎわ》を振り返った。

壁に並んだ作業卓《たく》についていたのは、俯《うつむ》いたまま黙々《もくもく》と作業を続ける十名あまりの村人たちだ。軽兵は、村娘の悲鳴にも耳を塞《ふさ》ぐばかりの彼らをさも蔑《さげす》むように睥睨《へいげい》した。

「自分とこの娘が手籠《てご》めにされようとしてるっつーのに、文句一つ言えねえこいつらもいい加減、情けねえよなあ？　ああ？」

「情けないでちゅねー、ボクたん？」

目の前で婚約者《こんやくしゃ》を輪姦《りんかん》されようとしている若者に、軽兵の一人がおどけた声をかけた。長い舌をぬらぬらと動かして囀《さえず》る。

「ボクたん、刀が怖《こわ》くて、動けないのぉ？　それとも、彼女があんなことになって、かえって興奮してるのかなー？」

「うっ…………うわあああああああっ！」

それが、若者の限界だった。ぎりっと唇《くちびる》を噛《か》み破るや、次の瞬間《しゅんかん》、拳《こぶし》を固めて男に打ちかかる――だが、拳が到達《とうたつ》するより半瞬早く、目標は後方へ跳躍《ちょうやく》している。

「おっと、残念♪」

おどけたような声に、肉の打たれる重い音が重なった。虚《むな》しく空振《からぶ》りした若者の首筋に、槍の柄《え》が叩《たた》きこまれる。柄とは言っても強化樹脂《じゅし》の芯《しん》に鉄を流し込んで強化したその打撃力《だげきりょく》は、鉄棒にも劣《おと》らぬ。骨の軋《きし》む嫌《いや》な音をあげて、若者の体は床に叩きつけられた。

「いやあああっ！」

「げへっ。まあ、あれだ。やる気があっても、力がないってのは悲しいねえ♪」

頸椎《けいつい》に罅《ひび》でも入ったのか、妙《みょう》な体勢で床《ゆか》に転がった若者は立ち上がることができないようだった。必死でもがいている犠牲者《ぎせいしゃ》を見下ろし、中年の軽兵は槍を逆手にかまえた。

「まあ、かわいい彼女を残して死ぬのは辛《つら》いかもしれんが、お前の女は俺たちみんなで、腰《こし》が抜《ぬ》けるまでかわいがってやる。だから、とりあえず逝《い》っとけ」

〈——貴様がな〉

遠雷《えんらい》の轟《とどろ》きに冷たい声が重なったのは、槍がふりあげられたまさにその瞬間だった——転瞬、大音響《だいおんきょう》とともに天井《てんじょう》をぶち破って落下してきた巨影《きょえい》が軽兵を下敷《したじ》きにしていなければ、若者の命はなかったに違《ちが》いない。だが実際には、若者の頭を貫通《かんつう》するはずだった穂先《ほさき》は虚しく床を穿《うが》ち、軽兵は頭を踏《ふ》み潰《つぶ》されて蛙《かえる》のように床にへばりついている。

「なっ、なんだ、こいつは⁉」

だが、軽兵たちは突然《とつぜん》の仲間の死にも、まるで白昼夢のように室内に出現したそれの足下に緩やかに広がっていく血溜《ちだ》まりにも興味を示さなかった。いや、それどころではなかったというべきだろう。驚愕《きょうがく》する彼らを睥睨していたのは、暗黒の色に塗装《とそう》され、手には真っ赤な光を放つ光剣《フォノンブレード》を引っさげた、一体の自動甲《シエル》だったのだ。

「てっ、敵襲《てきしゅう》――」

〈不合格――君たち、反応が遅《おそ》すぎです〉

〈ほんと、使えねえヤツらだぜ！〉

喚《わめ》こうとした軽兵の頭部が、次の瞬間、消滅《しょうめつ》した。溜息《ためいき》にも似た擦過音《さつかおん》とともに飛来した巨《きょ》大《だい》な矢が、仲間の頭をもぎとっていったことに気づいた軽兵がいるかどうか。いや、気づいたところでどうしようもなかったであろう。次の瞬間、落雷《らくらい》じみた轟音《ごうおん》をあげて、さらに二つの影《かげ》が躍《おど》り込んできたとあっては。

「……シ、甲士《シエル》だああっ！」

あがった声は、恐怖《きょうふ》の悲鳴か、それとも断末魔《だんまつま》の絶叫《ぜっきょう》だったか。

直後、それを合図にしたように三体の甲士たちは殺戮《さつりく》を開始していた。漆黒《しっこく》の甲士の光剣が噴《ふ》き上げた血煙《ちけむり》を裂《さ》いた閃《ひらめ》きは、藍色《あいいろ》の甲士が振り下ろした斧槍《ハルバード》だ。そこに象牙《ぞうげ》色の自動甲《シエル》の長弓が奏《かな》でる死の旋律《せんりつ》が重なる――二十名からの軽兵が物言わぬ肉塊《にっかい》となって床に転がるのに、ものの二十秒と要さなかったろう。あまりの手際《てぎわ》よさに、軽兵たちの誰《だれ》一人として内線電話にとりつくことも、長銃を撃《う》つこともできなかった。

〈――シンさん、これで全部っスかね？　討ち漏《も》らしはないっスか？〉

〈へっ、そんな下手《ヘタ》踏むかよ、この俺が〉

斧槍から血を垂らしている甲士の言葉に、真紅《しんく》の甲士が鼻を鳴らした。床に転がっている若者の側《そば》に跪《ひざまず》くと、弓を手にした象牙色《アイボリー》の甲士に指示を飛ばす。

〈ホーリィ、怪我人《けがにん》だ。診《み》てやってくれ。ヴァンはそっちの娘《むすめ》を――〉

「うっ、動くなあっ！」

甲士の声を、下卑《げび》たダミ声が遮《さえぎ》った。

うずたかく積まれた死体の山。その陰《かげ》から飛び出した男が、床に転がっていた娘に手をかけたのだ。鋭《するど》いナイフを白い喉《のど》に押し当てたまま、血走った目で唾《つば》を飛ばす。

「う、動くとこの女を殺すぞ！」

〈若さま……思いっきり下手踏みまくってらっしゃるじゃありませんか〉

象牙色の甲士が深い溜息をついた。面倒《めんどう》くさげに、手にした弓を構え直す。

〈悪だくみするなら、もっと注意深くならねば。しようがありません。ここは私が――〉

「やめとけ、ホーリィ。民間人に犠牲《ぎせい》は出したくねえ……にしても、頭悪《わり》ぃ野郎《やろう》だな」

真紅の甲士の頭部でハッチがあがった。そこから顔を覗《のぞ》かせたのは、ようやく少年期を脱《だっ》したばかりに見える若い男だ。軽兵を見据《みす》えた三白眼を、不敵に細める。

「黙《だま》って隠《かく》れてりゃ、命だけは助かったのに……これだから阿呆《あほう》は救われねえ」

「だ、黙れ！　女がどうなってもいいのか！」

軽兵の自棄《やけ》っぱちな台詞《せりふ》に重なった甲高《かんだか》い悲鳴は盾《たて》にされた娘のものだ。白い喉に赤い筋がにじりよった。

走っている。震《ふる》える手に持った短剣《たんけん》を甲士たちに見せつけるよう煌《きら》めかせながら、軽兵は戸口

「いいか、動くなよ。俺が出て行くまで――」

軽兵が警告を言い終えることはなかった。

背後で異音が轟いた直後、振《ふ》り返った彼の視界に映ったのは、巨大な掌《てのひら》だったはずだ。悲鳴を上げる間もなく、まして人質《ひとじち》の喉に刃《やいば》を突《つ》き立てる間もなく、扉《とびら》の裂け目から伸《の》びた腕《うで》によって彼の体は宙づりにされてしまっている。金属製の戸板をぶち抜いて、外に潜《ひそ》んでいた何者かが軽兵の頭部を鷲掴《わしづか》みにしたのだ。

〈仲間の仇《あだ》も討たず、自分だけトンズラ？　それはちょっとチョーシよすぎじゃない？〉

澄《す》んだ声で呟《つぶや》いたのは、扉の向こうで雨に打たれている巨大な影だ。直後、薄紅色《うすべにいろ》に装甲《そうこう》を彩《いろど》ったその甲士は大きな掌にゆっくりと力を籠《こ》めた――頭蓋骨《ずがいこつ》の砕《くだ》ける音は、ゆで卵が割れるときの音と酷似《こくじ》していた。

〈たく、あいかわらず詰《つ》めが甘いねえ、シン……あたいがいなかったら、大変なことになってたよ？　ああ、お礼なら、オワリ屋の餡蜜《あんみつ》セットで手を打ったげる〉

「うるせえ。余計なことくっちゃべってねえで、とっとと入ってこい、カンキ」

太い指の間から脳漿《のうしょう》と血の糸を床に落としている甲士を見上げ、若者はわずかに苦笑《くしょう》したようだった。が、すぐに笑いを収めると、まじめくさった顔を村人たちに向ける。

「よし、全員、俺の話を聞いてくれ。俺の名はカズサ＝シン。お前らを助けに来た」

「カズサ＝シン……では、〝フソウ〟の⁉」

その名を聞いた村人たちの間に流れたのは、安堵《あんど》の吐息《といき》ばかりではなかった。〝フソウの狂犬《きょうけん》〟――不吉《ふきつ》な渾名《あだな》はこの辺境にも轟いているらしい。互《たが》いに見合わせた視線には恐《おそ》れと畏《おそ》れが混じっている。

一方でそんな村人たちの表情に気づいたふうもなく、若者は一方的に台詞を続けた。

「ああ、そのカズサ＝シンだ。それでだな、まもなく、このガス田は俺たちトウライ軍が解放する予定だ。だがその前に、お前たちにもちょいと手を貸してもらいてえ……俺たちは、これからあれを潰《つぶ》す。その手伝いをして欲しいんだ」

「あれ？」

若者が顎《あご》をしゃくった窓に向けた村人たちの顔がいっせいに曇《くも》った。

硬玻璃《クリスタル》の向こうでは、依然《いぜん》、しのつく雨が降っている。だが、けっして何も見えなかったというわけではない。というのも、その雨の幕の向こうには無数の光が瞬《またた》いていたからだ――数百の燭台《しょくだい》に灯《とも》された大小の輝《かがや》き。その一つ一つに目を凝《こ》らせば、光の影《かげ》に巨大な構造物が沈《しず》んでいるのを見て取れたろう。

機動城塞《メガロフォート》〝カグラ〟――現在、このガス田を武力占拠《せんきょ》しているイセ家の城である。

「あの、若さま、〝あれ〟とはいったいどれでございましょう……」

機動城塞を構成する数百の艦船《かんせん》を見やりながら、村人の一人が首を捻《ひね》った。地方領主であるイセ家の〝カグラ〟は城としてはけっして大きい方ではないが、それでもこうして眺《なが》めると、気が遠くなりそうな存在感を醸《かも》している。いったい、この〝フソウの狂犬《きょうけん》〟はそのどこを攻撃《こうげき》しようというのか？　不安げに、若者の真意を計ろうとする。

「見たところ、お仲間はこれだけのようですが……この数で、あの城のどこを攻《せ》めると？」

「どこを攻めるわけじゃねえ。あえていえば、あの全部だな」

若者はにっと唇《くちびる》を吊《つ》り上げた。再び持ち上げた面帽《バイザー》で悪戯小僧《いたずらこぞう》を思わせるその表情を隠しながら、平然と嘯《うそぶ》く。

〈俺たちはこれから、〝カグラ〟そのものを沈めてやるのさ——瓦礫《がれき》一つ残さず、な〉

弐

狩《か》る者と狩られる者、追う者と追われる者。

両者の関係を逆転させたのは、甲高い音とともに打ち上げられた一発の照明弾《だん》だった。雷雨《らいう》の間を青白い炎《ほのお》が立ち上っていった直後、一面の沼沢地《しょうたくち》と化した盆地《ぼんち》のそこかしこから、イセ家の軍団色である枯葉《かれは》色の甲士《シェル》たちが群がり起きている。それまで、窪地《くぼち》のあちこちに保護色を使って隠れていたのだろう。夜闇《よやみ》に湧《わ》き出す幽鬼《ゆうき》のように出現したその数は、とっさには把《は》握《あく》できない。

「先鋒《せんぽう》、センシュウ隊壊滅《かいめつ》！」

「テンゼン殿、お討ち死になされました！」

「サド殿《どの》の御陣《ごじん》が崩《くず》れました！　救援要請《きゅうえんようせい》が入っております！」

伏兵《ふくへい》の出現は、それまで一方的に追撃《ついげき》していたトウライ軍を瞬時《しゅんじ》にして混乱の坩堝《るつぼ》に叩《たた》きこんでいた。一方、前方では潰走《かいそう》を装《よそお》っていた敵部隊が、矛《ほこ》を返して逆襲《ぎゃくしゅう》に転じている。その反転機動はいっそ芸術的な鮮《あざ》やかさで、敵の追跡《ついせき》に夢中になるあまり陣形《じんけい》を乱しきってしまっていたトウライ軍が対抗《たいこう》しうるものではなかった。事実、追撃部隊最後尾《さいこうび》――本陣《ほんじん》の据《す》えられた強襲艦《デストロイヤー》〝ムラサメ〟にも凶報《きょうほう》を告げる伝令が次々と駆《か》け込んでいる。

「殿《との》、我らは罠《わな》にはめられたようです……完全に待ち伏《ぶ》せを食《く》らってしまいました！」

強襲艦の艦橋、じっと沈黙《ちんもく》している主将を侍大将《オフィサー》のコレズミ＝サモンがあたふたと振り返った。踵《きびす》を接するようにもたらされる悲報にすっかり気が動転してしまっているらしい。自動甲《シエル》の頭部ハッチから覗《のぞ》いた顔は、紙のように白ちゃけてしまっている。

「このままでは全滅《ぜんめつ》させられてしまいます……せめて、この本陣だけでも後方へ！」

「あわてるな、サモン」

強襲艦《デストロイヤー》は種々の陸上艦《ランドクルーザー》の中でも最速の部類に入るが、いかんせん艦体が小型であるため、ふだんはこのような大部隊の旗艦として使用されることはない。その狭《せま》い艦橋の中央、臨時にしつらえられた指揮座に自動甲の腰《こし》を据えたまま、トウライ左将軍カズサ＝シュウは狼狽《ろうばい》している若者を叱《しか》りつけた。剣光閃《ひらめ》く戦場を、指揮杖《しきじよう》で示して付け加える。

「伏兵のあることは、当初からわかっていた。いまさら驚《おどろ》くことはない……それによく見よ。敵の数はさほど多くはない。数だけなら、まだ我が軍の方が勝《まさ》っているではないか」

「は、はあ……言われてみれば、たしかに」

硬玻璃《クリスタル》ごしに望む戦場——〝怒《いか》りの日〟以前の旧時代には海底の窪地であったのであろう。起伏《きふく》の緩《ゆる》やかな盆地を見やり、サモンはわずかに落ち着きを取り戻《もど》した顔で頷《うなず》いた。

たしかに、急な伏兵の出現でトウライ軍の前衛部隊はパニックに陥《おちい》っている。しかし、それはあくまで前衛のみ——追撃に夢中になるあまり、本陣から遠く離《はな》れてしまった部隊だけに過ぎない。それによく見れば、盆地に伏《ふ》せていた敵甲士は百騎《き》前後——反転攻勢《こうせい》に加わっている囮《おとり》部隊とあわせても、こちらの半数にも満たなかったろう。この数なら、たとえ先鋒部隊が壊滅しても、この本陣まわりの兵力で十分に対処できる数である。

「サモン、まずは伝令を走らせ、前面に突出《とつしゆつ》している部隊を退《さ》がらせろ」

自動甲の兜《かぶと》をあげたまま、シュウは指揮杖を振《ふ》った。冷静そのものの声で、ようやく落ち着きを取り戻した侍大将《オフィサー》に指示を与《あた》える。

「あわてることはない。いったん距離《きより》をとり、しかる後に反撃《はんげき》に移るのだ。ああ、後詰《ごづ》めのキム隊とツダ隊は二時方向から前進させろ。側面に掩護《えんご》射撃《しやげき》を加え、先鋒隊——サド隊とセンシユウ隊残存部隊の後退を支援《しえん》する」

「は、はい！　かしこまりました！」

　矢継《やつ》ぎ早に下された主将の命を、サモンは内線電話に向けて中継《ちゅうけい》した。ほどなく〝ムラサメ〟の甲士門《シェルゲート》から、命令を携《たずさ》えた高機動型自動甲〝ツムジ〟が続々と前線へ向けて出発してゆく——背中に〝母衣《ほろ》〟と呼ばれる無指向性全方位型スピーカーを背負った彼らはそのいずれもが、〝母衣武者《ほろむしゃ》〟と称《しょう》する伝令兵たちである。大気中を浮遊《ふゆう》する銀沙《ぎんさ》の影響《えいきょう》で無線やレーダーが機能しないこの時代にあってはもっとも確実な通信手段であり、またもっとも有効な偵察《ていさつ》手段である彼らは、いずれも将来有望な若手軍士たちだ。侍大将に任官する直前に、その見習いとしてこの任についているだけに、戦場を馳駆《ちく》するその動きは、例外なく機敏《きびん》にして勇ましい。

「……それにしても、我が軍のていたらくは少々情けなさ過ぎますな」

　母衣武者たちの勇姿にようやく気分が落ち着いたのだろうか。シュウの傍《かたわ》ら、眼鏡《めがね》を押し上げてサモンが呟《つぶや》いた。

「特にサド殿……出撃前には左将軍を臆病者《おくびょうもの》呼ばわりまでしながら、あれではあまりに脆《もろ》すぎませんか？」

「言うな、サモン。あれでも、彼は〝アマツハラ〟の——トウギ兄者の重臣だ」

　部下の漏《も》らした不満を、シュウはさらりと流した。だが、銀縁《ぎんぶち》眼鏡を押し上げたのは、自分自身の表情を隠《かく》すためである。

サド＝ムサイ——あの老人があそこまで強引《ごういん》に追撃《ついげき》を主張せねば、また大公の重臣であることを鼻にかけねば、この追撃戦そのものが行われなかったはずだ。そうすれば、無用に将兵を死なせることもなかったものを。

「……やはり、シンを連れてこなかったのは正解だったか」

このようなときに、一軍の主将が個人的な感情を口にするわけにはいかぬ。だから、シュウの慨嘆《がいたん》は口の中だけで呟かれ、隣《となり》にいたサモンの耳にも届かなかった。

父としての欲目かもしれないが、あの息子《むすこ》はあれで部下や戦友には優《やさ》しすぎるところがある。それをこのような戦場に連れてきては、苦戦する味方を救おうと前線に飛び出して討ち死にしかねない。

それに、どうせ初陣《ういじん》を経験させてやるなら、もっと華《はな》のある戦《いくさ》で——

「か、閣下！　十二時方向、敵軍の背後に機影《きえい》を確認《かくにん》しました！」

ここにはいない息子について思いを巡《めぐ》らせていたシュウの意識を、悲鳴にも似た声が現実に引き戻した。艦橋の上方、測距儀《そっきょぎ》と遠眼鏡に貼《は》り付いていた索敵士《さくてきし》が、緊張《きんちょう》に顔を強《こわ》ばらせている。

「甲士《シエル》と戦騎の混成部隊……す、すごい数だ！」

「ド、ドモンの本隊か⁉」

シュウに代わって索敵士に怒鳴《どな》り返したのはサモンだ。若い侍大将の顔は再び青ざめてしまっている。

イセ＝ドモン――〝西海一《さいかい》の弓取り〟と称される男は、強剛《きようごう》の武人としても知られていた。先代大公カズサ＝ジョウが存命の頃《ころ》、いまだイセ家がトウライの地方領主としてカズサ家に従っていた当時は、三人持ちの大鉞《バトルアックス》をひっさげて常に軍の先鋒《せんぽう》に立ち、その武名は〝首狩《くびか》りドモン〟として諸国に鳴り響《ひび》いていたものだ。ところが、夕方の〝フソウ〟襲撃《しゆうげき》からこちら、その当人はいまだ姿を見せていない。もし、〝首狩りドモン〟が無傷の本隊を率いて現れたのであれば、シュウの指揮によってようやく持ちこたえている戦線が、一挙に瓦解《がかい》させられてしまう恐《おそ》れがある……。

「索敵士、敵の軍紋《もん》はなんだ⁉　ドモンらしい甲士はいるか⁉」

「しょ、少々お待ちを。敵の軍紋は……」

サモンにせかされ、索敵士は食い入るように遠眼鏡を覗《のぞ》き込んだ。顔に接眼レンズがめりこむほどに密着させたまましばらく沈黙《ちんもく》していたが、ふたたび叫《さけ》んだとき、その表情は一変している。

「軍紋は……あ、青の木瓜紋《もつこうもん》！　イセ軍ではありません！　あれは右将軍の……コ、コウ様の軍紋です！　援軍《えんぐん》だ！　助かった！」

「……ふむ。なんとか、間に合ったな」

それまでの重苦しい緊張は一転、噴《ふ》き上がった歓声《かんせい》によって掻《か》き消されている。瞬時《しゆんじ》にお祭りのような騒《さわ》ぎで沸騰《ふっとう》した艦橋《かんきょう》で一人冷静さを保ったまま、シュウは呟いた。

コウの〝ムサシ〟衆――トウライ軍でももっとも打撃力《だげきりょく》と機動力に富んだ部隊を、本軍とは別ルートで迂回《うかい》させたのは、もちろんシュウの軍略だ。イセ軍が伏兵《ふくへい》を設けるならこの窪地《くぼち》しかありえぬと踏《ふ》んでの策であったが、どうやら賭《かけ》は成功したようだ。

「よし、これで我が軍は敵の包囲に成功した」

自動甲《シエル》の装甲《そうこう》板を鳴らしながら、シュウは立ち上がった。指揮杖《しきじょう》を捨てて腰《こし》の剣《けん》を抜《ぬ》き放つと戦場――コウ軍の攻撃《こうげき》を受け、乱れ立っている枯葉《かれは》色の甲士たちを指して叫ぶ。

「諸君のこれまでの粘《ねば》りが勝利を呼んだのだ！　これより、我が軍は反攻《はんこう》を開始する！」

「信号士、発光信号用意！　旗頭、信号旗をあげろ――反攻開始だ！」

主将の命に、伝声管を開いたのはサモンである。若い士官は顔中を口にして怒鳴った。

「敵を叩《たた》け！　叩きつぶせ！」

「……サモン、コウに伝令をだせ」

にわかに慌《あわ》ただしくなった艦橋、友軍への命令の伝達に追われる侍大将《オフィサー》に、シュウは新たな命令を与《あた》えた。

「包囲陣《じん》の一角――十一時方向あたりに、穴を作らせろ。あれでは、包囲網《ほういもう》が完璧《かんぺき》で、隙《すき》がなさすぎる」

「は？　い、いや、ですが……そんなことをしたら、敵に逃《に》げられてしまいますが……」

「それでいい。敵を逃がしてやるのだ」

不得要領に眉《まゆ》をひそめているサモンに、シュウは明晰《めいせき》な説明を与えた。この若い士官はトウライきっての名家の出身であると同時に、事務能力に優《すぐ》れた前途《ぜんと》有望な若者だ。たしかに胆力《たんりょく》には欠けるところがあるが、それでも将来のトウライ軍を背負って立つ人材であることは間違《まちが》いない。それを教育するべく、軍陣《ぐんじん》の心得を講釈《こうしゃく》する。

「多少の敵に逃げられたところで、我らの勝利は動かぬ。それより、自暴自棄《じき》になった死兵のあがきと、味方の深追いのほうがよほどおそろしい……こういう包囲戦の場合、勝利は七分勝ちを以《もっ》て最上とせよ。完勝を求めようとすれば、思わぬ逆襲《ぎゃくしゅう》を食《く》らう。勝つことよりも、負けぬことを考えるのだ」

「は、かしこまりました……母衣武者、コウ様とサド将軍に伝令！　敵の追撃は無用。逃げる敵は追うなと伝えろ」

「……さて、ここはなんとか勝ったな」

前線に向けて疾駆《しっく》する母衣武者たちの後ろ姿を見送りながら、シュウは独りごちた。

「だが、このあとはどうするか……これで兵を収めるドモン殿《どの》ではあるまい。〝カグラ〟をどう潰《つぶ》す？」

このような局地戦で勝っても、まだ敵には本軍が残っている。正面決戦を挑《いど》んで叩き潰すべきか？　それとも持久戦で敵の消耗《しょうもう》を狙《ねら》うべきか？　いずれにせよ、こちらも少なからぬ損害を覚悟《かくご》せねばなるまい……

「閣下、前衛の一部が突出《とっしゅつ》しております！」

今後について沈思《ちんし》するシュウを、やや狼狽《ろうばい》したような声が叩いたのはそのときだった。

「サド隊です……こちらの命令を無視して前進を開始しました！」

「いかん、退《さ》がらせろ！」

反射的に窓に目をやり、シュウは思わず舌打ちを放った。ますます強くなった豪雨《ごうう》の向こう、退却《たいきゃく》しようとする敵軍に追いすがっている一軍がある。白い木瓜紋の軍紋は〝アマツハラ〟衆――サド隊のものだ。最前、潰走《かいそう》をよぎなくされた恥《はじ》を雪《そそ》ごうというのか、すさまじい勢いで進軍している。しかも、それに釣《つ》られるように周囲のトウライ軍が前進を始めているのを見て、シュウは鋭《するど》く叫んだ。

「サドめ……サモン、再度伝令を放って、深追いは無用だと伝えよ！　軍令違反《いはん》は厳罰《げんばつ》に処すと！　いや、それでは間に合わん。発光信号を使え！」

「はっ――」

珍《めずら》しく怒気《どき》を発した主将の命令に、若い士官が慌てて伝声管の蓋《ふた》を開けたそのときだった

――すさまじい爆音《ばくおん》とともに、大きく艦橋が揺《ゆ》れた。

「どうした⁉　いまの衝撃《しょうげき》はなんだ⁉」

まるで天地がひっくり返ったかのような衝撃に、なんとか転倒《てんとう》をこらえてシュウは叫んだ。

電装系に異常が発生したらしい。薄暗《うすぐら》くなった艦橋を見回し、怒鳴《どな》る。

「報告しろ！　なにが起こった⁉」

「て、敵襲《てきしゅう》です！」

主将の怒声《どせい》に答えた索敵士《さくてきし》の声は、激しく震《ふる》えていた。ヘッドホンを耳に押しつけながら、探音機《ソナー》の伝えてくる情報をなんとか聞き取ろうとする。

「敵……ほ、本艦の真下に敵影《てきえい》多数出現！　す、すごい数だ！」

「馬鹿《ばか》な、真下だと⁉」

そんなことはありえない——現に、いまのいままで、なにごともなく進んできたではないか。索敵士の報告を理性では否定しつつも思わず窓の外を見下ろしたシュウであったが、次の瞬間《しゅんかん》、眼鏡《めがね》の奥でその目はこぼれんばかりに見開かれていた。

〝ムラサメ〟の艦隊下部——巨大《きょだい》なキャタピラが回転しているあたりに、いくつもの枯葉色の影《かげ》がとりついているではないか。いや、それだけではない。〝ムラサメ〟周辺に停泊《ていはく》していた陸艦のそれぞれに、枯葉色の甲士《シェル》がとりついている。

「まさか⁉　いったい、こんな数がどこから……そうか！」

枯葉色の甲士たちは、いずれもぶ厚い陸艦の装甲に大穴を穿《うが》って艦内に潜《もぐ》り込もうとしていた。その機体は、どれも異様なまでに泥《どろ》に汚《よご》れている。それを見たシュウの脳裏《のうり》に、電光のようにことの真相が閃《ひらめ》いた。

「泥だ……奴《やつ》ら、地中に潜っていたのか！」

この窪地《くぼち》――旧時代の海底のすぐ下には、水はけの悪い粘土《ねんど》層が広がっている。豪雨によって泥濘《でいねい》と化した地中に、敵は文字どおり潜りこみ、こちらの隙を窺《うかが》っていたのだ！

「まずい……サモン、コウにすぐ引き返すよう伝えろ！　この距離《きょり》なら、まだ発光信号が使えるはずだ！」

「りょ、了解《りょうかい》……コウ隊から返信！〝我ガ隊ノ側面ニ敵出現セリ。転進ハ不可能ニシテ――〟さ、左将軍！　危ないっ！」

前線からの発光信号を読み取っていたサモンの声が突如《とつじょ》裏返った。食い入るように窓の外を睨《にら》んでいたシュウに体当たりをかけると、そのまま床《ゆか》に押し倒《たお》す。二体の自動甲の重量を受けた床がへこみ、指揮卓《たく》が潰れる。だが、その程度で済んだのは幸いであった――二人が床に転がった直後、天井《てんじょう》が轟音《ごうおん》をあげて破裂《はれつ》したかと思うと、そこから降ってきた巨大な影の群れが、半秒前までシュウが座っていた椅子《いす》を踏《ふ》み潰したのだ。

「こ、こいつらは……」

枯葉《かれは》色の凶影《きようえい》――暗灰色の夜戦迷彩《めいさい》からイセ家の軍団色へと変色を完了《かんりよう》した数十機もの自動甲。その中央に翻《ひるがえ》る軍旗を目《ま》のあたりにして、サモンが歯を鳴らした。

ことに片手に軍旗を掲《かか》げ持ちながらも、一方の手に黒光りする大鉞《おおまさかり》を持ったひときわ大きな甲士――重甲士《ヘヴイシエル》と呼ばれる大型自動甲を見たとき、その脚《あし》が震えながら一歩後退する。

「イ、イセ家の主力部隊……く、〝首狩《くびか》りドモン〟！」

その悲鳴を合図にしたように、枯葉色の凶神《まがつがみ》たちが吼《ほ》えた。

「はっ、他愛もない！　こんなものがカズサ家の実力か！」

イセ＝ドモンは重甲士の操作槽《そう》で唇《くちびる》を捲《まく》り上げた。

人肉に味をしめたヒグマそっくりの表情で、外部モニターの向こう、悲鳴をあげて艦橋《かんきょう》中を逃《に》げまどう甲士たちを睥睨《へいげい》する。

「しばらく見ぬうちにすっかり弱兵になりさがりおって……悲しいぞ！　少しは歯ごたえを感じさせてくれると思ったのだがな！」

その間にも、枯葉色の重甲士――ドモンの〝タタリガミ〟は、風車のように大鉞を回転させていた。戦意を喪失《そうしつ》して逃げまどう甲士たちの首を稲穂《いなほ》のように刈《か》り取り、狭《せま》い艦橋を右往左往する軽兵たちを無慈悲《むじひ》に踏み潰《つぶ》す。さらにその背後では、枯葉色の甲士たちも各々、敵を捕《ほ》捉《そく》しては殺戮《さつりく》に勤《いそ》しんでいる。

先代大公カズサ＝ジョウが存命であり、イセ家もいまだ反旗を翻さなかった当時から、〝首狩りドモン〟の名はトウライのみならず、近隣《きんりん》諸国に鳴り響《ひび》いていたものだ。大鉞を引っさげ、笹竜胆《ささりんどう》の軍紋《ぐんもん》を掲げてドモンの征《ゆ》くところ、前に立ち塞《ふさ》がる者は無かった。そして、それは今も変わらないらしい。

「ちっ、歯ごたえがなさすぎるぞ……これでは、俺が弱い者いじめをしているようではないか」

〈……ずいぶんと調子がよいらしいですな、ドモン卿《きょう》？〉

耳に挿《さ》したイヤホンから、やや聞き取りづらい声が聞こえてきた。敵の声ではない。すぐ目の前——右目にかけた片眼鏡《モノクル》型のヘッドアップディスプレイのウィンドウに、貧相な中年男の上半身《バストアップ》が結像する。

ヴァルター・ツァイゲル——マンチュリア皇帝《こうてい》から送られてきた勅使《ちょくし》は相変わらず貧乏神《びんぼうがみ》めいた顔に卑屈《ひくつ》な微笑《びしょう》を貼《は》り付けたまま、モニター越《ご》しに偉丈夫《いじょうふ》に語りかけた。

〈″タタリガミ″の乗り心地はいかがでございましょうかね？　たしか閣下は、重甲士の操縦ははじめてでございましょう？　なにか、不具合はございませんか？〉

「ははっ！　すこぶる快調でござるよ。さすがは皇帝陛下の賜《たまわ》り物でありますな！」

痩《や》せこけた中年男に、ドモンは上機嫌《じょうきげん》な答えを返した。

ディスプレイの映像もイヤホンからの音声もまったくノイズがないのは、先方が電波通信ではなく、短距離《たんきょり》レーザー通信を使用しているのであろう。おそらく、ツァイゲルはこの付近から観戦としゃれこんでいるのだ。まったくいい気なものだが、こうして自分の武勇を皇帝の勅使に見せつけられるのは、ドモンにとっても不愉快《ふゆかい》なことではない。せいぜいじっくりと観戦してもらって、帰国の暁《あかつき》には、トウライにイセ＝ドモンありと皇帝に報告してもらいたいものだ。

「いやはや、いただいた自動甲も実に優《すぐ》れ物でござったが、この〝タタリガミ〟はまた格別。まったく、素晴《すば》らしいの一言ですな！　このパワーでこの機動性……こいつが三十機もあれば、それだけで〝フソウ〟を陥《お》とせましょう」

〈嬉《うれ》しいですな。そう言っていただけると、あたしも苦労してそのデカブツを調達してきた甲斐《かい》があったというもので〉

　ドモンの高言に、ディスプレイの中年男は貧相な笑顔《えがお》を作った。ただし、すぐにいささか気まずげな顔になって補足する。

〈ただ、なにぶん重甲士は本国《マンチュリア》でも貴重品でしてね。今回都合をつけられたのは、その一機だけです。予備はございませんから、くれぐれも大切に使っておくんなましよ〉

「心得ております……とはいえ、このドモンをどうこうできる者など、カズサ家にはおりますまいが！」

　再び哄笑《こうしょう》すると、ドモンは大鉞を水平に旋回《せんかい》させた。ちょうど突進《とっしん》してきていた甲士の首を斬《き》り飛ばし、返す刃《やいば》で右側方から長銃《ライフル》を撃《う》ってきていた別の甲士の胴体《どうたい》を薙《な》ぎ払《はら》う。そのついでに、足下を逃げまどっていた軽兵を二、三人踏みつぶしたのはいささかやりすぎであったかもしれない――この間、わずか二秒。一丈《三メートル》を超《こ》える巨体《きょたい》であるにも拘《かか》わらず、驚《おどろ》くべき運動性能というより他《ほか》はない。

そもそもこの重動甲は、本来は個人用兵装であるはずの自動甲を大型化した極《きわ》めて特殊《とくしゅ》かつ変則的な兵器である。元来〝安価かつ簡便〟をコンセプトとした汎用《はんよう》兵器である自動甲の諸特性をあえて捨て去ることで、長距離《ちょうきょり》戦や対物射撃《しゃげき》等、限定的な戦術目的に特化した、いわば鬼《おに》子《ご》的存在だ。

旧時代でもさほど製造されなかったとみえて、滅多《めった》に発掘《はっくつ》されることもなく、従ってコスト的に運用が難しいため、列強の軍隊ですらあまり制式採用されていない。ことにこの怪物《かいぶつ》のように、極《ごく》近接戦用に特化した白兵戦専用重甲士となると、ほとんど存在しないのではあるまいか。

「……ふははっ、やはり俺はついている！」

黄地に〝笹竜胆《ささりんどう》〟――イセ家の軍旗を嵐《あらし》にはためかせながら、ドモンは哄笑した。

「カズサ家、恐《おそ》るるに足らず！　せいぜい、見ているがいい、皇帝の使者よ。カズサ家の者どもの首級を挙げた暁には、俺がこの国を……むっ!?」

視界の端《はし》で光芒《こうぼう》が走ったように見えた瞬間《しゅんかん》、重甲士は素早《すばや》く大鉞《おおまさかり》を顔の横に立てていた。凄《すさ》まじい火花が散ったときには、耳を聾《ろう》する金属音が甲高《かんだか》く響き渡《わた》っている――横合いから斬りつけてきた長剣《ちょうけん》が、大鉞の刃と激突《げきとつ》して絡《から》み合ったのだ。

だが、ドモンほどの武人が受けるのが精一杯《せいいっぱい》であったそのスピードも尋常《じんじょう》ではなかったが、恐《おそ》るべきは長剣の剣勢であったろう。γ《ガンマ》チタニウム製の大鉞に、白刃《はくじん》は半ば食い込んでいるで

はないか。

「……ほう、カズサ家にまだこれほどの手練《てだ》れがいたか」

白刃をぎりぎりと押し込んできている敵手――木瓜紋《もっこうもん》を刻んだ黒い甲士をモニターに捉《とら》え、ドモンは唇《くちびる》を吊《つ》り上げた。ドモンの知る限り、自分といくぶんかでも渡り合える者はカズサ家には三人しかいない。そのうち右将軍コウとその部下であるサイは〝ムサシ〟衆――軍団色は青である。とすれば、この黒い甲士は残る一人であろう。

「久しいな、左将軍……カズサ＝シュウ！」

おおおおおおおおおん！

操縦者の咆哮《ほうこう》に、重甲士の怒声《どせい》が重なった。最大出力で作動した人工筋肉が力ずくで白刃を弾《はじ》き返したのだ。その間にも、ドモンの左手は軍旗を捨てて、いま一振《ふ》りの大鉞を背中から抜《ぬ》き放っている。

「大公の左右の剣……まず、その一振りをいただこうか！」

そしてそのときには、圧倒《あっとう》的なパワーに黒い甲士は膝《ひざ》を折っていた。一声吠《ほ》えるや、ドモンは体勢を崩《くず》したシュウめがけ、左右から斬撃《ざんげき》を打ち下ろした。斬る、というよりは叩《たた》き潰《つぶ》す勢いで頭頂に大鉞を叩きこむ。

〈――やめろ、ドモン！〉

夜気の裂《さ》ける音とともに飛来した光が、重甲士の目の前に閃《ひらめ》いたのは左将軍の頭部が撃砕《げきさい》される直前だった。

危《あや》ういところで首を斬り飛ばされることを免《まぬか》れた黒い甲士の後方に、青い甲士が仁王《におう》立ちになっている。彼の投じた槍《やり》が、黒い甲士の頭上ぎりぎりを貫《つらぬ》き、重甲士の頭部に命中したのだ。

幸い、汎用型とは比較《ひかく》にならぬ重甲士の複合装甲《そうこう》が投げ槍を見事跳《は》ね返してくれたが、それでもその運動エネルギーから光学センサーのすべてを守ることは無理だったらしい。モニターの一部がブラックアウトする。

「ちいっ、貴様、カズサ＝コウか！」

生き残ったモニターの中、従兵から換《か》えの槍を受け取っている青い甲士にドモンは牙《きば》を剝《む》いた。

「いいところで邪魔《じゃま》をしおって……だが、まあよい！　兄弟揃《そろ》って、その首打ち落としてくれようぞ！」

〈──首が無くなるのは貴様だ、逆賊《ぎゃくぞく》！〉

厳しい声は、ドモンのすぐ側《そば》から聞こえた──わずかの間に体勢を整えた黒い甲士が、再び白刃を振《ふ》るったのだ。残酷《ざんこく》なまでに美しい弧《こ》を描《えが》いて旋回したそれを、ドモンはなんとか右の大鉞で弾いた。と同時に、その隙《すき》を狙《ねら》って飛来した長槍を高く上げた蹴《け》りで跳ね飛ばす。

〈げ、マジかよ!?　なんつー反応速度《スピード》だ！〉

〈コウ、油断するな！　こいつはおそらく、マンチュリアの新型だ〉

「ふはははっ、そのとおり！　貴様ら木《こ》っ端《ぱ》武者ごとき、何人かかってこようがこのドモンと〃タタリガミ〃の敵ではないわ！」

咆哮とともに、ドモンは左の大鉞を振り上げた。白刃を弾かれ、再び体勢を崩している黒い甲士《シェル》の頭上に正確な狙いをつける。

「さあ、終わりだ、カズサ＝シュウ――二度目の幸運はないと知れ！」

咆哮とともに、大鉞を振り下ろす。ぶ厚い刃《やいば》は、左将軍の脳天めがけ、唸《うな》りをあげて落下していった――ずん、と腹に響《ひび》く地鳴りが轟《とどろ》いたのは、シュウの頭部が弾け飛ぶ直前のことだ。

「―なっ、なにごとだ⁉」

転瞬、激しく足下を突《つ》き上げるような衝撃《しょうげき》に襲《おそ》われ、ドモンは慌《あわ》てて脚《あし》を踏《ふ》ん張った。重甲士の姿勢制御《せいぎょ》機能をフルに駆使《くし》して転倒《てんとう》を拒《こば》む。地震《じしん》？　いや、それにしては奇妙《きみょう》な揺《ゆ》れだ……

「な……っ⁉」

頭を廻《めぐ》らせたドモンは愕然《がくぜん》と目を瞠《みは》った。

それは彼だけではない。かろうじて死を免れた黒い甲士も、とっさに兄を庇《かば》うことも忘れて立ちつくしていた青い甲士も、いや、戦場にいるすべての人間が、北の方、小高い丘陵《きゅうりょう》の方角に目を剝いている。

「な、なんだ、あの柱は……」

カズサ家の兄弟のことも忘れ、ドモンは愕然と呻《うめ》いた。

ぶ厚い雨雲のたちこめた夜空に、黒々と屹立《きつりつ》した太い柱がある。

ときおり走る稲妻《いなずま》に照らされたなお黒い柱。それが巨大《きょだい》な爆煙《ばくえん》であることに気づいたとき、ドモンはようやくその方向に何があるかを——自分が何を残してきたのかを思い出した。

「い、いかん……あちらには〝カグラ〟が！」

参

日が暮れて、どれぐらいになるのだろう？

昼間のトラブル——どうやら原住民同士の紛争《ふんそう》だったらしい——の事後処理もようやく一段落ついたらしく、窓から見おろした街はやや静けさを取り戻《もど》し始めていた。とはいえ、倒壊《とうかい》した建物や施設《しせつ》を片づける作業はいまだ続いており、忙《いそが》しげに働く人々のうえに、日没《にちぼつ》と同時に降り始めた雨が降り注いでいる。

「晩ゴ飯だョー」

「着替《きが》エ、オ持チイたシマしたワ」

「…………オ茶」

シャーヤがなにをするともなくその景色を眺《なが》めていたとき、部屋に入ってきたのは一昨日からなにくれとなく面倒《めんどう》を見てくれている三人組だった。赤毛の女の子、丸眼鏡《まるめがね》の少女、背の高い娘《むすめ》――ただし、今回は彼女たちに加えて、戸口にもう一人、ほっそりした人影《ひとかげ》が立っている。例の〝ヒメサマ〟だ。先日、電撃《でんげき》を浴びせてしまったのを根に持っているのか、お世辞にも友好的とは言えない視線で扉《とびら》の陰《かげ》からこちらをじいっと睨《にら》んでいる。

「チナみニ今日ノ晩ゴ飯はネー、鱸《すずき》ノ乳清《むにえる》焼デしョー、鶏肉《ちきん》ト石刁柏《あすぱらがす》ノオ汁《しちゅー》デしョー、ソれニ肉団子《みーとぼーる》……ゴ馳走《ちそう》ダヨ。サあ、冷メナイウちニ、食ベテ食ベテ」

「え、ええっと……ア、アリガトごザイまス」

元気のいい赤毛の娘に勧《すす》められるまま、シャーヤは二本の木の棒を手に取った。これは〝ハシ〟といって食器の一種らしいが、むろん、シャーヤには扱《あつか》えない。というか、こんなものを器用に扱えるというだけで、ここの原住民たちは尊敬に値《あたい》したであろう。それでもなんとか、昼間教えられたとおりに操作しようとしたのだがまるでうまくいかない。

「ナ、ナカナカ、うマクいかナイデス」

肉片《にくへん》も野菜も虚《むな》しく皿に落ちてしまった。息を詰《つ》めるように見守っている三人娘に愛想《あいそ》笑いを送ると、シャーヤは諦《あきら》めて〝ハシ〟を逆手に握《にぎ》った。串《くし》のように肉団子に突き刺《さ》そうとしたのだが、

「アア、駄目《だめ》でス。だめノだめだめ！　マッタく、見てイラレまセンワ！」

そこで、我慢《がまん》も限界というように部屋に入ってきたのは、戸口からシャーヤを盗《ぬす》み見ていた

〝ヒメサマ〟である。やや吊《つ》り目ぎみの娘は素早《すばや》くシャーヤの背中に回ると、肩越《かたご》しに右手を握り、〝ハシ〟を指の間に挟《はさ》ませた。

「本当ニ、不器用デイラッシャルのネ、アナタ！　オ箸《はし》ノ美シイ持チ方ハこウ！　中指ト人差シ指デ挟ムノガこつデスのヨ。ソシテ、ヨクテ？　オ膳《ぜん》ニ並んダモノは、マズ山デ穫《かく》レタモノ、次ニ海ノもノ、ソレカラ野ノモノトイウ順番デ召《め》シ上ガルノガ礼法デス。チナみニソノトキモ、オ箸ハデキルだケ先ダケ濡《ぬ》ラすヨウニスルノが美シクテヨ」

「ハ、ハア……スミマセン」

親切なのか、それともやはり昨日のことを根に持っているのか、やたら口やかましくテーブルマナーを注意してくる〝ヒメサマ〟に、シャーヤはとりあえず頭を下げた――根は案外、優《やさ》しい娘なのかもしれない。

「……ア、アの、ヒメサマ？　実ハ、アナたニオ願イあル。ヨロシイカ？」

シチューから掬《すく》い上げた鶏肉を箸先に挟んだまま、シャーヤは思い切って口を開いた。脳内インプラントの記録によれば、拘束《こうそく》されたのが二日前の一四〇八《ヒトヨンマルハチ》であり、現在の時刻は二〇一《フタマルイチ》三《サン》――すでに五十時間以上、こうして監禁《かんきん》されている計算になる。これ以上時間が経《た》っては、〝魔王《まおう》〟の捕捉《ほそく》がますます困難になるばかりだ。一方、操士服は原住民たちによって取り上げられたままだったから、手元に武装は一切《いっさい》ない――となれば、なんとか彼女たちを説得してここから出してもらうより他《ほか》はなかった。それに、ぐずぐずしていては、自分のことを警戒《けいかい》しているあの若者――〝シン〟が帰ってくるかもしれない。原住民に哀《あわ》れみを請《こ》うことにまったく抵抗《ていこう》がなかったといえば嘘《うそ》になるが、それでもシャーヤは咳払《せきばら》いすると、いずまいをただして切り出した。

「私、ココから出タイ。コノ部屋、閉ジこメラレル辛《つら》いネ。チョット出テモイイカ？」

「ソレは駄目でス」

シャーヤの願いを、〝ヒメサマ〟はあっさり却下《きゃっか》した。つんと澄《す》ました顔を左右に振《ふ》る。

「イクラ兄サまノ愛人……ゴ寵愛《ちょうあい》ヲ受ケラれタ方トハイエ、ヨク素性《すじょう》ノワかラナイ方ニ城内ヲウロツカセルワけニハ参リマセン。特ニ、アナタヲココニ閉ジコメテ見張ッテイロと命ジラレタのハ兄サマでスモの。ソレヨリ……ネエ、トキニひかげサン？　アナタ、ドウイッタ経緯《けいい》デ兄サマとお知リ合イニナッタノカシラ？　愛人関係ハイツカラ？」

「ハ？　〝アイジン〟？」

シャーヤは首を捻《ひね》った。睡眠《すいみん》学習効果で日常会話には苦労しないとはいえ、まだ語彙《ごい》の数は圧倒《あっとう》的に不足している。

「〝アイジン〟ッテ、何カ？」

「マア！　オトボケニナルノネ、ナンテソラゾラシイオ方ナノカシラ！」

そして、シャーヤの質問は〝ヒメサマ〟のお気に召さなかったらしい。不愉快《ふゆかい》げに、柳眉《りゅうび》が吊り上がった。

「ヨロシクテ？　私ノ兄サマハ、ソレハソレハ気ダテガ優シクテ、人ヲ疑ワナイオ方ダカラ、アナタノヨウナ人ニヒッカカッテシマッタカモシレマセン。ダケド、コノ私ハ違《ちが》ッテヨ……昨日ノ不思議ナ技《わざ》、アナタ、タダ者デハナイワネ？　オソラクハドコカノ忍衆《しのびしゅう》……兄サマに色仕《じ》掛《か》ケデ近ヅキ、何カヲ企《たくら》ンデイルノデハナクテ？」

「〝イロジカケ〟？　アノ、私ノ色ガドウカシマシタカ？」

「マア、マダ尻尾《しっぽ》ヲオ見セニナラナイオツモリ？　フっ、デモ、ソウヤッテ強気デイラレルノモ今ノウチヨ」

おさまりの悪い前髪《まえがみ》を掻《か》き上げ、〝ヒメサマ〟は冷然と微笑《ほほえ》んだ。それでも、あまりシャーヤを不安な気持ちにさせなかったのは、さっきからの言動に人の良さがありありと見えていたからであろう。それでも一応、〝ヒメサマ〟としては全力で冷たさを演出しているらしい。ぷいと顔を逸《そ》らすと、肩越しに捨て台詞《ぜりふ》を投げかける。

「戦《いくさ》ガ終ワッテ、オ父サマガお帰リニナラレタラ、スグニ厳しク調ベテイタダキマスカラネ！　セイゼイ覚悟《かくご》ナサルトヨロシイワ……ねねサン、ゆずはサン、みことサン、サ、行キマスヨ。鍵《かぎ》ハチャントオ閉メニナッテ」

「ゴ飯ヲ召シ上ガッタラ、コノ鈴《すず》ヲ鳴ラシテクダサイネ～」

ほやんと笑ったのは丸眼鏡《まるめがね》の少女だ。卓上《たくじょう》の鈴を指さして付け加える。

「スグニ参リマスカラ……ソレジャ、ゴユックリ」

「ハイ、アリガトアリガト……さてと」

つんと澄ました〝ヒメサマ〟に続いて、三人の少女たちが賑《にぎ》やかに部屋を出て行くと、シャーヤは表情を改めた。娘《むすめ》たちの気配が十分に遠ざかるのを待って、扉《とびら》の側――鍵穴《かぎあな》の前にうずくまる。

「ごめんね、お嬢《じょう》さんたち……せっかく歓迎《かんげい》してもらってるのに悪いけど、私、これ以上はゆっくりしていられないの」

小さく呟《つぶや》いたときには、シャーヤの指の間には細い金属棒が握《にぎ》られていた。昼間、娘たちと遊んでいた際に失敬していたヘアピンだ。それを真ん中から二つに折ると、シャーヤは慎重《しんちょう》に鍵穴に突《つ》っ込んだ。器用にそれを操《あやつ》り、原始的なシリンダー機構を操作する。

恩を仇《あだ》で返すような真似《まね》はできればしたくなかったが、これ以上、自分がここにいてはシャーヤ自身のみならず、原住民たちにとっても危険を招きかねない。〝楽園〟がこんな僻地《へきち》まで監視《かんし》しているとは思わなかったが、それでも急いで立ち去るにこしたことはない……

「……アノ、失礼イタシマス」

もう少しで鍵を開けられそうだったシャーヤの手を止めたのは、控《ひか》えめなノックの音と小さな女の声だった。慌《あわ》てて金属棒を引き抜《ぬ》き、ベッドに戻《もど》った直後、いましも必死で開けようとしていた扉が、向こうから開かれる。

「オ食事中、タイヘン申シ訳ゴザイマセン。夜着《ぱじゃま》ヲオ持チイタシマシタ」

「は？　夜着？」

恭《うやうや》しく夜着を捧《ささ》げ持って入室してきたのは、二人の女だった。初めて見る顔だが、この城の召使《めしつか》いかなにかだろう。あわててシャーヤはベッド脇《わき》に顎《あご》をしゃくった。

「夜着、モウ持ッテキテモラテマス。アリガトゴザイマス」

「……申シ訳ゴザイマセン。ソレガ、コチラノ手違イデ、丈《たけ》ノ小サナモノヲオ渡《わた》シシテシマッタミタイデ。交換《こうかん》サセテクダサイマセ」

「ハア、ソレハゴ親切ニ。アリガトゴザイ――ひっ！」

頭を下げようとしたシャーヤの口がいきなり塞《ふさ》がれた。電光のように飛びかかった女が、シャーヤをベッドに押し倒《たお》したのだ。悲鳴をあげようとしたときには口に丸めた布きれが押し込まれ、喉《のど》には鋭《するど》い刃物《はもの》が押し当てられている。

「――安心オシ。痛ミハナイ。即死《そくし》サセテアゲルカラ」

恐怖《きょうふ》に目を剝《む》きながらも、ごぼごぼと濁《にご》った喘鳴《ぜんめい》を漏《も》らすだけのシャーヤを見下ろし、女は口辺に冷笑《れいしょう》を溜《た》めた。氷のような光を湛《たた》えた菱形《ひしがた》の刃《やいば》――原住民たちが〝クナイ〟と呼んでいる小剣《けん》でシャーヤの肌《はだ》を愛撫《あいぶ》しながら、ひっそりと笑う。

「ナニシロ、ソナタハ若殿《わかとの》ノ側室デアラセラレルカラナ……始末スルニシテモ、ソレグライノ温情ハカケラレルベキデアロウヨ」

「ゆきな、ナニヲ遊ンデイル？　早ク殺セ。早ウセネバ、一ノ姫《ひめ》タチガ戻ッテクル」

やや苛立《いらだ》たしげに口を開いたのは、いま一人、手に小型の銃器《じゅうき》を握った女だ。〝作業〟中、外から邪魔《じゃま》が入ってこないようにという配慮《はいりょ》であろう。扉に楔《くさび》のようなものを打ち込みながら、早口に命じる。

「御前《ごぜん》ノ命ハ、左将軍家ノ家系ハ根絶ヤシニセヨトノコト。ソシテ、ソノ女ハ若殿ノ側室——赤子《ヤヤコ》ヲ孕《はら》ンデイルヤモシレン。生カシテハオケヌ」

「エエイ、ウルサイ、なずな。汝《なんじ》ニ言ワレズトモワカッテオルワ……女、恨《うら》ムナヨ。コレモ請《う》ケ負ウタ仕事デナ」

〝ゆきな〟と呼ばれた女は慣れた手つきでクナイを逆手に持ち替《か》えた。それをシャーヤの左乳《ち》房《ぶさ》のやや斜《なな》め下、肋骨《ろっこつ》の間に近づける。

「ソレニ案ズルナ。ソナタノ若殿モ今頃《いまごろ》、我ラガ長《オサ》ガ、オ命頂戴《ちょうだい》ツカマツッテオル頃《ころ》ヨ……アノ世デ、二人仲良ウ暮ラスガヨイ！」

「!?」

心臓に滑《すべ》り込んできた冷たい金属の感触《かんしょく》に、シャーヤは悲鳴をあげた——

「ギャッ！」

だが、次の瞬間《しゅんかん》には、その甲高《かんだか》い悲鳴が自分のものでないことに気づいている。もちろん、心臓に刃物も突き立っていない。本来、そこに突き立つはずだったクナイは、依然《いぜん》、女の手に握られたままだ。

「コ、コノ猫《ねこ》メ！」

「コ、コーマ⁉」

ようやく自由になった手で口の中の布きれを抜き捨て、シャーヤは叫《さけ》んだ。顔を覆《おお》って悲鳴をあげる女——その手元にまとわりついているのは、シャーヤの大事な友人だ。コーマ——ベッドの下で寝《ね》ていたはずの子猫が、獰猛《どうもう》なうなり声とともに女の顔に爪《つめ》をたてている。

「エエイ、ゆきな、ナニヲヤッテイルノダ！」

一方、同僚《どうりょう》の醜態《しゅうたい》に怒気《どき》を発したのは短筒《ピストル》の女だ。凶器《きょうき》をシャーヤに向け、怒《ど》鳴《な》る。

「ドケ！　私ガヤル！」

「…………ソレハダメ」

その瞬間、扉の向こうから聞こえたのは短く、小さな呟きだった。だが直後生じたことは、短筒の女を瞠目《どうもく》させるに十分な事件である——扉の曇《くも》りガラス越《ご》しに光芒《こうぼう》が閃《ひらめ》いたかと思うと、ぶ厚いアルミ扉が真っ二つに断《た》ち割られたのだ。しかも、その向こうから風を巻いて細身の影《かげ》が飛び込んでくる。

「…………クセ者発見」

短く呟いた細身の影——長い黒髪《くろかみ》をたなびかせた少女の手元で、美しい光が煌《きら》めいた。次の瞬間、抜く手も見せず抜き放《はな》たれた長刀は、優美だが凶暴《きょうぼう》な弧《こ》を描《えが》いて短筒の女の頭上に落ちかかっている。

「…………………………斬《き》ル！」

「ヌウッ⁉」

あと半瞬、ナズナが短筒にこだわっていれば、彼女は血煙《ちけむり》あげて真っ二つになっていただろう。跳《と》びすさった彼女の残像と短筒を、剣光が断ち割る。しかも、娘《むすめ》の斬舞《ざんぶ》はまだ始まったばかりだ。人形めいた無表情な顔で踏《ふ》み込むと、二撃三撃《げき》――虚《むな》しく後退する女を残忍《ざんにん》なまでの冷徹《れいてつ》さで追い込んでゆく。

「な、なずな⁉」

ようやく引きはがした子猫を壁《かべ》に叩《たた》きつけたユキナが声をあげた。手にしたクナイを黒髪の娘に投げつけようとするが、

「オネーさンノ相手は、ぼくダヨ！」

悪戯《いたずら》っぽい声とともに、その手元に飛び込んできた影がある。大胆《だいたん》にも、ほとんど息がかかりそうな距離《きょり》に肉薄《にくはく》した赤毛の少女――ネネは両手に握《にぎ》った戦棍《トンファー》をくるりと撃ち上げた。ユキナはかろうじてこれをクナイで受けるが、反撃に転じるより早く、側方から第三の敵――ポニーテールの娘が薙刀《なぎなた》を手に撃ちかかる。

「オノれ、クセ者！　何者でスノ、アナたガタハ⁉」

「……姫様、ソノ人タちハ忍衆でスワ！」

そう叫んだのは、ただ一人、戸口にしゃがみこんでいた娘だ。丸眼鏡《まるめがね》を押し上げ、扉《とびら》の下に

差し込まれていた楔──いやシコロと呼ばれる忍び道具を見つめて指摘《してき》する。

「コノしころノ形状カら言ッテ……タブン、こうがノ方たチでスね。ホラ、ココノ出ッ張リが蹄鉄《ていてつ》ミタイな形ヲシテルデショウ？　コレハ、こうがノ里ノ特徴《とくちょう》デ……」

「ゆずはサン、解説ハ後ニナさッテ！　ソレヨリ誰《だれ》カ人ヲ呼ンデキテクダサイマセ！」

薙刀を旋回《せんかい》させていた〝姫様《ひめ》〟が怒鳴った。本来、このような狭《せま》い室内では不利な得物を巧《たく》みに操《あやつ》りつつ、少女たちに命じる。

「ヨロシクテ、ねねサン、みことサン。コノ方タチハ生カシテ取リ押サエルノヨ。ナントシテモ捕《と》ラエテ、事情ヲ白状サセルノデス！」

「……クソッ、素人《しろうと》ノじゃじゃ馬ドモガ！」

イッキの声にクナイの女が苦々しげに唸《うな》った。青いルージュを塗《ぬ》った口を尖《とが》らせると、一の姫に怒声《どせい》を吐《は》きつける。

「コレデモ喰《く》ラエ！」

「姫サマ、危ナイ！」

とっさに体を飛ばしたネネがイッキを押し倒《たお》した。直後、その頭上をかすめさった含《ふく》み針が、背後の壁に深々と突《つ》き刺《さ》さっている。もしあのままだったら、一の姫は喉《のど》を突き破《やぶ》られていたところだ。

「ア、姫サマ……クセ者ガ！」

しかし、一同がイッキの無事を喜ぶより、窓を指さしたユズハの叫び声のほうが早かった。

一同の注意が含み針に向けられた一瞬《いっしゅん》の隙《すき》をついて、二人の女が硬玻璃《クリスタル》のはめ込まれた窓へと駆《か》け寄っていたのだ。

「ア、逃《に》ゲル気⁉　ヒきョー者！」

「ウルサイ、小娘《こむすめ》……汝《うぬ》ラとハ、マタ後日遊ンデヤルワ！」

追いすがろうとするネネと、無言のまま剣光を閃かせたミコトに向けて、薄《うす》い円盤《えんばん》が投じられた。床《ゆか》に落ちた直後、それは甲高《かんだか》い爆音《ばくおん》と大量の白煙《はくえん》をあげて炸裂《さくれつ》している。

「ゲ、ゲホゲホッ……エ、煙幕《えんまく》？　皆《みな》サン、早ク部屋から出テ！」

煙《けむり》が部屋に充満《じゅうまん》する間にも、二つの影は窓を破って豪雨《ごうう》の中へと飛び出していっている。追っても無駄《むだ》――もしくは危険と判断したのであろう。手巾《ハンカチ》で口元を覆って、イッキが娘たちに叫んだ。ついで、さかんに咳《せき》をしているシャーヤの手を引っ張る。

「ナニヲボサットしテイルノ、ひかげサン！　早ク、部屋ヲ出テ！」

「は……ハ、ハイ！」

あたふたと頷《うなず》くと、シャーヤは手を引かれるままに部屋を飛び出した。新鮮《しんせん》な空気が、痛む喉に音をあげて流入してくる。振《ふ》り返れば、室内の煙はすでに薄れ始めていたが、そこには当然ながら、あの二人の女の姿はない。

「あ、あの人たちはいったい……ア、ソ、ソうダ！」

呆然《ぼうぜん》とへたりこみかけて、シャーヤはその場に飛び上がった。その声に、咳《せ》き込んでいる少女たちを介抱《かいほう》していたイッキが何事かと振り向く。

「ド、ドウナサッたノ、ひかげサン……ソンナハシタなイ声ヲ出シテ」

「し、しん！　しんガ大変ネ！」

咎《とが》めるような目を向けた姫君の襟首《えりくび》を摑《つか》むと、シャーヤはまくしたてた。

どうして、自分はこんな必死になっているのだろう――そんなことをふと思いつつ、早口に怒鳴《どな》る。

「イ、イマノ人タち、しんヲ殺ス言てタヨ……しん、ドコニイマス⁉　スグ、案内スルヨロシ！」

第五話　イセ家の章Ⅳ

壱

日没《にちぼつ》からの雨は、いまや嵐《あらし》と化していた。

葡萄粒《ぶどうつぶ》ほどもある雨滴《うてき》が硬玻璃《クリスタル》の大窓を乱打し、突風《とっぷう》は〝城〟の各所に張り巡《めぐ》らされた電源ケーブルにぶつかっては悪霊《あくりょう》じみた咆哮《ほうこう》を発している。昏《くら》い空をときおりはためくは、青白い電光。そのたびに、荒涼《こうりょう》たる夜を光と影《かげ》が激しく踊《おど》る。

「やれやれ、ひどい天気になったものだ」

城宰席《アドミラルシート》から〝怒《いか》りの日〟もかくやという景色に目を向けると、イセ家家老サカイ＝ダイゼンは皺顔《しわがお》をしかめた。

この機動城塞《メガロフォート》〝カグラ〟がカズサ家のガス田を占拠《せんきょ》してすでに三ヶ月になる。だが、これほどの豪雨に見舞《みま》われたのは初めてだ。平坦《へいたん》な海陸はすでに一望千里の沼地《ぬまち》と化し、数百隻《せき》の陸艦《かん》も泥《どろ》に艦体の半ばを沈《しず》めてしまっている。それら陸艦の間を枯葉《かれは》色の軍士たちが這《は》い回っているのは、ガス田を浸水《しんすい》から守るためだ。すでに、いくつかの採掘施《さいくつし》設《せつ》が冠水《かんすい》したとの報告も入っている。主君イセ＝ドモンの留守を守るサカイとしては、これ以上の被害《ひがい》は避《さ》けたいところだった。

「管制士《オペレーター》、戦列艦《ガレオン》〝カゲロウ〟の機関区浸水はその後どうなった？　それと、第八鉱区に小隊を三つほど派遣《はけん》して防水作業を手伝わせろ。必要なら、村民の強制徴発《ちょうはつ》も許可する」

視線を窓から逸《そ》らすと、サカイは足下、ピラミッド状に配置された管制士たちに矢継《やつ》ぎ早の命令を発した。

〝カグラ〟天守艦最上層、中央司制室《コントロールルーム》――さしわたしでおよそ二十丈《六十メートル》四方、天井《てんじょう》の高さは五丈ほどもあろうかという広大な大広間。そこで働いていたのは二百名近い管制士たちだ。さしもの嵐の雄叫《おたけ》びも、化学性発光塗料《ケミカル・ルネッセンス》にほの白く照らされたこの空間までは聞こえてこない。私語さえほとんど交《か》わされず、ただ、卓上《たくじょう》を滑《すべ》る司制札《オペレーションカード》の擦過《さつか》音《おん》と、入力板《キーボード》の奏《かな》でる機械的な響《ひび》きだけが、深海底で聞く海鳴りのように一定のリズムを持って流れている。その静けさの中に身を置く限り、嵐など、別世界の出来事のようだ。

天守艦に搭載《とうさい》され、〝城〟のすみずみまで電力を供給している核融合炉《かくゆうごうろ》を機動城塞の心臓とするなら、この大広間はさしずめ〝城〟の頭脳に喩《たと》えられるだろう。エネルギーと物資の供給、そしてその生産機能のいっさいを管理・運営する巨大《きょだい》な脳。数百隻もの陸艦船を一つの生き物のようにコントロールする一方で、そこで働く数万人という人員の動きを把握《はあく》し、物流を司《つかさど》る。国家であり都市であり政府である〝城〟の運営は、なべて管制士たちの操《あやつ》る司制札《カード》――〝カグラ〃の中枢演算機構《メインフレーム》と直結して、情報の入力《インプット》と出力《アウトプット》を速《すみ》やかに行うインターフェイスにかかっている。ときに交換《こうかん》され、ときに他《ほか》の札と競合《デュエル》して勝敗《優先順位》を決めるこの司制札《カード》に連動して、命令と報告は血液のように絶え間なく〃城〃を循環《じゅんかん》しているのだ。

「城宰《アドミラル》、出撃《しゅつげき》中のお屋形さまより伝令！」

棺《ひつぎ》の中のように静かだった司制室に大声が響いたのは、ちょうど、サカイが哨戒《しょうかい》部隊配置についての司制札を切り終えた直後だった。二百対の視線が集中する中、立ち上がったのは最下層に座っていた外部連絡《れんらく》担当管制士だ。まだ若い通信士は、カラーに装着した咽喉《いんこう》マイクを押さえると、やや興奮気味に叫《さけ》んだ。

「二十八分前――二〇二〇《午後八時二十分》をもって、南東二十里の地点にて、カズサ家の追撃《ついげき》部隊との戦闘《せんとう》状態に入ったとのこと！」

「ついに始まったか……」

通信士の声に触発《しょくはつ》されたように、広間にざわめきが広がった。それはサカイとて例外ではない。司制札を切る手を止めて独りごちる。

「だが、〃フソウ〃を率いるカズサ＝シュウはなかなかに優秀《ゆうしゅう》な軍略家と聞く。お屋形さまにご武運があればよいが……」

「〃首狩《くびか》りドモン〃がカズサ家ごときに遅《おく》れをとるとは思えませぬ、城宰」

老家老の独白に口を挟《はさ》んだのは、サカイのすぐ足下で司制札を切っていた一級管制士だ。まだ少年の匂《にお》いを残したその管制士は、老人の心配性《しょう》をからかうように笑った。

「まして、今度はマンチュリアからの援助《えんじょ》を得ておりまする。なれば勝利は必定《ひつじょう》。もうじき、捷報《しょうほう》が伝えられることでありましょう。下手に気を揉《も》むより、祝杯《しゅくはい》の準備でもしておいたほうがよくはありませんかな？」

「あまり敵を舐《な》めてはならぬ。腐《くさ》っても鯛《たい》というではないか」

どうもここのところ、イセ家の若い軍士はことさら敵を軽視する傾向《けいこう》にあるようだ。老人らしい慎重《しんちょう》さで、サカイは若者を窘《たしな》めた。

「それに現在、我が軍の主力はほとんどお屋形さまとともに出払《ではら》ってしまっておることを忘れるな。特に、マンチュリアから供与《きょうよ》された例の機体――〝マガツガミ〟は一体残らず出撃しておる。いま、我が城を守っておるのはたかだか数十機の〝リキシ〟のみ。奇襲《きしゅう》を受けるようなことがあったら苦戦は免《まぬか》れまい。警戒《けいかい》は怠《おこた》らぬよう務めよ」

「城宰、お言葉なれど、それは少々、ご心配が過ぎるというものではありませぬか？」

家老に反論したのは、別の一級管制士だった。さきほどの若者よりやや年かさの女が、司制札を切りながら首を傾《かし》げたのだ。

「この〝カグラ〟と〝フソウ〟は三十里《百二十キロ》も離《はな》れております。この距離《きょり》で長駆《ちょうく》奇襲を仕掛《しか》けた戦例など、私は聞いたことがございませぬ」

「まあ、それはそうだ。だが、周辺の哨戒を怠ってはならぬ」

たしかにこの豪雨《ごうう》の中、しかも夜間、三十里もの距離を長駆奇襲してくる者があるとすれば、それはよほどの軍事的天才か、気の触《ふ》れた愚《おろ》か者だろう。ただでさえ機動城塞を攻略《こうりゃく》するのは、不可能に近い難事業なのだ。しかし、サカイは油断のない視線を窓へと向けた。武人としての勘《かん》に、何かがひっかかる。この雨の向こうから、危険な何かが近づきつつある——さきほどから、そんな胸騒《むなさわ》ぎがしてならない。

「甲士《シエル》隊の哨戒態勢をもう一度確認《かくにん》せよ」

ややうわついた雰囲気《ふんいき》を引き締《し》めようと、サカイは声を張り上げた。

「それと村人どもの監視《かんし》も怠るな。いちおう村長以下、人質《ひとじち》をとってはあるが、それでも血の気の多い連中が反乱を起こさぬとも限らぬ…………待て、いまのはなんだ？」

ふと、サカイの耳を奇妙《きみょう》な震動《しんどう》がくすぐったのはそのときだった。

潮騒《しおさい》、いや遠雷《えんらい》の響きによく似た重低音。しかし、それは空から聞こえたものではない。むしろ、足下から響いてくるではないか。

「おい、なんだ、この音は？」

「地鳴り？　いや、まさか……」

そして、サカイが腰《こし》を浮《う》かしたときには、司制室のすべての管制士たちが、不安げな声をあげていた。その足下から湧《わ》き起こってきたのは、奇怪《きかい》な震動だ。

「じ、地震《じしん》か!?　いや馬鹿《ばか》な、こんなところで地震など——」

　ありえぬ――サカイはその言葉を最後まで言い終えることができなかった。ひときわ大きく大地が揺《ゆ》らいだように思った次の瞬間《しゅんかん》、ほとんど大気そのものが爆発《ばくはつ》したかのような大音響《おんきょう》が、彼の言葉を掻《か》き消したからだ。

「なっ、なんだ、あの爆発は⁉」

　咄嗟《とっさ》に耳を覆《おお》ったサカイだったが、その直後、彼の目は窓外に吸い寄せられている。

　ガス田を中心に展開して停泊《ていはく》した陸艦《かん》の群れ――機動城塞《メガロフォート》〝カグラ〟前方の前衛艦隊の間から、巨大な火柱が天空に向けて立ち上っていたのだ。いや、火柱は一本だけではない。いまこのときも、そこかしこの大地を割って、天に昇《のぼ》る竜《りゅう》のように噴《ふ》き上がりつつあるではないか。

　噴き上がる炎《ほのお》の周囲では、異常に気づいた強襲艦《デストロイヤー》や砲艇《ガンシップ》が爆炎《ばくえん》を避《よ》けようと逃《に》げまどっているが、次々とあがる炎は鈍重《どんじゅう》な彼らの動きを嘲笑《あざわら》うかのように陸艦を捕《と》らえ、容赦《ようしゃ》なく呑《の》み込んでゆく。いや、船々を呑み込んでいるのは炎だけではなかった。

「じ、地割れだと……⁉」

　豪雨によって生み出された深い水溜《みずた》まり――そのあちこちに巨大《きょだい》な渦《うず》が巻いていた。雨によって緩《ゆる》んだ地盤《じばん》が、いまや爆発の衝撃《しょうげき》で漏斗《ろうと》状に陥没《かんぼつ》しつつあるのだ。

　それは喩《たと》えるなら、アリジゴクの巣《す》穴《あな》に似ていた。だが、大地に穿《うが》たれた魔神《ましん》の顎《あご》は、直径数百丈《たけ》はあっただろう。そのスリ鉢《ばち》状のクレーターに轟音《ごうおん》をあげて呑み込まれつつあるのは大小数百隻《せき》もの陸艦群だ。

「ま、まずい……管制士《オペレーター》、各艦に通達！」

神の怒《いか》りか、悪魔《あくま》の呪《のろ》いか——目の前で崩壊《ほうかい》してゆく〝カグラ〟の姿に息を呑みつつも、それでもなんとかサカイは己《おのれ》の義務を果たそうとした。椅子《いす》の手すりを爪《つめ》が砕《くだ》けるまで握《にぎ》って声を張り上げる。

「逃げろ！　とにかく逃げろ！　ガス爆発だ！　巻き込まれるぞ！」

「サカイ様！　あ、あれを……！」

なんとか最悪の事態を回避《かいひ》しようと叫ぶ老将の叱咤《しった》を、うわずった管制士の悲鳴が遮《さえぎ》ったのはそのときだった。思わずそれを一喝《いっかつ》しようとサカイはそちらを振《ふ》り返り——そのまま顔を強《こわ》ばらせた。

「あ、あれは——!?」

サカイの目を奪《うば》った白い塊《かたまり》——すぐ近くの地面から湧出《ゆうしゅつ》した水蒸気の柱が天を衝《つ》いて噴き上がったのと天守艦前方の大地に大穴が開いたのは、ほぼ同時だった。

弐

混雑、混乱、混沌《こんとん》——

傾《かたむ》いた格納庫は狂乱《きょうらん》の巷《ちまた》と化していた。

悲鳴と怒号《どごう》をあげながら、脱出用陸艀《だつしゅつようランチ》へと詰《つ》めかける軍士の群れ。その彼らを踏《ふ》み潰《つぶ》しながら、とにかく外に逃《のが》れようと戦騎に駆《か》け寄る甲士たち――ここには、軍隊と呼ぶに値《あたい》する秩序《ちつじょ》はもはやない。ただひたすらに狭《せま》い出口に押し寄せるその姿は、沈《しず》む船から逃げる鼠《ねずみ》の群れだ。

いや、事実、ここは文字どおりの〝沈む船〟であった。窓の外、闇《やみ》と稲妻《いなずま》と豪雨の支配する夜。そこに見えるのは大きく陥没した地面だ。そのスリ鉢状《ばちじょう》に窪《くぼ》んだ底に向かって徐々《じょじょ》に、しかし確実に滑《すべ》り落ちつつある数百隻もの陸艦の群れ――ほんの数十分前まで、〝カグラ〟を構成していた陸艦群は、いまや死にものぐるいでこのアリジゴクから逃れようと試みていた。だが、傾斜《けいしゃ》した斜面では液状化した泥《どろ》が渦を巻き、彼らの足を捕らえて離《はな》さない。そして燃料が尽《つ》きたもの、あるいは発動機が焼きついたものを待ち受けるのは、無慈悲《むじひ》な大地の牙《きば》だ。重力に引かれるまま泥と岩の底へ埋《う》もれた船が陽《ひ》の目を見ることは永久にない。道連れにされた軍士たちの悲鳴が、夜の底からかすかに響《ひび》く。

「いったい、外では何が起きてるんだ！　さっきの爆発、あれはなんなんだ⁉」

ヒステリックな声が、軽兵たちの間から起こった。むろん、それに応じるほど余裕《よゆう》のある者はいない。いや、応《こた》えられるほどの知識もなかっただろう。

現在、天守艦はその巨体を大きく前のめりに傾けていた。爆発とその直後の陥没は、〝カグラ〟やや前方――戦闘《せんとう》用陸艦群の集中する一角で起こったため、城塞中央に位置していたこの巨艦《きょかん》はスリ鉢の外縁《がいえん》部に突《つ》っ込んだ形となったのだ。一般《いっぱん》市民が生活する非武装陸船区画は〝城〟でも後方に位置するため、ぎりぎり悪魔の巣穴に呑み込まれることはなかったが、本来、居住船のほとんどは動力を天守艦の核融合炉《かくゆうごうろ》からの電力供給に頼《たよ》っている。そのため、電源ケーブルがちぎれた現在、この天守艦を外から引き上げるだけの力は彼らにはない。ただ、いたずらにスリ鉢の縁《ふち》で右往左往しては、沈みゆく陸艦艇《かんてい》を虚《むな》しく見守っているだけだ。

〈――おい、連中はどこだ!?〉

「れ、連中?」

突然《とつぜん》かけられた居丈高《いたけだか》な怒声《どせい》に振り返ったのは、最後の陸艀に乗り込もうとしていた軽兵だった。そこで自分を見下ろしていた枯葉《かれは》色の巨影《きょえい》――四機の自動甲《シエル》をやや怯《おび》えたように見上げて首を傾《かし》げる。

「れ、連中っていうと、誰《だれ》のことでありますか?」

〈連中といえば、下の村の連中に決まっているだろう! ほら、村長とか、めぼしい奴《やつ》らを十人ばかり、人質《ひとじち》に押さえただろうが!〉

一秒でも早く逃げ出そうとしている軽兵を、枯葉色の甲士《シエル》は乱暴に怒鳴《どな》りつけた。

胸の軍紋《もん》も腕《うで》の旗印も泥に汚《よご》れてよく見えなかったが、自動甲が旧型の〝リキシ〟であることからして、どうやら留守を守っている城宰《アドミラル》サカイの直属部隊であるようだ。こんなパニックであるにも拘《かか》わらず、その態度は横柄《おうへい》きわまりない。

〈サカイさまが、連中を連れてこいとおっしゃっている！　あやつらはどこに閉じこめてある？　さっさと言わぬか！〉

「や、やつらなら、牢《ろう》であります！」

甲士と軽兵の別は、そのまま社会的身分の差だ。背筋を伸《の》ばすと、軽兵はやや裏返った声で上申した。

「第三層第八区画に拘置《こうち》してあります！」

〈そうか、わかった。引き留めて悪かったな。さっさと逃げるがいい……だ、そうだ。聞いたな、お前ら？〉

そう言って甲士が顧《かえり》みたのは、敬礼とともに駆け去った軽兵ではなかった。後続する三体の自動甲《シエル》――枯葉色に装甲《そうこう》を装《よそお》っている〝リキシ〟たちに、やや低めた声をかける。

〈第三層ていうと、核融合炉のすぐ側《そば》だよな。ここからだと、ずいぶん離れている……さて、どう行けばいい？〉

〈冷却機《れいきやく》点検用通路を使って、いったん第二層まで降りれば、八分で到着《とうちゃく》できますね〉

やや陰気《いんき》に、しかし冷静そのものの口調で応じたのは、弾弓《だんきゅう》と呼ばれるリニアガンを背負った〝リキシ〟だった。自動甲《シエル》の大きな特色は、その装甲の色を自由自在に描《か》き換《か》えられることだが、枯葉色の装甲表面に精緻《せいち》な天守艦内見取り図を描いて付け加える。

〈それから、第五層に隠《かく》した陸艀《ランチ》で脱出……トータル二十分というところでしょうか〉

「いやいや、第七区の昇降機《しょうこうき》を使えば、牢屋《ろうや》まで七分でたどり着けるっスよ、シンさん」

弾弓の甲士のプランに反駁《はんばく》を加えたのは、斧槍《ハルバード》を脇《わき》にたばさんだ甲士だった。あげた面帽《バイザー》からきかん気な顔を覗《のぞ》かせた少年は地図を示して、自慢《じまん》げに鼻腔《びこう》を膨《ふく》らませた。

「それから、こっちの非常階段を使って脱出と……へへん、俺の案のほうが、てめえのよりトータル一分三十秒も速いぜ、ホーリィ」

〈非常階段を使うですって？　あそこはいま、脱出する皆《みな》さんですごい混雑ですよ、ヴァン。君のようなお猿《さる》さんならともかく、私たち人間が通り抜《ぬ》けるには時間がかかり過ぎます。したがって、そのプランは却下《きゃっか》です〉

「てめえ、勝手に仕切ってんじゃねえよ！　それと、誰が猿だ、誰が！　ああっ⁉」

〈じゃれあうのもそのあたりにしときなよ、二人とも〉

いきなり始まった喧嘩《けんか》に割って入ったのは、それまで黙《だま》っていた最後の甲士だった。背中に背負った斬馬刀《ざんばとう》を一つ揺《ゆ》すると、面帽《バイザー》から愛らしい顔が覗く。

「そんなことより、人質の居場所がわかったんだ。さっさと動こう。雨のせいで、こっちの予測より地盤沈下《じばんちんか》の速度が速い。このままだと、半時も経《た》たないうちに、あたいら泥の底だよ？それでもいいの？」

〈それは遠慮《えんりょ》したいところですね、カンキさま。もっとも、このエテ吉《きち》くんだけなら、泥の底でも岩の底でも放《ほう》り込んで、環境《かんきょう》美化に貢献《こうけん》したいと思わなくもありませんが〉

「……なんだったら、ちょいと外を散歩してくるか、ホーリィ？　ついでに、故郷の地獄《じごく》まで足を延ばしてきちゃどうだ？　そうしたら、ちったあこの世も清く正しく美しくなるってもんだ」

〈……ホーリィ、ヴァン。喧嘩は城に帰ってからにしろ〉

またもや睨《にら》み合いを始めた少年たちを窘《たしな》めたのは、最前、軽兵に人質たちの居場所を聞いた甲士だった。腰《こし》に長刀をたばさんだその甲士はホーリィ機の地図を仔細《しさい》に検分していたが、すぐに決断を下したように頷《うなず》いた。

〈ここの点検通路を使って第三層まで降りるのが一番早いか……よし、カンキ。お前はホーリィとヴァンを連れて、人質を助け出してきてくれ。救助に成功したら、かまわねえから、先に三人で脱出《だっしゅつ》してろ〉

「え、あんたはどうすんのさ、シン？」

三白眼ぎみの顔を面帽《バイザー》から覗かせた若者――カズサ＝シンに、トッ＝カンキは訝《いぶか》しげな声をかけた。黙っていれば愛くるしい顔をちょこんと傾げる。

「あたいらだけ先に脱出して……あんたは何をすんの？」

「俺か？　俺はこれからちょいと中央司制室《コントロールルーム》に行って、主電脳を覗いてくる。〝帝国《ていこく》〟からイセ家に送られた軍事援助《えんじょ》の証拠《しょうこ》が欲しい。主電脳を破って、その資料を漁《あさ》ってくる」

〈軍事援助の証拠ですって？〉

若い主《あるじ》の発言に首を捻《ひね》ったのはホーリィだ。理解に苦しむように問いを重ねる。

〈それは、マンチュリアがイセ家の内乱を支援《しえん》しているという例の話ですか？　しかし、なんだって、この非常時に？〉

「非常時だから、さ」

そこだけは描換《かきかえ》不能な胸の軍紋――カズサ家の木瓜紋《もっこうもん》にこすりつけた泥《どろ》が剝《は》げ落ちぬよう慎《しん》重《ちょう》な手つきで塗《ぬ》り直しながら、シンはぶっきらぼうに答えた。

「こんなときでもなきゃ、そんな機密資料においそれと近づけるわきゃねえからな。なにせ、他国の地方勢力への人道目的以外の援助は立派な国際法違反《いはん》だ。証拠を摑《つか》めば、マンチュリアを地救連に提訴《ていそ》できるだろ？　あるいは、それをネタにして連中を脅《おど》せるかもしれねえ。使い道はいくらでもある」

「ちょ、ちょっと待ってほしいっス、シンさん！　主電脳破り《ハッキング》は時間がかかるっスよ⁉　そうしてる間に、城が沈《しず》んじまったら……」

〈ヴァンの申すとおりです、若さま！　それに、あまりぐずぐずしていれば、ドモンたち主力部隊も戻《もど》ってくるかもしれません。そうしたら、我々はおしまいです〉

「ああ。だから、お前らは先にずらかってろ」

心配げに声をかけてくる小姓《こしょう》たちにことさら無愛想に応じると、シンは次の行動に移った――腰の長刀を握《にぎ》って、身を翻《ひるがえ》したのだ。

「司制室に行くのは俺だけでいい。お前たちは人質と先に逃《に》げてろ。これは命令だ」

「「あ、若さま！」」

二人の小姓たちが狼狽《ろうばい》の声をあげたときには、シンの自動甲は疾風《しっぷう》の勢いで走り始めていた。

脚部《きゃくぶ》の走行補助装置を全開で作動させながら、人気のなくなった廊下《ろうか》を疾駆《しっく》する。

「さあて、司制室はどっちかな、と？」

〈ああ、それならそこの三番目の昇降機《しょうこうき》が直通だよ。最上階にあがったら、すぐ目の前さ〉

「おう、ありがとよ……って、なんでお前がいるんだ、カンキ！」

煙《けむり》が出そうな勢いで、シンは自動甲を急停止させた――振り返れば、そこには斬馬刀を背負った〝リキシ〟が一機、ついてきているではないか。

「てめえ、ホーリィたちと一緒《いっしょ》に行けっつーただろうが！　なにをのこのこついて来てやがんだ、阿呆《あほう》！」

〈だって、あんた、あたいがいないと何もできないじゃん？〉

一方、若者の怒声《どせい》など、少女はどこ吹《ふ》く風だった。姿を作ると、しれっと言い放つ。

〈こんないい女が、ミドリムシなみに女に縁《えん》のないあんたとデートしてやろうってんだ。ちょっとはうれしそーな顔をしたらどう？〉

「阿呆か！　ここはアブねえって、さっきも言ったろうが！　だいたい、てめえに何かあったら、俺ぁ――」

〈あー、そういう話はあとあと〉

なおも何か怒鳴《どな》ろうとする若者の目の前で大きな手を振《ふ》ると、カンキは面倒《めんどう》くさげに肩《かた》をすくめた。

〈それよか、ほら、昇降機が来たよ。あんた、まだ自殺する気はないんだろ？　だったら、ちょっと急いだほうがよくないかにゃー？〉

「コンの、クソガキゃあ……」

振り上げた拳《こぶし》の持って行きどころに迷って、シンは声を震《ふる》わせた。しかし、目の前の小娘《こむすめ》もしくはその形をとった悪魔《あくま》の言うとおり、いまは一分一秒でも時間が惜《お》しい。

「くそっ！　そこまで言うなら連れて行ってやる！」

吐《は》き捨てると、シンはちょうど扉《とびら》を開いた昇降機に乗り込んだ。面帽《バイザー》をおろしながら、ふて腐《くさ》れぎみに付け加える。

〈しかし、ちょっとでも足手まといになったら外に放《ほう》り出してやるから、そう思え！〉


ぶ厚い面帽が持ち上がると、照準線《レティクル》から目標を覆《おお》い隠《かく》した。

あと三秒早く発砲《はっぽう》していれば、若者の頭部は熟《う》れすぎた西瓜《すいか》のように破裂《はれつ》していたはずなのだが――小さな溜息《ためいき》をつくと、狙《そ》撃《げき》手は光学照準機《スコープ》から目を離《はな》した。かまえていた大型の長銃《ライフル》を湿《しめ》った地面におろす。

いかに超長距離射撃用《ちょうちょうきょりしゃげき》の長銃とはいえ、この距離で自動甲《シエル》の装甲《そうこう》を、しかも硬玻璃《クリスタル》の窓越《ご》しに貫通《かんつう》するだけの威力《いりょく》はない。狙撃は諦《あきら》めるしかなさそうだ。

とはいえ、狙撃手は落胆《らくたん》はしても失望はしていなかった。仕事《ビジネス》は困難であればあるほど燃えるものだし、それに狙撃に失敗したとて、他《ほか》に殺《や》り方はいくらでもある。遠距離《えんきょり》から殺せないなら、近づいて殺るまでのことだ。

やや厚めの唇《くちびる》に薄《うす》い笑《え》みを貼《は》り付けると、狙撃手は、傍《かたわ》ら、灌木《かんぼく》の陰《かげ》で雨に打たれている自動甲に乗り込むべく立ち上がった。

その間にも、すんでのところで死を免《まぬか》れた若者は、連れの甲士と一緒に昇降機に乗り込んでいる。おそらくは中央司制室《コントロールルーム》に向かうつもりだろう。天守艦《かん》の中でも、様々な通路が集中するあそこなら、目標に接近するのに最適だ。壁《かべ》越《ご》しに射殺してもよし、背後に忍《しの》び寄ってのど頸《くび》を掻《か》き切ってもよし……

ともあれ、今夜はまだまだ楽しめそうだ。

参

階段状の広間には、二百に近い管制士席が並んでいたが、そのいずれにも座っている者の姿はなかった。いや、扇形《おうぎがた》に広がった階段の最上階、城宰席《アドミラルシート》にすら、人影《ひとかげ》はない。

機動城塞《フォート》〝カグラ〟中央司制室《コントロールルーム》――本来なら、百人以上の管制士《オペレーター》や物頭《ルテナント》たちが詰《つ》めているはずの広大な空間は、城宰席も含《ふく》めて完全にもぬけの空だった。無人の広間の天井《てんじょう》で、化学性《ケミカル》発光塗料《ルミネッセンス》だけが寒々しく輝《かがや》いている。

「やれやれ、骨のある男は一人もいなかったのかねえ」

司制札《オペレーションカード》やその他の書類が散乱する座卓《ざたく》を見回していかにも嘆《なげ》かわしげなため息をついたのは、広間の中央に立ったカンキだ。金髪《きんぱつ》の王女は足下に落ちていた司制札を拾い上げると、それを指先に弾《はじ》いた。

「まあ、連中もこんな攻撃《こうげき》をかけられるなんて思ってもなかったんだろうけど……相手が悪かったよねえ。こんないかれた手を考えつくような狂犬《きょうけん》なんかが相手で」

〈カンキ、無駄口《むだぐち》はあとにしろや〉

慨嘆《がいたん》する少女を急《せ》かしたのは、面帽《バイザー》をおろしたままの黒い甲士だ。シンは自動甲《シエル》の脚部《きゃくぶ》出力を最大に設定すると、ピラミッドの最上階、城宰席まで跳躍《ちょうやく》した。音もなく着地すると、ひときわ拵《こしら》えの立派な端末《たんまつ》に触《ふ》れ、モノクロの真空管ＣＲＴに入力画面を呼び出す。

〈時間がねえ。とにかく、電脳を破るぞ……まずは主電脳に接続《アクセス》してイセ＝ドモンの個人フォルダを呼び出す。その中から、隠し帳簿《ちょうぼ》を捜《さが》すんだ〉

「ああ、それはあたいにまかせな」

人差し指で五月雨《さみだれ》式にキーを押していたシンを脇《わき》に押しやると、カンキがぺきぱきと指を鳴らした。ついで、琴《こと》でも奏《かな》でるような優雅《ゆうが》さで打ち込みを始める。

「ええっと、主電脳はこれ？　偽物接続認証《インチキアクセスコード》はチューチュータコカイナ、っと……よし、ＯＫ。ドモンの個人ファイルはどこかな？　防壁《ぼうへき》の解除はここをこうして……ああ、失敗した！　くそ、ユズハがいてくれたら、こんなの、ちょちょいのちょいなんだけどねえ」

〈いちいち弱音は吐かなくていいから、とっとと指を動かせ〉

舌打ちしている少女を、シンは無愛想に急かした。わずか十一歳という年齢《ねんれい》にも拘《かか》わらず、地救連最高学府《ハイアカデミー》の入学試験にパスしたほどの天才的頭脳を持つカンキだが、残念ながら、ユズハのような電脳衆——旧時代の遺物である電子頭脳の制御《せいぎょ》を専門に司《つかさど》る一族の出身というわけではない。有能ではあっても、専門家ではないだけに、自然、限界がある。

〈なんせ時間がねえんだ。五分して見つからなかったら、あきらめてずらかるぞ〉

「だから、そんなに急かすなって。これでも、精一杯《せいいっぱい》急いでんだからさ……それにだいたい、この状況《じょうきょう》を作ったのはてめえじゃんか？」

めまぐるしく端末を叩《たた》きながら、カンキは目だけを窓へと動かした。いまこのときも、大地に呑《の》み込まれつつある陸艦群に同情するように小さな吐息《といき》をつく。

「まったく、すごいよ。まさか、城攻《しろぜ》めにこんなえげつない手法があったなんてねえ」

「えげつなくて悪かったな」

面帽をあげると、シンはぶっきらぼうに答えた。

そもそも〝怒《いか》りの日〟以前には、こんな場所にガス田など存在しなかった。西暦《せいれき》時代——つまりこのあたりがまだ海底だった頃《ころ》、ここの地下にあったのは〝メタンハイドレート〟と呼ばれる鉱物資源の大鉱脈である。〝燃える氷〟とも俗称《ぞくしょう》されるメタンハイドレートは、籠《かご》状に氷結した水分子に封《ふう》じ込められたメタンガスの結晶《けっしょう》だ。高圧・低温という特殊《とくしゅ》な条件下においてのみ安定して存在するこの特殊な燃料資源は、深海底かあるいは永久凍土《とうど》の地下にのみ埋蔵《まいぞう》され、西暦時代末期、新たな燃料資源として採掘《さいくつ》が始まったばかりだった。特に、ここシコク沖《おき》のメタンハイドレート鉱床《こうしょう》はその埋蔵量の豊かさで知られていたらしい。

しかし、氷河期の進行による海面水位の低下は、人類に対して期待とはやや異なる恩恵《おんけい》をもたらした——水位の低下＝水圧の低下によって、氷結していたメタンハイドレートの一部が溶《と》け、大量のメタンガスとして地下で気化し始めたのだ。そして発生したガスは地下空洞《くうどう》に溜《た》まり、このようなガス田を海陸沿岸部のあちこちに生み出した。つまりこのあたりは薄い地殻《ちかく》でガスを覆《おお》った風船が、いくつも並んでいるような状態にあったのである。そして、その風船の一つが人為《じんい》的に炸裂《さくれつ》させられたことで、周辺の風船まで連鎖《れんさ》的に破裂《はれつ》し、結果、陥没《かんぼつ》と液状化現象によって地殻上に位置していた〝カグラ〟を地下深くへと沈《しず》めたのだ。

「……それに喧嘩《けんか》ってのは、要は勝ちゃいいんだ、勝ちゃあ」

いまこうしているときも断末魔《だんまつま》のように汽笛の音を吐《は》きながら、数隻《せき》の陸艦が地の底へと沈みつつある。それを不機嫌《ふきげん》げに見下ろし、シンは吐き捨てた。

「逆に、負けたら、なにもかもおしまいじゃねえか。それを思えば、えげつないと言われようが、汚《きたな》いとけなされようが、俺はちっとも気にしねえよ」

〈ふーん、なるほどねえ。でもね、シン。それにしちゃ、あんた、ちょっとツメが甘くないかな……ほら、あそこ〉

金髪の少女《カンキ》が顎《あご》をしゃくった先では、やはり数百隻もの陸船が右往左往していた。〝カグラ〟後方に位置していた陸船隊だ。どうやら、陥没は全部の戦艦群《せんかん》のみを襲《おそ》い、後方の居住区画や工廠《こうしょう》区画はかろうじて被害《ひがい》を免《まぬか》れたらしい。もっとも、中央にあって機動城塞《メガロフォート》の運行全般《ぜんぱん》を取り仕切る天守艦がいま現在、アリジゴクに没《ぼっ》しつつある最中《さなか》だ。その統制を受けられない数百隻の船は、我先にクレーターから離《はな》れようとしてはすさまじい渋滞《じゅうたい》を作り出してしまっている。その醜態《しゅうたい》を小馬鹿《こばか》にしたように見おろし、カンキは愛らしい唇《くちびる》を吊《つ》り上げた。

〈たしかに陸艦《戦闘艦》はほとんど地の底だけど、陸船《民間船》はあのとおり無傷だ……ねえ、シン？　あんた、わざとあいつらを見逃《みのが》したね？〉

「……別に人情で見逃したわけじゃねえ。単に、あっちまで沈める余裕《よゆう》がなかっただけさ」

いたずらっぽくほくそ笑《え》む少女から、シンはぷいと視線を逸《そ》らした。遠く、右往左往している陸船団に、ことさら不機嫌げな表情を向けてみせる。

実際、あの混雑ぶりを見る限り、陸船団は遠くまでは逃《のが》れられないだろう。後刻、父の指揮するトウライ軍が到着《とうちゃく》すれば、あのほとんどは拿捕《だほ》されるはずだ。人員、財貨やインフラストラクチャーも無傷で接収されるだろう。それらの資材を使えば、破壊《はかい》してしまったガス田の復興も容易なはずだ……

　とはいえ、それは後付した理由にすぎなかった。

（このガキの言うとおり、俺は甘《あめ》ぇのか？）

〝カグラ〟撃沈《げきちん》だけを考えるなら、民間船を巻き込むことを躊躇《ちゅうちょ》すべきではなかった。いやそもそも、村長以下の人質《ひとじち》を救出する必要もなかったし、村人を安全な場所に避難《ひなん》させる手間をかけることもなかった。それをあえてやった自分は、やはり甘いのかもしれない。

「まあ、とはいえ、これだけのことをやったあんたのアイデアは褒《ほ》めてあげよう」

　内心で自分の甘さに臍《へそ》をかんでいる若者に声をかけたのは、金髪《きんぱつ》の小娘《こむすめ》だった。カンキは彼女にしては珍《めずら》しいほどの素直《すなお》さで、若者を賞賛した。

「城攻めといえば、世間の連中は真正面から攻めることしか考えてないからねえ。それを思えば、あんたの悪知恵《わるぢえ》はさすがだよ。あんたの伯父《おじ》さんがあんたのことを買ってるのも、少しはわかるねえ」

「……トウギ伯父貴《おじき》が俺を買ってるって？」

　カンキの言葉に、シンはふと視線をあげた。夢から醒《さ》めたような顔で鼻を鳴らす。

「ああ、ひょっとして、俺を養子にしてトウライを譲《ゆず》るとかいう例のバカ話か？　阿呆《あほ》らしい。俺は、この戦《いくさ》が終わって、マンチュリアの件もうまいこと片づいたら、さっさとこの国を出ていくつもりだ。大公なんぞになるつもりはねえよ」

「はあっ？　この国を出てくだって？」

理解に苦しむ──若者の言葉に、カンキは驚《おどろ》いたように声をあげた。丸く見開いた目で、若者の仏頂面《ぶっちょうづら》をまじまじと見つめる。

「つまり、トウライを去るってこと？　大公の位も捨てて？」

「だから、そう言ってるじゃねえか。頭悪《わり》ぃ奴《やつ》だな、お前も。俺はトウライを出る。商人……いや、ただの水夫でもいいな。とにかく自由の身になって、広い世界に出ていく。大公位？　そんなの、イツキに婿《むこ》さんとって、そいつに継《つ》がせりゃいいのさ」

唾《つば》といっしょに、シンは苦い言葉を吐き捨てた。

「俺ぁ、こんなチンケな国に縛《しば》られるのはごめんさ。カンキのみならず、周囲は皆《みな》、自分が大公位を狙《ねら》っていると思いこんでいる。だが、そんなものを欲しいなどと思ったことは一度もない。そこでいろんなものを見て、いろんな野郎《やろう》と話してえんだ。それより、もっと広い世界に出てえ。そお前ら相手に土産話《みやげばなし》なんかしたりしてな。俺の一生はそれでいいのさ。そしてたまには、ここに帰ってきて、それ以上は望まねえよ」

「へえ、それはもったいない。あたいがあんただったら……あ、あった！」

仏頂面の若者をからかおうとしていたカンキの声が、急に歓声《かんせい》に変わった。躍《おど》り上がるようにして画面を指し示す。

「あったよ、ドモンの個人ファイル！　ええっと、〝皇帝下賜金帳簿《こうていかしちょうぼ》〟……こいつじゃない、シン？」

「それだ！　でかした！　そいつをコピーできるか？」

「ちょっと待ってて。複製防止コードがついてる……ええっと、どっかにユズハたんにもらったコピーツールがなかったっけ？」

「早くしろよ。その間に、俺はホーリィたちが人質を救出したか確認《かくにん》を……うん？」

別の端末《たんまつ》に向かおうとしたところで、シンはふと小首を傾《かし》げた。別に理由はない。ただ、なんとはなく背筋に冷たいものを感じたのだ。ちょうど、戦場で銃口《じゅうこう》を向けられたときに流れるような不快な空気。

「……気のせいか？」

大広間を見回し、シンは独りごちた。側《そば》でカンキが端末を叩《たた》く軽快な音以外、人の気配はなく、怪《あや》しい影《かげ》も見あたらない。

さすがに、気が立っているのだろうか？

剣《けん》にかけた手を離して、シンは苦笑《くしょう》した。このとき、頭上の通風口から、短筒《ピストル》の銃口がこちらに向けられていることには気づいていない。まして、短筒に取り付けられた照準器の中心に、剝《む》き出しになった自分の後頭部が捉《とら》えられていることなど想像だにしていなかった。その間にも、通風口の中に身を沈《しず》めた何者かはわずかに唇を吊り上げると、ゆっくりと引き金を絞《しぼ》っている——

〈俺の城で何をしている、小僧《こぞう》ども！〉

ずしりと腹に響《ひび》くような怒声《どせい》が広間に轟《とどろ》いたのは、そのときだった。

通風口の中に潜《ひそ》む者が咄嗟《とっさ》に引き金から指を離したことも、自分が危《あや》ういところで命を拾ったことも、シンは結局気づかなかった。いや、それどころではなかったというべきか——あわてて振《ふ》り返った目の前、広間の出入り口を塞《ふさ》いで立っていたのは巨大《きょだい》な人影《ひとかげ》だ。

〈その顔は見たことがあるぞ……たしか、シンとか言ったか？　左将軍のバカ息子《むすこ》だな！　答えろ！　俺の城で何をしている⁉〉

〝首狩《くびか》りドモン〟——泥《どろ》だらけの重動甲《ヘヴィシエル》が怒号《どごう》を発した。

四

おそらく、爆発《ばくはつ》を目撃《もくげき》するや、単騎《たんき》、全力で引き返してきたのであろう。泥まみれの機体の背後に続く甲士の姿はない。だが、なみの自動甲《シエル》の二倍はありそうな巨体《きょたい》は重動甲《ヘヴィシエル》——戦術単位としては重甲士と呼ばれる特殊《とくしゅ》機だ。しかも、どうやら白兵戦専用に特化された機体らしい。両腕《りょううで》にひっさげた大鉞《バトルアックス》が、天井《てんじょう》からの明かりを浴びて不気味に輝《かがや》いている。

〈小僧ども！　こんなところに入り込んでなにをしている？　ここは貴様らのようなガキのくるところではないぞ！〉

「ああ、すまねえな。ちょいと散歩の途中《とちゅう》に道に迷っちまったい」

腰《こし》の剣にそろそろと手を伸《の》ばしながら、シンは声だけはのんびりと答えた。

「なにせ、連れがとんでもない方向音痴《おんち》なもんでな。この前なんか、危うく日本湖のほうまで連れていかれかけてよ。帰ってくるのに、そりゃ苦労したぜ……ああ、すぐに退散するんで、お茶はいらねえ。悪かったな。留守中に勝手にあがりこんだうえに、さんざん騒《さわ》がせちまって」

〈では、貴様たちか⁉ 俺の城をこんなふうにしてくれたのは！〉

シン個人としては可能な限り友好的《フレンドリー》に挨拶《あいさつ》したつもりだったが、どうやら先方は人を食ったようなその態度がお気に召《め》さなかったらしい。人の脂《あぶら》と機械の油で赤黒く濡《ぬ》れた大斧《おおおの》が持ち上がると、軋《きし》るような声で巨人《きょじん》は吼《ほ》えた。

〈貴様のような小僧ごときに俺の夢が……絶対に許さんぞ、小僧！〉

「──うおっ！」

風鳴る異音が鼓膜《こまく》を叩いたときには、大気を斬《き》り割って大鉞が旋回《せんかい》している。あと半秒、後方への跳躍《ちょうやく》が遅《おく》れていれば、シンの頭部は斬り飛ばされていただろう。

（こいつ、見た目より速《はや》え！）

緩《ゆる》やかに動いている二振りの大鉞は獲物《えもの》を狙うカマキリを思わせる。その凶器《きょうき》に視線を固定しつつ、シンは背中に冷や汗《あせ》が噴《ふ》き出すのを抑《おさ》えきれなかった。

いまの攻撃《こうげき》、間合いがまるで読めなかった。敵の巨体を計算にいれて距離《きょり》をとっていたはずなのに、気が付いたときにはリーチに入っていた。その脅威《きょうい》に内心で舌を巻きつつ、それでも、顔だけは平静を装《よそお》ってせせら笑う。

「怒《おこ》る気持ちもわからんでもないが、クレームはまたいつかゆっくりと聞いてやる。いまはとっとと逃《に》げちまわないか？　このままだと、お互《たが》い、生きたまま土葬《どそう》されちまうぜ。それはあんたも嫌《いや》だろう？」

〈はっ……愚《おろ》かな戯言《たわごと》を！　地の底に埋《う》まるのは貴様らだけだ、ひよっこどもが！〉

ふたたび重甲士が床《ゆか》を蹴《け》った──管制士卓《たく》を紙細工のように踏《ふ》み潰《つぶ》しながら、二丁の斧を怪《かい》鳥《ちょう》の翼《つばさ》の如《ごと》く拡げる。

「ちいっ！」

リーチ的には向こうの方が長い以上、零距離《ゼロきょり》戦で仕留めるしかない──とっさに覚悟《かくご》を決めると、シンは抜剣《ばっけん》した。赤く輝く光剣を肩《かた》に担《かつ》ぐと、繰《く》り出された大鉞の軌跡《きせき》を読む。その交《こう》叉《さ》する瞬間《しゅんかん》に生じた隙《すき》をかいくぐって、懐《ふところ》に飛び込もうと膝《ひざ》をたわめるが──

「──なにっ⁉」

いましも相手の懐に飛び込もうとした瞬間、シンの目の前で光芒《こうぼう》が煌《きら》めいた。たしかに間合いの外にあったはずの大鉞が、頭上に翻《ひるがえ》ったのだ。まるでドモンの腕《うで》が伸びたとしか思えぬ。

愕然《がくぜん》とする間にも、大鉞は唸《うな》りをあげてシンの脳天に落ちかかった。

〈貴様らごとき、三分もあれば料理できる……この〝首狩りドモン〟を舐《な》めるな！〉

「シ、シン、あぶない……きゃんっ！」

「カ、カンキ！」

このとき、横合いから飛び出した少女に体当たりされていなければ、シンの頭部は頭蓋骨《ずがいこつ》ごと真っ二つに断《た》ち割られていたはずだ。しかし、頭部こそ斬り割られるのは免《まぬか》れたものの、シンの表情は凍《こお》りついたように蒼白《そうはく》になっている。大鉞はカンキの背中にもろに叩《たた》きこまれ、その体を壁《かべ》まで吹《ふ》き飛ばしたのだ。

「カンキ！　この馬鹿野郎《ばかやろう》！」

とっさにシンは吼えた。しかし、金髪《きんぱつ》の少女を内部に収めた自動甲は床にくずおれたままぐったりと動かぬ。その下に、赤い水溜《みずた》まりがゆっくりと広がり始めた。

「カンキ……てめえ、ドモン！」

〈吠《ほ》えるな、若造！　すぐに貴様も、手下のところに送ってやる！〉

牙《きば》を剝《む》いた若者に対し、重甲士は哄笑《こうしよう》で応《こた》えた。二丁の大鉞を頭上で旋回させると、それを幻惑《げんわく》するように左右交互《こうご》に持ち換《か》える。

〈次は貴様だ……そら、地獄《じごく》に堕《お》ちるがいい！〉

「いい気になるなよ、おいぼれ……」

地響《じひび》きをあげて突撃《とつげき》してきた巨影《きよえい》を見つめたまま、シンの三白眼がすっと細まった。それまでの激情がまるで拭《ぬぐ》ったように顔から消え去ると、人形めいた無表情な顔になる。

「てめえのそのデカブツ、もうカラクリはわかった。次はねえっ！」

〈はっ、つまらん戯言《ざれごと》を！　次がないのは貴様だ、小僧《こぞう》……なにいっ⁉〉

嘲笑《ちょうしょう》とともに大鉞を振《ふ》り下ろした重甲士が、脚《あし》をもつれさせた――たしかに白刃《はくじん》の下に捉《とら》えた獲物の姿がその瞬間、消失したのだ。いや違《ちが》う。ほとんど密着するように、黒い甲士《シェル》が懐に飛び込んできているではないか。

〈ば、馬鹿《ばか》な……俺の斬撃《ざんげき》を避《よ》けただと⁉〉

「言ったろうが、てめえのカラクリは見切ったってな」

彼我《ひが》の距離はほぼ零距離。

密着状態で光剣を重甲士の腰部《ようぶ》――人間でいえば臍《へそ》のあたりに押し当てながら、シンは静かに囁《ささや》いた。巨体《きょたい》を覆《おお》ったぶ厚い装甲《そうこう》が、唯一《ゆいいつ》、欠けたその部分を正確に剣先に捉えて唇《くちびる》を吊《つ》り上げる。

「この重動甲《ヘヴイシエル》、上半身と下半身が別ユニットになってるんだな。斬撃の瞬間、腰《こし》がはずれるんだ。どうりでリーチが読めなかったはずだぜ。だが、それがわかっちまえば……弱点もわかるぜ！」

〈や、やめ……ぐ、ぐおおおおっ！〉

薄《うす》い膜《まく》に覆われただけの腰――脊椎《せきつい》の一番下のあたりを刺《さ》し貫《ぬ》かれた重甲士が悲鳴をあげた。巨体が嘘《うそ》のようにのけぞると、たたらをふんで倒《たお》れる。操縦槽《そう》を含《ふく》む上半身を、傷ついた背骨が支えきれなくなったのだ。

「けっ、口ほどにもねえ……」

轟音《ごうおん》をあげて倒れた巨人《きょじん》を冷たい目で見下ろし、シンは唇をねじ曲げた。無慈悲《むじひ》にとどめを刺そうとして、いまはそれどころではなかったことを思い出す。

「おっと、こんな馬鹿にかまってる場合じゃなかった……おい、カンキ！　無事か⁉　しっかりしろ、この馬鹿ガキ！」

倒れたまま動かぬ娘《むすめ》の側《そば》に、シンは大あわてで駆《か》け寄った。

操縦槽《コクピット》の中は警告灯の輝《かがや》きで眩《まぶ》しいほどだったが、安全帯《ハーネス》に縛《しば》り付けられたイセ＝ドモンは目の前が暗くなる思いだった。

「く、くそ、待避口《ハッチ》が開かん……」

いや、動かないのは待避口だけではない。さっきから懸命《けんめい》にコマンドを入力しているにも拘《かか》わらず、緊急脱出装置《エマージエンシーシステム》のいっさいが作動しないではないか。

カズサ家の小僧はいまのところ傷ついた仲間に気を取られているようだが、いつとどめを刺しに戻《もど》ってくるかわからない。いや、仮に見逃《みのが》されたとしても、このままでは〝カグラ〟ごと地の底に生き埋めになってしまう——偉丈夫《いじょうふ》は牙を剝いて唸ると、きらびやかに瞬《またた》くだけで役にも立たぬ警告灯の群れを罵《ののし》った。

「ええい、どうなっておる！　この役立たずが！」

〈……どうされました、ドモン卿《きよう》？〉

ドモンの怒声《どせい》に、とぼけたような声が応じたのはそのときだった。顔に直接装着した片眼鏡《モノクル》型のヘッドアップディスプレイ――そのＬＥＤ画面に、貧相な中年男のバストアップが像を結んだのだ。

〈えらくお困りのようですが、なにごとで？〉

「おお、ちょうどよかった、ツァイゲル殿《どの》！」

ヴァルター・ツァイゲル――皇帝勅使《こうていちょくし》を前に、ドモンは救われたように表情を綻《ほころ》ばせた。通信用レーザーが送られてきているということは、ツァイゲルはまだこの近くにいるということだ。脱出《だっしゅつ》の支援《しえん》を得んと泣きつく。

「勅使殿はいまはどちらに？　申しわけないが、救助をお願いいたしたい。このドモン、少々、不覚をとり申した。ところが、脱出装置が故障したらしく、まるで動かず……」

〈脱出装置が動かない？　ああ、それでいいのですよ。それは故障ではありません〉

ドモンの訴《うった》えに、ツァイゲルはいささかも驚《おどろ》いた様子を見せなかった。相変わらず飄々《ひょうひょう》とした口調で、とんでもない事実を告げる。

〈まことに勝手ながら、システムはこちらでロックさせていただきました……ドモン卿、あなたの役目はここまでです。あとのことは万事《ばんじ》、こちらにお任せください〉

「……なに？」

最初、ドモンは相手がなにを言っているか、まるで理解できなかった。いや、理解したくなかったと言ったほうがいい。ようやく意味がわかり始めたときには、声帯が勝手に狼狽《ろうばい》しきった声を発している。

「拙者《せっしゃ》の役目がここまでとは、どういうことですかツァイゲル殿⁉　ま、まさか、あなた……いや、帝国《マンチュリア》は拙者を……」

〈申し訳ございません、ドモン卿。我が帝国に、無能な人材は必要ありませんので〉

気の毒げに告げた中年男の表情は、遺族に弔辞《ちょうじ》を述べるベテランの葬儀《そうぎ》屋にそっくりだった。

が、ドモンが応じるより早く、画像は消えてしまっている。

「ツァイゲル殿⁉　お答えくだされ、ツァイゲル殿！　くそっ、どういうことだ、これは⁉

マンチュリアはこの俺を……うん？」

中年男とその向こうにある組織を口汚《くちぎたな》く罵ろうとして、ドモンはふとコンソールに目を落とした。警告灯の輝きですでに真っ赤な卓上《たくじょう》、けたたましい電子音とともに、ひときわ眩《まばゆ》い警告灯が点滅《てんめつ》を開始している。コンソールでもそのあたりは重動甲機《ヘヴィシエル》関部の作動状況《じょうきょう》を報告する一角だ。警告灯の側に描《えが》かれた略図を一瞥《いちべつ》した瞬間《しゅんかん》、ドモンは蒼白《そうはく》になった。

「ジェ、化電炉《ジェネレーター》が暴走している……⁉」

「う、うおっ！」

何者かが背後から激しいタックルをかけてきたのは、シンが半壊《はんかい》した自動甲からようやく怪我人《カシキ》の小さな体を引きずり出すことに成功した直後だった。振《ふ》り返れば、最前、動きを止めたはずの巨体《きょたい》が、生きる屍《しかばね》のように抱《だ》きついている。

「てめえ、ドモン！　このくたばり損《ぞこ》ない、まだやるつもりか！」

脊椎《せきつい》を破壊《はかい》されているにも拘わらず、さすがに重動甲《ヘヴイシエル》は重動甲だ。すさまじいパワーと重量にがっちりと押さえ込まれたまま、シンは必死でもがいた。なんとか拘束《こうそく》を解こうと四肢《しし》をばたつかせて怒鳴《どな》る。

「黙《だま》ってりゃ、見逃してやろうと思ったのに……よし、その手を離《はな》せ！　望みどおり、叩《たた》き斬ってやらあ！」

〈お、俺は知らん！　勝手に機体が動いておるのだ！〉

シンの予測に反して、重甲士の発した声は挑戦《ちょうせん》の雄叫《おたけ》びではなく、半狂乱《はんきょうらん》の悲鳴だった。イセ＝ドモン――西海一《さいかい》の弓取りともあろう男が、すがるように救いを求めたのだ。

〈そ、それより、助けてくれ！　こいつ、化電炉《ジエネレーター》が暴走している！　畜生《ちくしょう》、はめられた！　奴《やっ》ら、最初から機密保持のために――〉

「奴ら、だと⁉」

いったい誰《だれ》が、なんのためにドモンをはめたのか――シンの疑問は永遠に答えを得られなかった。次の瞬間、背中に抱きついた重動甲が大音響《おんきょう》とともに吹《ふ》き飛んだからだ。

「ぐはっ！」

むろん、密着していたシンもまた、無事ではすまなかった。大気そのものが拳《こぶし》と化したかのような衝撃《しょうげき》が背中を叩き、自動甲ごと壁《かべ》に叩きつけられる。

「ぐ……う……クソ、が……」

頭部ハッチを開いていたのが失敗だった——もろに爆風《ばくふう》を食《く》らった頭で、ぼんやりとシンは考えた。ともすれば飛びそうになる意識を懸命《けんめい》に繋《つな》ぎ止めながら、次になにをせねばならないか考えをまとめようと試みる。

立ち上がる方がいいのか、それともこのまま、壁にもたれかかったまま体力の回復を待つべきか——しかし、たったそれだけの思考作業がいっかな終わらない。どうやら、軽い脳震盪《のうしんとう》を起こしているらしい。視界がかすんでいるのもそのためだろう。

「そうか……ここはやばいんだった……カンキを連れて逃《に》げねえと……」

緩《ゆる》やかな下降感が、シンに自分のいまいる場所がどこであるかを思い出させた。陥没《かんぼつ》した大地に沈降《ちんこう》中の〝カグラ〟の中。このままだと生き埋《う》めになる……

〈——おやおや、これは私が手を下すまでもありませんでしたか？〉

冷ややかな機械音声が、白濁《はくだく》した意識を叩いたのはそのときだった。

そちらに目をむければ、霧《きり》がかかった視界に大きな人影《ひとかげ》が映っている——いや、あれは人などではない。どこから現れたものか、闇《やみ》そのものを象《かたど》ったような黒い甲士が、いつのまにかそこに立っているではないか。その姿を見たときふと、きれぎれに混濁《こんだく》した記憶《きおく》の底から、ハグン村の遺跡《いせき》で見た悪夢が浮《う》かび上がってくる。

「て、てめえ、あのときの……」

〈覚えていてくださいましたか。光栄ですね、左将軍家の若君〉

くすりと笑うと、黒い甲士——隠密《おんみつ》戦用の自動甲は黒光りする刃《やいば》を抜《ぬ》いた。もはや身動きすらままならぬ若者の頭上に、鋭《するど》い切っ先を垂らしてほくそ笑《え》む。

〈実は、あのあともずっとお側《そば》でお命を頂戴《ちょうだい》する機会をお待ちしていたのですが、なかなか運に恵《めぐ》まれませんでした。このようなお取り込み中にたいへん申し訳ございませんが、どうかお許しくださいませね〉

公子殿下《でんか》への礼を尽《つ》くしているのか、それとも無力な獲物《えもの》をいたぶっているのか、微妙《びみょう》なところであったが、刺客《しかく》の口上をシンはそれ以上聞き取れなかった。

意識が途《と》切《ぎ》れたわけではない。その逆——いましも凶刃《きょうじん》が突《つ》き下ろされようとした刹那《せつな》、けたたましい音をあげて、黒々とした影《かげ》が広間に突っ込んできたからだ。

〈…………なっ⁉〉

そして、その出現は刺客にとっても予想の外だったらしい。凶器《きょうき》を振り下ろすこともわすれて背後を顧《かえり》みる。

しかし、そんな彼——もしくは彼女の驚愕《きょうがく》など、正面の壁を突き破《やぶ》るように現れた鉄の猛《もう》獣《じゅう》は関知しなかった。猛獣――角張った車体と大きく側面に張り出したタイヤを備えた六輪バギーは、そのまま、ブレーキなんてものは知りませんと言わんばかりの勢いで刺客の方へ突っ込んでくる。

〈な、なんて運転⁉〉

刺客としては、いささか間の抜けた台詞《せりふ》であったが、この場合はシンでもそう叫《さけ》んだだろう。かろうじて跳《と》びすさった黒い甲士をかすめるように行きすぎたバギーは、そのまま、ぐったりと倒《たお》れたままのシンのすぐ側の壁に突っ込んだ。崩《くず》れてきた瓦礫《がれき》に半ば埋もれるようにしてようやく停車する。

一方、鉄獣がその狂気《きょうき》じみた動きを止めたことで、ようやく余裕《よゆう》を取り戻《もど》したらしい。跳びすさった姿勢のまま、黒い甲士は停車したバギーの側面、黒く穿《うが》たれた紋章《もんしょう》にカメラを向けた。

〈木瓜紋《もっこうもん》⁉　どこの手の者……っ⁉〉

カズサ家――それも〝フソウ〟の紋章を確認《かくにん》した刺客を、一陣《いちじん》の凶風が打ったのはそのときだった。

刺客から見て反対側、バギーの側面に貼《は》り付くようにしがみついていたものらしい。澄《す》んだ気合いとともに跳躍《ちょうやく》した桜色の甲士が、手にした長柄《ながえ》の薙刀《なぎなた》を勢いよくその頭上に振り下ろしたのだ。

〈怨敵退散《おんてきたいさん》！　兄さまから離れなさいっ、この不埒者《ふらちもの》っ‼〉

〈ぐうっ！〉

薙刀は、数センチの誤差で刺客の頭を逸《そ》れた。が、完全に無傷で避《よ》けるわけにはいかなかったようだ。苦しげな声とともに後退した刺客の右腕《みぎうで》はだらりと垂れ下がってしまっている。

〈ちっ……今日はここまで！〉

舌打ちとともに、刺客の左手が翻《ひるがえ》った。薄《うす》い円盤《えんばん》状のものが床《ゆか》を滑《すべ》ったかと思うと、大音《だいおん》響《きょう》とともに破裂《はれつ》する。同時に拡がったのは真っ白な煙《けむり》だ。

〈また煙幕《えんまく》!?　ええい、逃げられましたわ！〉

そしてその煙が薄れたときには、黒い甲士《シエル》の姿は影も形もなくなってしまっている。ただ、壁に開いた大穴に向かって点々と残った循環剤《じゅんかんざい》の痕《あと》だけが、あの存在が現実のものであったことをわずかに証明するだけだ。

〈くせ者を逃がしてしまいましたわ！　このイッキ、一生の不覚……って、それどころじゃありませんでしたわっ！　兄さま！〉

薙刀の石突《いしづ》きで床を殴《なぐ》りつけていた桜色の甲士が、我に返ったように悲鳴をあげた。壁に突っ込んだバギーとその運転手は無視して、ぐったり転がったシンの側に駆《か》け寄ってくる。

〈兄さま、ご無事ですか!?　ご無事!?　ご無事だったら、なにか答えてくださいませ!?〉

「あ、阿呆《あほう》、イッキ……そんなに揺《ゆ》するな……脳みそがこぼれちまわあ……」

関節がはずれそうになるほど肩《かた》を揺すってくる妹に苦笑《くしょう》すると、シンはますますかすみがひ

兄さま～っ
むにゃー

どくなってきた目を壁《かべ》に突っ込んだままのバギーに向けた。

運転席にはエアバッグが拡がっている。あのとんでもない運転手は、そこに頭を突っ込んで目を回しているようだ。長い麦わら色の髪《かみ》が、その顔を覆《おお》い隠《かく》しているのを見て、シンは唇《くちびる》をかすかにほころばせた。途切れようとする意識の中、夢うつつに毒づく。

「あの女……阿呆が……なんつう、ひでえ……運転……だ……」

あとのことは、なにひとつ覚えていない。


誰《だれ》かが、寝汗《ねあせ》をぬぐってくれている。

背中はあいかわらずずきずきと痛んでいたが、額にあてられた濡《ぬ》れタオルの冷たい感触《かんしょく》が心地よい。

母だろうか？　夢うつつのまま、シンは薄く目を開けた。枕元《まくらもと》に座っている誰かに呼びかける。

「……母さん？」

「ああ、すまん。起こしたか？」

だが、返ってきたのは三年前にこの世を去った母親の声ではなかった。きまじめな男の声が、

「悪かった。かまわんから、そのまま寝《ね》ていろ」

几帳面《きちょうめん》な口調で詫《わ》びる。

「お、親父《おやじ》！」

かすかにアルコールの匂《にお》いがたちこめたそこは、どうやら陸艦《かん》の医務室のようだった。ほの暗い常夜灯の下、仏頂面《ぶっちょうづら》で自分を見下ろしている父の顔に、シンは狼狽《ろうばい》の声をあげた。そのまあたふたと起きあがろうとしたところで、後頭部を押さえて呻《うめ》く。

「い、いてえ！　あ、あいてて……」

「馬鹿者《ばか》！　だからそのまま寝てろと言ったんだ。背中を八針も縫《ぬ》ったのだぞ。傷口がまた開いたらどうする」

相変わらず沈鬱《ちんうつ》な表情で、公弟は息子《むすこ》を叱《しか》りつけた。

「まったく、手当てが早かったからよかったようなものの、出血が激しくて、一時は危ないと言われていたんだ……いま、この艦は〝フソウ〟に帰還《きかん》中だ。城についたら、もう一度、ちゃんとした診察《しんさつ》を受けろ」

「〝フソウ〟に帰還中……ってことは勝ったのか、戦《いくさ》は？」

自分とよく似た面差《おもざ》しの父の顔を見上げて、シンは肝心《かんじん》なことを思い出した。

「合戦はどうなった？　そういえば、カンキは？　あいつも怪我《けが》してたはずだ。あとイッキと……それと、もう一人は？」

「カンキ姫《ひめ》なら命に別状はない。イッキともう一人……お前の恋人《こいびと》のヒカゲとやらは別室にいる。呼ぶかね？」

「あ、いやいい。無事ならいいんだ」

そうか、無事だったのか——内心、ほっと溜息《ためいき》をつくと、シンは今度は慎重《しんちょう》に半身を起こした。

「てことは、あそこにいた人間は全員助かったわけか……」

「まあな。そして付け加えるなら、イセ家の問題も昨夜のうちにすべて片がついた」

そういうと、シュウはカーテンを開け放った。

昨夜の大雨が嘘《うそ》のような青空の下、緑の大地がのどかに広がっている。そこに豆粒《まめつぶ》のように散らばって土煙《つちけむり》を立てているのは、数隻《せき》の強襲《きょうしゅう》艦隊だ。シンの知るべくもないことだが、昨夜のうちに〝カグラ〟を制圧したシュウ麾下《きか》の〝フソウ〟衆は、その一部を現地に残して、現在は帰途《きと》についていた。この分艦隊は、その帰還組の最後尾《さいこうび》を固めているものだ。

「あとは外交上、処理せねばならんことが二、三残っているが、それも私とトウギ兄上で片づける。イセ家の領地は、公国政府の信託《しんたく》管理という形になるだろう。まあ、事実上の併合《へいごう》だな。よくやったな、シン。公国に成り代わって礼を言う。本当によくやってくれた」

「……へっ、よせよ」

てっきり、独断専行を叱られると思っていたシンにとって、父の言葉は少し意外なものだ。

あわてて痒《かゆ》くもない鼻の頭を掻《か》きながら、そっぽを向く。

「別にあらたまって礼なんて言われる筋あいはねえよ。俺も一応は公族だからな。少しぐらいは役に立っとかねえと、無駄飯喰《むだめしぐ》らいになっちまう」

「ふむ」

息子の照《て》れ隠しに、父は不器用に苦笑した。

カズサ＝マクズ——シンとイッキにとって母にあたる女性の死以来、父と息子がこれほど言葉を交《か》わすのは初めてのことだ。シュウ自身、照れているのかもしれない。なにか言いたげに口を動かしたが、結局、なにも言わぬまま立ち上がるとそのまま病室から出て行こうとする。

「あ、お、親父？」

「うん？　なんだ？」

きまじめに振《ふ》り返った父親の顔を見たまま、シンは台詞《せりふ》に詰《つ》まった。別に用があったわけではない。言葉に窮《きゅう》したあげく、むりやり台詞をひねり出す。

「そういや、お袋《ふくろ》の墓参り、ずっと行ってねえじゃねえか……〝フソウ〟に帰ったら、イッキと三人でちょっと行ってこねえか？」

「……奇遇《きぐう》だな。実は、私もさっきそれを言おうと思っていた」

ふとシュウは顔をほころばせた——数年ぶりにシンが見た父親の笑顔《えがお》だったかもしれない。

だが、すぐに気むずかしげに表情を引き締《し》めると、もとの無愛想な口調に戻《もど》る。

「よかろう、そうしよう。だが、私はしばらく、イセ家の後始末で忙《いそが》しい。それが終わってからでかまわんか？」

「ああ、いつでもかまわねえぜ……それまでに、少し親父に相談したいこともあるしな」

「……そうか」

むっつりと頷《うなず》くと、シュウは扉《とびら》に手をかけた。痩《や》せて見えるが筋肉質の背中がそのまま病室を出て行きかけ——ふと立ち止まる。

「シン」

「ん？」

「昨夜は、よくやったな……お陰《かげ》で、助かった」

「…………」

それまで、聞いたこともない優《やさ》しい父の声に、シンはあわてて応答しようとした。が、あまりに意外な言葉に面食《めんく》らって言葉も出ないうちに、シュウの背中は扉の向こうに消えてしまっている。

とっさにシンはそれを追おうとベッドから脚《あし》をおろしたが、

〈ああ、お前か……お前もシンの見舞《みま》いに来たのか〉

薄《うす》い扉越《とびらご》しに、シュウの声が聞こえてきた。

廊下《ろうか》で、別の見舞客《みまいきやく》と出会ったらしい。あるいはイッキだろうか？　気さくに話しかけている。

〈奴《やつ》なら、いまちょうど起きているところだ。話をするか？　具合なら心配ない。いたって元気……ぐうっ！〉

シュウの声に、なにか柔《やわ》らかいものが裂《さ》ける音が重なったのはそのときだった。そして、再び声が発せられたとき、それはまるで声音《こわね》の違《ちが》う、苦しげな喘鳴《ぜんめい》へと変わっている。

〈ば、馬鹿《ばか》な……お前が……なぜ……？〉

「——どうした、親父!?」

なにか様子が変だ——シンは壁《かべ》に手をつくと、痛む背中を庇《かば》いつつ戸口に歩み寄った。扉を開けながら、そこにいるはずの父に声をかける。

「なにかあったのか？　そこに誰《だれ》が——」

その瞬間《しゅんかん》、目の前で火花が散った。


「う……」

視界が真っ暗だ——停電だろうか？　それにしては、床越《ゆかご》しに発動機の駆動音《くどうおん》が聞こえてきている。強襲艦《ムラサメ》は相変わらず航行を続けているようだ。

「う、くそ、いてえ……」

ひどい頭痛をこらえて、シンは瞼《まぶた》を開いた。硬玻璃《クリスタル》ごしに朝の光が廊下に注ぎ込んでいる。

目の前が暗かったのは、どうやら短い間、気絶していたらしい。

なにかにひどく頭をぶつけたようだ。ずきずきと痛む後頭部を押さえ、シンは床《ゆか》から立ち上がろうとした。そう、さっきは父の声を扉越しに聞いたのだ。それで、なにか様子が変だったので、それを覗《のぞ》こうとして……

「……血？」

ぬるりとした感触《かんしょく》を掌《てのひら》に感じてシンはあわてて目を落とした。一瞬、背中の傷が開いたのかと思ったが、すぐにそれは誤りであることを悟《さと》る――廊下が一面血の海だ。しかもその中央、うつ伏《ふ》せに倒《たお》れているのは……

「お、親父⁉」

自分と同じく気絶しているのであろうか？　ぴくりとも動かぬ父に、シンはあわてて手をかけた。いや、手をかけようとして、シュウの背中中央、ちょうど心臓の裏側のあたりから生えている奇妙《きみょう》な物体に気づく。

「そ、そんな……」

それは、光剣の柄《つか》だった。しかもそこに彫《ほ》り込まれているのは赤い木瓜紋《もっこうもん》――シン自身のものだ。

「嘘《うそ》だろ、おい？　なんでこんな……親父！　おい、この馬鹿！」

そして、震《ふる》える手が触《ふ》れたシュウの背中は妙《みょう》に冷たく、そして硬《かた》く強《こわ》ばっていた――揺《ゆ》すっても、いっかな目覚めようとしない父にシンは怒号《どごう》を放った。

「嘘だろ、あんた……たいがいにふざけるのはやめろよ、おい！」

「──お、おい、シン。お前、兄者になにしてるんだ？」

もはや、生命の存在を示す全《すべ》ての兆候《ちょうこう》を失った父の肉体──それを必死で揺すっているシンの背中に、訝《いぶか》しげな声がかけられた。反射的に振《ふ》り返った目の前、呆然《ぼうぜん》と立ち尽《つ》くしていたのは、数人の人影《ひとかげ》だ。

若殿《わかとの》の見舞いに来たのだろうか？　そこに立っていたのは数人の侍大将《オフィサー》や部将たちだ。その先頭──左頬《ほお》に傷のある男が震える声を押し出した。

「シ、シン……お、お前、まさか……まさか、兄者を……！」

「ちっ、ちがう！」

なんの冗談《じょうだん》だ？　なんの冗談なんだ、これは──父の背中、赤く広がった染《し》みの中央に突《つ》き立った自分自身の剣の柄を握《にぎ》ってシンは絶叫《ぜっきょう》した。

「ちがうんだ、コウ叔父貴《おじき》！　ちがう、ちがう、ちがう！　絶対に違う！　ちくしょう、なんなんだこれは……いったい、なんの冗談なんだよ、これは!!」


『熱風海陸ブシロード　OVERLORD CHRONICLE』未完

資料　著者による完結までの構想メモ

第六話　右将軍の章Ⅰ

①アマツハラ【シュウの国葬《こくそう》】――軍士たちに演説をしているコウ。この間、軍士たちの間ではシンの親殺しについて、ひそひそと話し合っている。喪服《もふく》姿で列席しているイッキ、姫《ひめ》組、カンキ、小姓《こしょう》組、ヒカゲ（この時点では、シンはアマツハラ内の牢獄《ろうごく》にぶちこまれている）。演説を終えたコウ、トウギやイッキらと私語。このとき、イッキには「シンが兄貴をやったってのはなんかの間違《まちが》いだ」と慰《なぐさ》める一方、「最近、シンとシュウはうまくいってなかった」とさりげなく誘導《ゆうどう》。トウギは、「なにぶんシュウの死についての情報が少なすぎるため、現在調査中。シンの処分は証拠《しょうこ》がそろってから」。この会話の途中《とちゅう》、トウギに対し、コウは強硬《きょうこう》な対マンチュリア外交方針を提案。歯止めだったシュウが消えたため、トウライ宮廷《きゅうてい》におけるタカ派コウの発言力は格段に増大している。

けっきょくシンのこれからについては不確定であることにいきまくイッキ。小姓組や姫組は「こんなときにカガトさんがいてくれれば……」と溜息《ためいき》。

そんなふうにいらついているイッキに対し、ヒカゲが「コウの発言には矛盾《むじゅん》がある」と小難しい指摘《してき》をしてくる。しかし、あまりにも些細《ささい》な問題であったため、誰《だれ》にも問題にしてもらえない。それでも、イッキにコウとトウギのことを根掘《ねほ》り葉掘り聞いてくるヒカゲ。イッキ「……変な女」。結局、うっとうしくなって彼女を追《お》い払《はら》ってしまう。ヒカゲを追い払った直後、イッキに接触《せっしょく》してくるタキナ（「シンとは縁《えん》があった巡回商人《トレーダー》」「商売に便宜《べんぎ》をはかってもらおうと思ってきたら、おおごとになってるんでびっくりしました」「なにかお役にたてることがあったら、なんでも言ってくださいね」）。

そのとき、泡《あわ》を食って駆《か》けつけてくるホーリィ。「シンの父殺しについて、決定的な証拠が出た！」と報告。その証拠とは、シンがシュウを刺《さ》している写真——たまたま、事件当時、〝ムラサメ〟の隣《となり》を並走《へいそう》していた陸艦《かん》の索敵士《さくてきし》が撮影《さつえい》していた索敵用画像に映っていたもの（「あまりに小さかったので、すぐにはわからなかった……引き延ばしたら、映っていたそうです！」）——しかし、これは実はコウのでっちあげ。「索敵士がたまたま画像に撮影したら映っていた」というところまでは本当だが、本物に映っていたのはシュウを刺しているコウの姿。ちなみにこの索敵士はコウに金で頼《たの》まれ、画像をコラージュして偽証拠《にせしょうこ》をでっちあげた）

これにより、シンの死罪は決定的に。愕然《がくぜん》となっているイッキに対し、タキナは「お兄さまを助けられるつもりなら手伝いますよ？」と、シンの身柄《みがら》の強奪《ごうだつ》をそそのかす（シンに近づいて殺すため）。

②ヒカゲ視点――イッキに追い払われたヒカゲ、「本当はこんなことをやっている暇《ひま》はないのに……」と独りごちるが、シンのことが気になって、ニルヴァーナ追跡《ついせき》に出発するふんぎりがつかない。そんなヒカゲに話しかけてくるカンキ。カンキはヒカゲに「イッキのことは許してやって」と言ったうえで、いろいろ身の上話。なぜファウンの王女がトウライにいるのか、ぶりっこしている理由、シンへの友情……等々を話す。さらにそのうえで「あんた、ここにいてもだいじょうぶなの？　シンの愛人だったら、あんたも危険だよ……逃《に》げるんなら、助けてあげるけど？」と気遣《きづか》い。ヒカゲ、カンキの気遣いには素直《すなお》に感謝したうえで、さっきイッキに退けられたコウの発言の矛盾点について、「どうしても気になる。シンと面会して、事実関係を確認《かくにん》してきてくれないか」と頼む。ＯＫしたカンキ、さっそくシンに会いに行く。一人取り残されたヒカゲ、やはりトウライを出て行こうと決意したとき、男の二人連れを目撃《もくげき》。一方の男は顔を隠《かく》しているものの、それがコウであることに気づき、なんとなくあとをつけてしまう。しばらくつけると、コウともう一人は狭《せま》い路地に入っていく。しばらく見張っていると、路地から出てきたのはコウ一人。コウは車でどこかに立ち去ってしまう。ヒカゲ、その路地に入っていくと血まみれの男の死体。びっくりしていると、死体と思っていた男、突然《とつぜん》目をあける。「こ、これをトウギさまに……」とヒカゲに写真のネガを渡《わた》して息絶える。ヒカゲ、路地から出ようとすると、そこには怖《こわ》い顔をしたコウ。「お前、そこでなにをしている？」とコウはヒカゲを捕《と》らえようとするが、ヒカゲ必死でトンズラ。車で追って彼女をひき殺そうとするコウ。

＊路地裏で殺された男は、①に出てくる写真を撮影した索敵士。オリジナル画像のネガをネタにコウから金をゆすろうとして殺された。ヒカゲに渡したのはオリジナルのネガ。

第七話　右将軍の章II

①アマツハラ牢獄――父の死と濡《ぬ》れ衣《ぎぬ》に苦悩《くのう》しているシンのところへ、カンキが面会にやってくる。カンキ、ヒカゲの推理などについて話すが、父の死にショックを受けているシンはヘタレ状態。カンキ、愛想を尽《つ》かして帰っていく。ほぼその直後、タキナに手引きされたイッキ、小姓組、姫組が牢獄を急襲《きゅうしゅう》。シンをさらって逃げ出す。

②牢獄外――出てきたカンキ、帰宅しようとしていたところ、コウに追われているヒカゲとばったりでくわす（コウはヒカゲがカンキに泣きついた時点で殺害を諦《あきら》め、ひそかに立ち去っている）。カンキ、ヒカゲから写真のネガを見せられ、真犯人が誰であるかを知る。その直後、監獄《かんごく》の建物で爆発《ばくはつ》＆騒《さわ》ぎ（③のイッキらの襲撃《しゅうげき》）。追っ手から逃げるイッキらを見つけ、追うカンキ。独り取り残されたヒカゲ、タキナとそれに連れられたシンを発見。尾行《びこう》する。

③牢獄外《ろうごく》——イツキ以下、シンの奪還《だっかん》に気をよくしているが、タキナの細工でシンと分断されたうえ、追っ手に捕捉《ほそく》されてしまう。追っ手に追われて逃げ回るイツキを車で拾う、カンキ。コウのシュウ殺しを教えられ、愕然となるイツキ。

④牢獄外——イツキらを囮《おとり》に追っ手の目をひきつけ、その間にシンを殺害しようとするタキナ。タキナの攻撃《こうげき》を必死でしのいでいるところにかけつけてくるヒカゲ。タキナ、ヒカゲに手傷を負わせるものの、これによって時間を無駄《むだ》にしてしまっている間に、自分たちが利用されたことを知ったイツキらが駆けつけてきて、結局追い払われる。合流したシンとイツキ、急ぎアマツハラを脱出《だっしゅつ》してフソウに逃げることに。

⑤サイ率いるムサシ衆に襲《おそ》われているフソウ——必死で防戦を指揮しているサモン視点。しかし、サイ軍の攻勢《こうせい》にかなり追いつめられている。そこに帰ってくるシンら。シンが防戦の指揮をとると同時に、ヒカゲはアスラを起動。これによってサイ軍を撃退する。

⑥サイ軍と交戦しているアスラを遠くから観察しているツァイゲルとシータ。

第八話　マエダ家の章Ⅰ

①シンの父殺しの精神的ショックで、落ち込んで寝込《ね》んでしまっている（ふりをしている）トウギとコウの会話。コウ、もはや摂政《せっしょう》きどり。シンの追討令を勅命《ちょくめい》として発令、本格的なフソウ攻撃準備。

②どこか薄暗《うすぐら》い空間における、謎《なぞ》の人物〝御前《ごぜん》〟（＝トウギ）とタキナの会話。御前、作戦失敗を詫《わ》びるタキナに、シン殺害の延期を命じる（シンとコウを嚙《か》み合わせるため）。そこにツァイゲル登場。マンチュリアと御前の密約をにおわせる会話。

③カントウのマエダ郷を目指して航行中のフソウ。相変わらず落ち込んでいるシンに対し、サモンがフソウの現状を報告。先のサイとの戦いで破損したうえ、追討令を受けてしまって物資も金もやばいと泣きつく。このときサモン、〝ハグン〟で拾ってきた木偶《デク》がまだ城内にあるので、あれを教団に売り払《はら》って、当面の軍資金にしようと提案。シン、生返事。

サモンと別れてフソウの中をぶらついていると、マタエモンのラボの前を通りがかったところで、ハグン村で拾ってきた木偶をいじくっているヒカゲと遭遇《そうぐう》。ヒカゲ、シンを慰《なぐさ》めようとするが、いじけているシンにキレてしまい、かえって大喧嘩《おおげんか》。しかし、その結果、シンはなんとか気力を取り戻《もど》す。

さらにヒカゲ、戦力となるかもしれない〝ハグン〟を起動しようとするが、このときは見事に失敗。かえってシンにうさん臭《くさ》がられる。ところがまったく動かなかったハグンが、突如《とつじょ》として暴れ始める。「これってどういうこと⁉」とヒカゲが驚《おどろ》いていると、突然《とつぜん》、ハグンは動きを止め、まるで主君の前でひざまずくような格好で行動停止。そこにサモンが、「マエダの里からカガトさまがおいでです！」と知らせに来る。

フレンドリーに「やほー、シンさん」と入ってくるカガト。しかし出迎《でむか》えたシンやサモンたちに部下共々、槍《やり》や銃口《じゅうこう》を突《つ》きつけ「悪いね……この城は僕らで占拠《せんきょ》させてもらうよ」

フソウ、カガトとその手勢に無血占拠されてしまう。

なおこのとき、イッキと姫《ひめ》組三人はドサクサまぎれに脱出成功。

第九話　マエダ家の章II

【マエダ家の章新キャラ】マエダ＝マサト

現在のマエダ家当主でカガトの兄。しかし無能なうえ残忍《ざんにん》で、臣下にも人望がなく、家中の大半は「カガトさまが長男だったら……」と思っている。しかし肝心《かんじん》のカガト自身があくまで兄を立てていくつもりなため、マサトは当主の座でふんぞり返っていられる。しかし、そのあたりの認識《にんしき》が利己的で、「カガトさえいなければ、もっと家中の者たちは俺を尊敬しているはずなのに……」と逆恨《さかうら》み。いつか機会を見て、弟を抹殺《まっさつ》しようと企《たくら》んでいる。また女に目がなく、弟の許嫁《いいなずけ》であるユズハにも色目。

カガトは兄に疎《うと》まれていることを知りつつも、家中に騒ぎを起こしたくないため気づかぬふり。

【マエダ家の章新キャラ】サイ＝ハヤト／サイ＝ゲンバ

サイ＝ショウカの弟たち。シンとフソウがマエダ家に頼《たよ》ることを予測したコウが、先んじて送り込んだ。マサトを煽動《せんどう》してシンを討たせ、それを口実に「まだ、罪状もはっきりしていないのに公子を殺した」という非を鳴らしてマエダ家を取り潰《つぶ》すつもり。

なお、カガトはシンの父殺しについては最初から信じていないが、いちおう、兄やハヤトらをごまかすために信じているふり。

①マエダ屋敷《やしき》――マサト、カガトにシンの処刑《しょけい》を命令。カガトは兄にシンの弁護をするが、結局、命令を受諾《じゅだく》。シンを拘禁《こうきん》している屋敷に向かう。カガトが出て行ったあと、ハヤトとゲンバ、マサトにカガトの抹殺をも唆《そそのか》す。最初からその気のマサト（ちなみに第八話でカガトにご

く少数の兵力だけでフソウに向かわせたのも、できればカガトがシンに討ち取られることを望んでいた。ところが、あてがはずれてカガトがフソウを無血占領《せんりょう》してしまったので不機嫌《ふきげん》）。

刺客《しかく》を放ち、カガトがシンと会っている最中《さなか》に屋敷ごと吹《ふ》っ飛ばそうとする。

それを天井裏《てんじょう》で聞いているイッキと姫組（なんとかカガトに会って話を聞きたいというユズハの希望で、ここまでもぐり込んでいた）

②シン、ヒカゲら拘禁場所（シン・小姓組《こしょう》・カンキは小さな屋敷にまとめて押し込められている。サモン・マタエモン・ヒカゲ他《ほか》、フソウの主立った幹部は別にある牢獄《ろうごく》に拘禁されている）
カガト、シンに会いにやってくる。挑発《ちょうはつ》的な言動をとってシンを試《ため》すカガト。これにたいし、不敵に応じるシン。カガト、現在のマエダ家の状況《じょうきょう》を話してシンを逃《に》がそうとするが、シンは「てめえもきやがれ……このままだと、てめえ、殺されるぜ、兄貴によ」。しかし、家中の者のことを思ってこれを断るカガト。そんなとき、イッキらが駆《か》け込んでくる。「こ、ここは危ないの――！」と言っているとき起こる爆発《ばくはつ》（爆発シーンでカット。しかし、このときシンたちは、イッキらの入ってきたルートを使ってかろうじて脱出《だっしゅつ》に成功している）

③サモン＆マタエモン＆ヒカゲの拘禁場所――マタエモンの「こんなこともあろうかと……」秘密兵器発動。脱出に成功する士官たち。士官たち、フソウを奪回《だっかい》し、シンの身柄《みがら》を取り戻す

べく動き始める。

第十話　マエダ家の章III

①マエダ屋敷――シンやカガトらが吹っ飛んだという報告を刺客たちから聞いているマサト、ハヤト、ゲンバ。話を聞き終わると、マサトは刺客を殺害。カガト殺しの罪を刺客になすりつける。ところがその直後、フソウの士官たちが脱出してフソウが奪還《だっかん》されたという報告。マサト、焦《あせ》って軍を向かわせるよう命令。だが、マサトが命令を出し終わると同時に、ハヤトとゲンバ、マサトに刀を突きつける。

マ「ど、どういうことだ、これは⁉」

ハ「あなたがいまやったのと同じことです……あなたには公子殿下《でんか》殺しの罪を背負っていただく」

ゲ「げ、げへへ。ち、ち、ちなみに、フソウの連中はわざと見逃《みのが》してやったんだな」

ハ「実はいま、こちらにコウ様のムサシが向かっているところでしてね。マエダ軍とフソウ……ぶつかれば、どちらもただではすまないでしょう。そして両者ぼろぼろになっているところをムサシが漁夫の利をおさめる……そういう筋書きです。シンとマエダ家――小うるさいその双方《そうほう》を一度に潰せる。一石二鳥というやつですね」

　そのまま、拘禁されてしまうマサト。そのあと、ハヤトとゲンバは激突《げきとつ》して消耗《しょうもう》しているフソウとマエダ軍を討つべく、手勢を率いて出撃《しゅつげき》（コウには「ムサシ到着《とうちゃく》まで手を出すな」と言われているのだが、自分たちで功を独《ひと》り占《じ》めしたいために、抜《ぬ》け駆《が》け）
②フソウとマエダ軍の戦場跡《あと》――ぼろぼろになって煙《けむり》をあげているフソウと、多数が倒《たお》れているマエダ軍。そこに襲《おそ》いかかるハヤト&ゲンバ隊。しかしそのとき、倒れていたはずの甲士《シェル》らが突然《とつぜん》、起きあがってハヤトたちに反撃開始。あわてるハヤトらの前に現れるシン&カガト。実は両者の激突寸前、シンとカガトが到着して戦いを止めていた。そして、とどめを刺《さ》しにくる連中を奇襲《きしゅう》すべく、戦いの痕跡《こんせき》をカムフラージュしていたのだ。反撃を食《く》らって攻撃《こうげき》軍は壊《かい》滅《めつ》。ハヤト&ゲンバは捕《と》らえられる。
③マエダ屋敷――縄《なわ》をかけられたまま引き出されてくるマサト。シン、カガトに兄の処遇《しょぐう》をどうするか尋《たず》ねるが、カガトは兄を解放してくれるよう頼《たの》む、
カ「家中に波風はたてたくない……家臣たちのためにも」
シ「……わかった」
　ところが、解放されたマサトはいきなりカガトに斬《き》りかかる。しかし、これを押さえたのは

マエダ家の重臣たち。重臣たち、完全にマサトを見放し、以後はカガトを主《あるじ》としたいと申し出る。

シ「おい、カガト。これでもまだ、納得《なっとく》いかねえのか？」

ようやくカガト、兄を隠居《いんきょ》させ、自分がマエダ家の当主となる決意。喜ぶ重臣たち……というところで、ムサシが接近しているとの警報。

第十一話　マエダ家の章Ⅳ

①フソウ・マエダ家連合軍ｖｓコウのムサシ以下討伐軍《とうばつぐん》。シンはムサシを罠《わな》に引きずり込み攻撃。ヒカゲがカガトを〝ハグン〟に搭乗《とうじょう》させ出撃させたこともあって、おおいに戦果をあげる（この戦いの最中、シンは弟たちを取り戻《もど》しにきたサイと一騎《いっき》打ちして勝利。が、弟たちのために命を賭《か》けたサイの心意気に打たれ、あえて弟たちを返してサイも解放する）。さらにヒカゲ、アスラを起動して逃げるムサシにとどめを刺そうとするが、このとき、ツァイゲルのルドラが登場。ヒカゲのアスラをぼこぼこに。カガトとハグンはこれを撃退《げきたい》しようとするが、ようやく動き始めたばかりのハグンにどうこうできる相手ではなく、逆に半殺しの目にあってしまう。だが、余計な手間をくったおかげでルドラの作動限界時間がきてしまったため、ツァイゲ

ルはとどめをさせぬまま、やむなく撤退《てったい》。しかし、ヒカゲだけは青ざめた顔で半狂乱《はんきょうらん》。

コウを撃退し、謎《なぞ》の敵を追《お》い払《はら》って凱歌《がいか》をあげるシンたち。しかし、ヒカゲだけは青ざめた

「見つかった……見つかっちゃった、〝楽園〟に……殺しにくる！　〝楽園〟がみんなを殺しにくる！」

第十二話〜第十四話　アマツハラの章

①マエダ郷を本拠地《ほんきょち》に、戦力を蓄《たくわ》えるシン。周辺の諸豪族《しょごうぞく》ら、ムサシを沈《しず》めたシンの実力に感服。カガトの遊説《ゆうぜい》とヒカゲの外交政策によって、続々とシンの傘下《さんか》に参入してくる。（ちなみに、カガトとハグンはこの関係でシンのもとを離《はな》れている。友軍を集め終わったら、シンと戦場で合流する予定）

②ムサシを失い、単身アマツハラに戻ってきたコウ。もう一度、シンに戦いを挑《いど》もうと試みるが本性《ほんしょう》を現したトウギによって殺害される。トウギ、ツァイゲルの援助《えんじょ》で作り上げたメガドール兵団を出撃させる。

③アマツハラの政変をまだ知らないシンらフソウの面々。明日はアマツハラに向けて進軍ということで、景気づけの宴会《えんかい》中。宴会の最中《さなか》、そっと中座したヒカゲ、そのままアスラの格納庫へ。〝楽園〟（＝教団本拠地）から逃《のが》れるため、ひそかにフソウを去ろうとする。そんなヒカゲに声をかけるシン。あえて出て行く彼女を止めず、「これまでありがとうな」「お前なんかいなくたって、俺は平気だぜ」

④ヒカゲとアスラを欠いたまま進軍を開始するフソウ。しかし、とつぜん出現したメガドールの前に大ピンチ。しかもモニターに現れた敵総大将はコウではなくトウギ。トウギ、マンチュリアの属国となって国を保つことを宣言。逆らう者は容赦《ようしゃ》しないと脅迫《きょうはく》。この間も次々と討たれてゆく友軍。

シ「カガトの援軍《えんぐん》は!?」

しかし現れないカガト軍。

⑤別行動中のカガト軍

トウギの罠にかかり、伏兵《ふくへい》にあって大ピンチ。カガトもやばい……というところで現れたのは、なぜか敵のはずのムサシ衆。

カ「誰《だれ》だ、指揮官は⁉」
その前に顔を出す、サイら三兄弟。コウの仇討《あだう》ちということもあって、フソウ軍に参加表明。
⑥主戦場――相変わらずシンのピンチ……というとき、シンの前に現れるアスラ。ヒカゲはシンのことが気がかりで引き返してきたのだ。
アスラ、メガドールを次々と撃破《げきは》。戦況《せんきょう》がひっくり返る……というところで現れるツァイゲルのルドラ。ヒカゲ、なんとかこれを追い払おうとするが、正統なマスターでないヒカゲではアスラをうまく操《あやつ》れず、ついに倒《たお》れてしまう。アスラにとどめを刺《さ》そうとするルドラ――そこに、ようやく戦場にたどり着いたカガト軍とハグン。ルドラに攻撃《こうげき》を仕掛《しか》け、その注意を逸《そ》らす。

この間に、シンはアスラに駆《か》け寄り、ヒカゲを救助しようとコクピットに乗り込む（ちなみに、これまでは一度もここに乗り込んだことはなかった）。

ところがこのとき、アスラは適性の高いシンをマスターと認識《にんしき》。ハグンを倒し、もう一度こちらにやってきたルドラに勝手に戦いを挑み始める。ヒカゲが操縦していたときとは桁違《けたちが》いの戦闘力《せんとう》を見せるアスラに、油断しきっていたルドラは敗北。大破して逃《に》げ出すはめに。

メガドールを失い、ルドラに逃げられたアマツハラ軍はフソウ軍に敗北。

⑦アマツハラのコントロールルーム――病気がひどくなって瀕死《ひんし》のトウギの側《そば》に立つシン。トウギ、シンにことの真相を告白して死亡。シン、やりきれない思い。そんなシンにヒカゲ、「いつかあなたに教えてあげるわ、シン。この世界の本当の姿を……だから、王になって。誰にも負けない強い王に」

⑧ロンタール島、地救連本部ビルパーティー会場――窮乏《きゅうぼう》する外界とは比べ物にならないほど豊かで、退廃《たいはい》した宴会場。出席者は地救連幹部や強国の大使たち。マンチュリアの皇太子や武《ぶ》玄麗《げんれい》の姿も見える。

パーティー中にもたらされるトウライ紛争《ふんそう》に決着がついたという報《しら》せ。しかし、出席者たちはほとんど驚《おどろ》かず、ただ、その情報によって上下する株価や原油市場、あるいは総会の票の話しかしない。「ここでは、遠い僻地《へきち》で流された血など、問題にすらならないのだ……」というふうに、読者に対し、一種のやりきれなさと、「こいつらをなんとかしないと！」という点をアピール。「退廃した貴族を、血まみれの蛮族《ばんぞく》が倒しにやってくる」図を期待してもらう。

第十五話　ヒカゲの章

①シンの即位式《そくいしき》――厳粛《げんしゅく》に行われる即位式を見守るヒカゲやカガト他《ほか》一同。
式が終わると無礼講のパーティー。そこでのシンは、若々しく、将来的に善王になることを皆《みな》に予感させる。しかし、ヒカゲだけはそんなシンの中に一抹《いちまつ》の危《あや》うさを感じている――叔父《おじ》や伯父《おじ》に裏切られたことが、ごく目立たぬ猜疑心《さいぎしん》となって若者の中に根をおろしていることを敏感《びんかん》に悟《さと》る。

「私が見守っていないと……」シンの側にいて、彼を助けてゆく決意を固めるヒカゲ。彼の力によって、将来的に教団支配を覆《くつがえ》そうと志を立てる。

②息抜《いきぬ》きに自室に戻《もど》ってきたヒカゲ。しかし、部屋の中に待っていたのはツァイゲル。驚くヒカゲに穏《おだ》やかに話しかけるツァイゲル。
ツ「こんばんは。いい夜だね……まあ、落ち着きたまえよ。今日は別に君を拉致《らち》しにきたわけじゃない」
しかし、ツァイゲルは「このまま教団は黙《だま》ってはいないよ。君はともかく、君の大切な原住民たちにも迷惑《めいわく》がかかるんじゃないかと、その点が気がかりでね」とやんわりヒカゲを脅迫。

どうすればいいかというヒカゲに対し「君とアスラが戻ってくれば、トウライには手出ししないことを約束しよう……マンチュリアはやや大きくなりすぎた。その牽制《けんせい》勢力としても、できればトウライを潰《つぶ》したくない」と提案。

その取引にヒカゲが答えを迷っているとき、ノックの音。ツァイゲル「明朝、海岸で待っている……決心したら、来たまえ」と告げて消える。

部屋に入ってきたのはシン。ヒカゲの暗い様子に「どうした?」と驚くが、ヒカゲはすぐに笑って「なんでもないの」と誤魔化《ごまか》す。

このあと、礼を言うシンを押し倒すヒカゲ。ヒカゲ主導のラブシーン。ヒカゲの下腹部に大きな傷があるのに驚くシン。ヒカゲ、「赤ちゃんを産んだことがあるの」。しかし、ヒカゲは処女。シン「処女なのに赤ちゃん?」と混乱するが、けっきょくこのときはそれどころでなくうやむやに。

③情事のあと、眠《ねむ》っているシン。その側に置き手紙を残してベッドから抜《ぬ》け出すヒカゲ。

④目覚めたシン、置き手紙を発見。

〈まだ、こちらのことばはうまくかけないので……〉

ひらがなだらけのたどたどしい手紙。読みながら部屋を飛び出してゆくシン。

⑤海岸でヒカゲを待っているツァイゲルとルドラ。そこに巨大《きょだい》な影《かげ》が出現。ツ「やあ、待っていたよ……お、お前は⁉」

そのギガロードがアスラでないことに驚くツァイゲル（このギガロードはニルヴァーナ。ツァイゲルとルドラが自分を追っていると勘違《かんちが》いして襲《おそ》ってきた）。ルドラの頭上に振《ふ》り上げられた刃《は》でカット（ちなみに、このときルドラは破壊《はかい》されるがツァイゲルは脱出《だっしゅつ》に成功している）。

⑥海岸に到着《とうちゃく》するヒカゲとアスラ。しかし、あたりにはルドラの残骸《ざんがい》が散らばっている。そこに現れるニルヴァーナ。

⑦バイクを必死で飛ばすシン。以下、ところどころにヒカゲの置き手紙が数行単位で挿入《そうにゅう》されていく。

⑧ニルヴァーナによってずたぼろにされてゆくアスラの描写《びょうしゃ》（&置き手紙挿入）。ヒカゲの力、まるで及《およ》ばない。

ヒカゲ、最後の逆転を狙《ねら》って捨て身の攻撃《こうげき》。それで一度ニルヴァーナのコクピットを露出《ろしゅつ》させせ、続くパンチでパイロットを殺そうとする。

しかし、そのぎりぎりのところで、ヒナタ＝我が子の顔を見てしまう——とどめのパンチを放てないヒカゲ。逆に迫《せま》るニルヴァーナの拳《こぶし》。観念して目を閉じるヒカゲの描写を途中《とちゅう》で不自然に切ってシーンカット。

ラスト、一行開けて、置き手紙の末尾《まつび》を挿入〈いつかまた、あなたとあえるひのことをとてもたのしみにしています〉して、（立志編完）。

⑨以上は、連載《れんさい》版。文庫にまとめられたときには、さらにエピローグを挿入。後年、ヒナタとの決戦前夜に夢からさめたシン。玉座にたった一人。飼《か》い猫《ねこ》のこま（＝コーマ）、膝《ひざ》のうえで死んでいる。強大な王になるという約束はもうすぐ果たせそうだが、たった一人になったことを嚙《か》み締《し》めるシン。ほとんど唯一《ゆいいつ》残った友であるシュラオウ（＝アスラ）に、向けて独り言。
「下天は夢だな……ああ、すべて夢だ」

「夢はさめる。だが、夢からさめたあとはどうすればいい……お前なら、その答えを俺に教えてくれるのか、シュラオウ」

＃ヒカゲの死について、明確に「死んだ」と語ったり、シンがそれを見る描写は立志編ではやらない。

＃ただ、これ以降、シンの周囲のキャラの口からヒナタに対して語られたり、シンの悪夢の形でにおわせる（シンの悪夢・海岸、うずくまったアスラ。必死にコクピットに登るシン。登っている最中《さなか》、ヒカゲの脚《あし》が見え、ほっとするシン。しかし、登り終えてヒカゲを抱《だ》きしめようとすると、上半身が無く、腰《こし》から下だけが椅子《いす》に座っている。絶叫《ぜっきょう》をあげたところで目をさます）

＃シン、ヒカゲの言う〝楽園〟と教団がイコールであることはもっとあとになって知る。まだこの時点では「ヒカゲは〝楽園〟とかいうのが自分を殺しにくると怯《おび》えていた。俺の女を殺したのはその〝楽園〟とかいう野郎《やろう》どもか。許さん」と思っている。

初出　「コンプティーク」二〇〇四年三月号～八月号

熱《ねつ》風《ぷう》海《かい》陸《りく》ブシロード

OVERLORD CHRONICLE《オーバーロードクロニクル》

吉田《よしだ》 直《すなお》

角川文庫 14293

平成十八年七月一日　初版発行

発行者――井上伸一郎

発行所――株式会社角川書店

東京都千代田区富士見二―十三―三

電話　編集(〇三)三二三八―八六九四

　　　営業(〇三)三二三八―八五二一

〒一〇二―八一七七

振替〇〇一三〇―九―一九五二〇八

印刷所――暁印刷　製本所――BBC

装幀者――杉浦康平

定価はカバーに明記してあります。

S 84-18 ISBN4-04-418417-8 C0193